21 世纪高等职业教育计算机系列规划教材

计算机文化基础（第2版）

梁 丹　傅丽霞　主 编

李凌璐　陈 龙　周雪莲　副主编

马 强 主 审

電子工業出版社

Publishing House of Electronics Industry

北京·BEIJING

内 容 简 介

本书根据高职高专教育教学的特点，全面、详细地介绍计算机文化基础中各方面的知识。全书共 6 章，具体内容包括计算机基础知识、Windows XP 操作系统、计算机网络、Word 文档的制作、Excel 电子表格的使用、PowerPoint 演示文稿的制作。所有知识点以案例进行讲解，通俗易懂，书后练习结合一级等考，难度适中，同时配有实训指导教材，以便读者更好地掌握相关知识的应用。

本书实例丰富，可操作性强，对提高读者的操作水平很有帮助，适合作为各类高职高专院校、办学水平较高的中专学校的计算机文化课程或计算机应用教材，也可供参加计算机等级考试和各类培训班的读者使用。

图书在版编目（CIP）数据

计算机文化基础 / 梁丹，傅丽霞主编. —2 版. —北京：电子工业出版社，2011.8

21 世纪高等职业教育计算机系列规划教材

ISBN 978-7-121-14248-2

Ⅰ. ①计… Ⅱ. ①梁… ②傅… Ⅲ. ①电子计算机－高等职业教育－教材 Ⅳ. ①TP3

中国版本图书馆 CIP 数据核字（2011）第 153653 号

策划编辑：徐建军（xujj@phei.com.cn）

责任编辑：郝黎明 　文字编辑：裴 杰

印　　刷：涿州市京南印刷厂

装　　订：涿州市桃园装订有限公司

出版发行：电子工业出版社

　　　　　北京市海淀区万寿路 173 信箱　邮编 100036

开　　本：787×1 092　1/16　印张：14　字数：358.4 千字

印　　次：2011 年 8 月第 1 次印刷

印　　数：3 000 册　　定价：29.00 元

凡所购买电子工业出版社图书有缺损问题，请向购买书店调换。若书店售缺，请与本社发行部联系，联系及邮购电话：（010）88254888。

质量投诉请发邮件至 zlts@phei.com.cn，盗版侵权举报请发邮件至 dbqq@phei.com.cn。

服务热线：（010）88258888。

前　言

随着计算机和 Internet 的日益普及和广泛应用，计算机技术正在不断地改变着人们的生产、工作、学习和生活方式，以计算机网络为平台的电子政务、电子商务已逐渐进入日常生活。

计算机文化基础教育的教学内容、教学方法和教学手段都必须适应计算机技术的发展和计算机应用水平的提高。计算机技术越来越多地融入各专业科研和专业课的教学之中，计算机应用技术对学生的知识结构、技能的提高和智力的开发越来越重要。

教材是教学的基础，本书按照《高职高专教育计算机文化基础课程教学基本要求》和《高职高专教育专业人才培养目标及规格》的要求，结合高职高专院校学生的特点，组织了一批具有丰富教学经验的教师对第 1 版教材进行修订编写，修订后的教材结合学生实际的学习特点，对章节进行了调整归纳，使学生能更有效地掌握相关知识。

本书共 6 章，各章的内容简述如下。

第 1 章，计算机基础知识，介绍计算机的发展史、计算机数制的转换、计算机系统的组成等。

第 2 章，Windows XP 操作系统，介绍 Windows XP 基本操作、Windows XP 系统设置、文件系统、Windows XP 电子文档的使用等。

第 3 章，计算机网络，介绍计算机网络的基础知识、计算机网络的分类、计算机网络协议、计算机网络的模式、Internet 基础与应用、局域网的组成等。

第 4 章，Word 文档的制作，分别介绍 Word 2003 文档的输入、编辑和修饰，Word 2003 表格的制作与编辑，Word 2003 图文混排，Word 2003 的样式使用等。

第 5 章，Excel 电子表格的使用，介绍 Excel 2003 的基础知识、Excel 2003 的基本操作、Excel 2003 的公式与函数、格式化 Excel 2003 工作表、Excel 2003 的图表、Excel 2003 的数据管理、保护数据、打印工作表等。

第 6 章，PowerPoint 演示文稿的制作，介绍 PowerPoint 2003 的基本操作、演示文稿排版、美化演示文稿、添加特殊效果和超链接、放映和打印演示文稿等。

本书内容丰富、结构清晰、实例典型、讲解详尽、富有启发性，其中的实例是由多位长期从事计算机文化基础教学的教师从教学和实际工作中提炼出来的。本书还配有上机实训教材，有利于上机教学的开展，学生通过上机实训能熟练掌握课堂教学的内容。

本书由梁丹、傅丽霞担任主编，李凌璐、陈龙、周雪莲担任副主编，马强担任主审。另外，廖广宁等老师参加了本书的编写工作，同时应泽贵、张正洪、王益亮等老师参加了部分内容的编辑并对本书的结构提出了宝贵意见。

为了方便教师教学，本书配有电子教学课件，请有此需要的教师登录华信教育资源网（www.hxedu.com.cn）免费注册后进行下载，如有问题可在网站留言板留言或与电子工业出版社联系（E-mail:hxedu@phei.com.cn）。

由于时间仓促与编者的学识、水平有限，书中的疏漏和不当之处在所难免，敬请读者不吝指正。

编　者

目　录

第 1 章　计算机基础知识

计算机是一种能快速、准确、自动地对各种数字化信息进行存储和处理的电子设备，通常也称为电子计算机。它按照人们事先编写的程序对输入的数据进行加工处理、存储及传输，以获得预期的输出信息效果。自 1946 年世界上第一台电子计算机诞生以来，计算机的发展日新月异，特别是随着现代化网络和通信技术的发展，计算机已成为当今社会各个行业中不可或缺的办公设备，人与计算机的关系变得越来越密切。掌握计算机的使用已经成为人们工作和生活中必不可少的技能。

1.1　概　　述

1.1.1　计算机发展简史

1. 第一台计算机

1822 年，英国人 Charles Babbage 提出了"自动计算机"的概念，1834 年他所设计的差分机及分析机已经具备了现代计算机的基本组成部件。20 世纪中叶，电子技术发展迅速。1946 年，在美国陆军部的主持下，美国宾夕法尼亚大学莫尔电工系的 John Mauchly 和 Presper Eckert 博士研制成功了世界上第一台真正意义上的数字式电子计算机 ENIAC（Electronic Numerical Integrator And Computer，电子数字积分计算机）。它使用了 18000 多个电子管，5000 多个继电器和电容器，耗电量达 150kW，重达 30t，占地面积为 170m^2，加减法的速度只有 5000 次/秒，并且是按照十进制来进行运算的，运行时还需要一些辅助设备。虽然 ENIAC 的体积庞大，稳定性和可靠性都比较差，但是这个庞然大物的出现还是开创了人类科技的新纪元，也拉开了人类第 4 次科技革命（信息革命）的帷幕。

2. 计算机的发展

计算机从原理上可分为模拟计算机和数字计算机。模拟计算机以连续变化的物理量表示所测量的数据来模拟某一变化过程，它主要应用于仿真研究；数字计算机则以离散的数字量来表示数据。目前，模拟计算机所能做的工作都可由数字计算机来完成，因此，数字计算机的应用十分广泛，通常所说的电子计算机均指电子数字计算机。

从第一台电子计算机诞生到现在已有 60 多年的时间，在这段时间内计算机有了飞速的发展。在计算机的发展过程中，电子元件的变更起到了决定性的作用，它是计算机更新换代的主要标志。如果按照计算机所采用的电子元件来划分计算机的时代，可以把计算机的发展划分为五代。

（1）第一代计算机（1946—1958 年）：电子管计算机。采用电子管作为基本元件，其主要特点是主存储器容量小、运算速度慢（几千次/秒）、机器体积大、质量大、功耗大、成本高、可靠性差。第一代计算机主要应用于科学计算。

（2）第二代计算机（1959—1964 年）：晶体管计算机。采用晶体管作为基本元件，其特点是加大了主存储器容量，加快了运算速度（几十万次/秒），减小了体积、质量、功耗及成本，提高了计算机的可靠性。第二代计算机主要应用于数据处理和科学计算。

（3）第三代计算机（1965—1971 年）：中、小规模集成电路计算机。基本电子元件是中、小规模集成电路，与晶体管相比，其特点是速度更快（几十万次/秒至几百万次/秒）、体积更小、功耗更低，而且可靠性更高、成本更低。第三代计算机主要应用于科学计算、数据处理和生产工程控制等领域。

（4）第四代计算机（1971 年至今）：大规模、超大规模集成电路计算机。其特点是主存储器容量大大增加，运算速度可达几千万次/秒，甚至是几万亿次/秒。

（5）第五代计算机：人工智能计算机（正在研制中）。目前，计算机发展总的趋势是朝着巨型化、微型化、网络化和智能化方向发展的。

计算机更新换代的显著特点是体积缩小、质量减轻、速度提高、成本降低、可靠性增强。微型计算机是人们目前接触最多的计算机。

3. 计算机史上的杰出人物介绍

艾伦·图灵

艾伦·图灵（1912—1954 年），英国人，堪称 20 世纪最著名的数学家之一。他在很小的时候就表现出了对科学的浓厚兴趣，1931 年进入剑桥大学，开始研究量子力学、概率论和逻辑学。在大学及后来的日子里，他一直对智能与机器之间的关系进行着不懈的探索。

1936 年，图灵 24 岁时，提出了著名的"图灵机"设想，这一思想奠定了现代计算机的基础。更值得一提的是他率领的英国情报组在二战期间成功地破译了纳粹德国的密码，加速了第三帝国的灭亡。

1951 年，图灵以他杰出的贡献当选为英国皇家学会会员。但就在他事业步入辉煌之际，灾难却降临了。1952 年他曾从事情报工作的经历和其作为同性恋者的身份使他在有关部门眼里成为"危险分子"，他从事科研的各个渠道也被人为地封堵了。1954 年 6 月 8 日，心力交瘁的图灵在自己的住处服用沾过氰化物的苹果自杀，年仅 42 岁。图灵去世 12 年后，美国计算机协会以他的名字命名了计算机领域的最高奖，即图灵奖，它是世界计算机界的诺贝尔奖。

冯·诺伊曼

冯·诺伊曼小时候就十分聪明，6 岁时就能够心算 8 位数字的除法，他在匈牙利接受了初等教育，并于 18 岁发表了第一篇论文。在 1925 年取得化学文凭后，他把兴趣转向了喜爱已久的数学，并于 1928 年取得博士学位，他在集合论等方面取得了引人注目的成就。1930 年他应邀访问普林斯顿大学，这所大学的高等研究所于 1933 年建立，他成为最早的 6 位数学教授之一，直到他去世，他一直担任这个研究所的数学教授。

冯·诺伊曼发现后来被称为计算机的通用机器的用处在于解决一些实际问题，而不是一个摆设。因为战争的原因，冯·诺伊曼开始接触许多数学的分支，使他开始萌生了使用一台机器进行计算的想法，虽然大家现在都知道第一台计算机 ENIAC 有他的努力，可是在此之前他碰到的第一台计算机是 Harvard Mark Ⅰ（ASCC）。他提出把程序本身当作数据来对待，程序和该程序处理的数据用同样的方式存储。冯·诺伊曼和同事们依据此原理设计出了一个完整的现代计算机雏形，并确定了存储程序计算机的五 5 组成部分和基本工作方法。冯·诺伊曼的这一设计思想被誉为计算机发展史上的里程碑，标志着计算机时代的真正开始。

4. 中国计算机发展史

1958 年，中科院计算所研制成功了我国第一台小型电子管通用计算机 103 机（八一型），标志着我国第一台电子计算机的诞生。1965 年，中科院计算所研制成功了第一台大型晶体管计算机 109 乙，之后又推出 109 丙计算机，该机在两弹试验中发挥了重要作用。1974 年，清华大学等单位联合设计、研制成功了采用集成电路的 DJS-130 小型计算机，其运算速度可达 100 万次/秒。

1983 年，国防科技大学研制成功了运算速度达几亿次/秒的银河-Ⅰ巨型计算机，这是我国高速计算机研制的一个重要里程碑。1985 年，电子工业部计算机管理局研制成功了与 IBM PC 兼容的长城 0520CH 计算机。1992 年，国防科技大学研究出银河-Ⅱ通用并行巨型计算机，浮点运算峰值速度达到 4 亿次/秒（相当于 10 亿次/秒的基本运算操作），为共享主存储器的四处理器向量机，其向量中央处理器是采用中小规模集成电路自行设计的，总体水平已达到 20 世纪 80 年代中后期的国际先进水平，它主要用于中期天气预报的处理。1993 年，国家智能计算机研究开发中心（后成立为北京市曙光计算机公司）研制成功了曙光一号全对称共享存储多处理器，这是国内首次以基于超大规模集成电路的通用微处理器芯片和标准 UNIX 操作系统设计开发的并行计算机。1995 年，曙光公司又推出了国内第一台具有大规模并行处理器（MPP）结构的并行机，即曙光 1000（含 36 个处理器），浮点运算峰值速度可达 25 亿次/秒，实际运算速度上了 10 亿次/秒这一高性能台阶。曙光 1000 与美国 Intel 公司于 1990 年推出的大规模并行机体系结构与实现技术相近，这使得我国与国外的差距缩小到 5 年左右。

1997 年，国防科技大学研制成功了银河-Ⅲ百亿次/秒的并行巨型计算机系统，它采用可扩展分布共享存储并行处理体系结构，由 130 多个处理节点组成，浮点运算峰值性能为 130 亿次/秒，系统综合技术达到 20 世纪 90 年代中期的国际先进水平。1997—1999 年，曙光公司先后在市场上推出了具有集群结构（Cluster）的曙光 1000A、曙光 2000-Ⅰ、曙光 2000-Ⅱ超级服务器，浮点运算峰值计算速度已突破 1000 亿次/秒，机器规模已超过 160 个处理器。

1999 年，国家并行计算机工程技术研究中心研制的神威Ⅰ计算机通过了国家级验收，并在国家气象中心投入运行。其系统有 384 个运算处理单元，峰值运算速度达 3840 亿次/秒。2000 年，曙光公司推出了浮点运算 3000 亿次/秒的曙光 3000 超级服务器。2001 年，中科院计算所研制成功了我国第一款通用 CPU——"龙芯"芯片 。2002 年，曙光公司推出完全自主知识产权的"龙腾"服务器，龙腾服务器采用了"龙芯-1"CPU，采用了曙光公司和中科院计算联合研发的服务器专用主板，并采用了曙光 Linux 操作系统，该服务器是国内第一台完全实现自有产权的产品，在国防、安全等部门将发挥重大作用。2003 年，百万亿次数据处理超级服务器曙光 4000L 通过了国家验收，再一次刷新了国产超级服务器的历史记录，使得国产高性能产业再上新台阶。

1.1.2 计算机的特点

计算机之所以能成为现代化信息处理的重要工具，主要是因为它具有如下一些突出特点。

（1）运算速度快。目前，计算机的运算速度一般都在几百万次/秒至几亿次/秒之间，有的甚至更快，如我国研制的曙光 4000A 超级服务器的峰值运算速度可以达到 11 万亿次/秒。

（2）计算精度高，可靠性好。计算机用于数值计算可以达到千分之一到几百万分之一的精度，而且可连续无故障地运行时间，这也是其他运算工具无法比拟的。

（3）自动化程度高。计算机的设计采用了存储程序的思想，只要启动计算机执行程序，即可自动地完成预先设定的处理任务。

（4）具有超强的记忆和存储功能。计算机可以存储大量的资料、数据和其他信息。

（5）具有逻辑判断功能。计算机能根据判断的结果自动转向执行不同的操作或命令。

（6）通用性强。计算机能应用到各个不同的领域，进行各种不同的信息处理。

1.1.3　计算机的应用

人类发明计算机的初衷是为了解决复杂的科学计算问题，但计算机发展到现在，其应用已远远超过了科学计算的范围，它已经渗透到社会的各个领域，推动着国民经济的发展。概括起来，主要有如下几个方面。

（1）科学计算。科学计算又称为数值计算，即科学研究或工程设计中提出的数学问题的计算，如天气预报、洲际导弹、火箭等复杂的计算问题。

（2）数据和信息处理。数据和信息处理是指对数据量大但计算方法简单的一类数据进行加工、合并、分类等方面的处理，它广泛应用于管理信息系统和办公自动化系统中。

（3）自动控制。用计算机对各种生产过程进行自动控制，不仅可以提高效率，而且可以保证甚至提高质量，现在广泛应用于工业、交通和军事领域，如自动控制高楼大厦内的电梯等。

（4）计算机辅助系统。用于帮助工程技术人员进行各种工程设计工作，以提高设计质量、缩短设计周期、提高自动化水平。计算机辅助系统主要包括计算机辅助设计（Computer-Aided Design，CAD）、计算机辅助教学（Computer-Aided Instruction，CAI）、计算机辅助制造（Computer-Aided Manufacturing，CAM）等。

（5）人工智能。人工智能（Artificial Intelligence，AI）一般是指模拟人类大脑的工作方式，进行推理和决策的思维过程。计算机强大的逻辑判断能力使它能够胜任这方面的工作。

（6）计算机网络。计算机网络可以把本地的、外地的，甚至世界各地的计算机连接起来，共享计算机的丰富资源，如国际互联网 Internet 等。

（7）电子商务。电子商务的发展前景广阔，它能通过网络为各企业建立业务往来，具有高效率、低成本、高受益等特点。

1.1.4　计算机的分类

可以按照不同的标准对计算机进行分类。

（1）按照信息处理的方式不同可以将计算机分为模拟计算机、数字计算机和数字模拟混合计算机。模拟计算机主要处理模拟信息；数字计算机主要处理数字信息；数字模拟混合计算机既可处理数字信息，也可处理模拟信息。

（2）按照用途可以将计算机分为通用计算机和专用计算机。通用计算机适合解决各个方面的问题，它使用领域广泛，通用性强；专用计算机用于解决某个特定方面的问题。

（3）按照规模可以将计算机分为以下几类。

① 巨型计算机。在国防技术和现代科学计算上都要求计算机有很高的运算速度和很大的容量，因此，研制巨型计算机是一个很重要的发展方向。目前，巨型计算机的运算速度可达到百万亿次/秒。研制巨型计算机也是衡量一个国家经济实力和科学水平的重要标志。

② 大、中型计算机。这类计算机具有较高的运算速度，每秒可以执行几千万条指令，而且有较大的存储空间，往往用于科学计算、数据处理等。

③ 小型计算机。这类计算机的规模较小、结构简单、运行环境要求较低，主要用来辅助巨型计算机。

④ 微型计算机。微型计算机即个人计算机，它体积小巧轻便，广泛用于个人、公司等。

⑤ 服务器。服务器是在网络环境下为多个用户提供服务的共享设备，一般分为文件服务器、邮件服务器、DNS 服务器、Web 服务器等。

⑥ 工作站。工作站通过网络连接可以互相进行信息的传送，实现资源、信息的共享。

1.2　计算机系统的组成

完整的计算机系统由硬件系统和软件系统两大部分组成。计算机的硬件是指组成一台计算机的各种物理装置，它们是由各种实实在在的部件所组成的；计算机的软件是指计算机系统中的程序及文档。程序是对计算任务的处理对象和处理规则的描述；文档是为了便于了解程序而提供的阐述性资料。计算机系统的组成如图 1-1 所示。

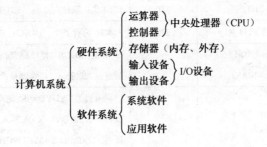

图 1-1　计算机系统的组成

1.2.1　硬件子系统

计算机硬件系统主要由5大功能部件构成，即运算器、控制器、存储器、输入设备和输出设备。其中，运算器和控制器是决定计算机运算速度的主要部件，在现代计算机系统中，这两大部件被集成在一块芯片中，被称为**CPU**（Central Processing Unit，中央处理器）。

组成计算机的各种部件通过总线连接起来构成完整的硬件系统。

1.2.2　软件子系统

计算机软件系统由计算机程序、数据及文档组成，可分为系统软件和应用软件两大类。

（1）系统软件。系统软件是一组保证计算机系统良好运行的基础软件，它使得计算机使用者和其他软件将计算机当作一个整体使用，而不需要考虑到底层每个硬件是如何工作的。系统软件一般包括操作系统和一系列基本的工具（如编译器、数据库管理、存储器格式化、文件系统管理、用户身份验证、驱动管理、网络连接等方面的工具）。常见的操作系统有 Windows、Linux、UNIX 等。

（2）应用软件。应用软件是利用计算机及其提供的系统软件为解决各种实际问题而编制的计算机程序。通常，应用软件专门用于解决某个应用领域中的具体问题。由于计算机的应用已经渗透到各个领域，所以应用软件也是多种多样的，如图形图像处理软件、程序设计软件、多媒体制作软件、辅助设计软件等。

1.3　计算机配件及其技术参数

1.2 节中主要讲了硬件系统由 5 个大的部分组成，但如果在琳琅满目的计算机产品中选购合适的产品，就需要对计算机配件及其主要的技术参数有所了解，然后针对不同的应用和功能侧重来规划配置中的重心，选购适合自己的计算机。计算机配置清单如表 1-1 所示。

表 1-1　计算机配置清单

配 件 名 称	品牌型号/规格	价格（元）	主要技术参数
主板	华硕 P8H61-M	749	支持 CPU 类型：支持 Core i7、Core i5 、Core i3 系列处理器；北桥芯片：Intel H61；支持内存类型：DDR3；板载声卡：板载 Realtek ALC887 6 声道 HD 声卡；板载网卡：板载 Realtek 8111E 千兆网络控制芯片
CPU	Intel　Core i3 2100	810	64 位；双核；主频：3.1GHz；L3:3M；外频：100MHz
内存	金士顿 DDR 3 1333 4G	270	4G；内存类型：DDR3；内存主频：1333MHz
硬盘	希捷 Barracuda 7200.12 500G 单碟（ST3500410AS）	261	容量：500GB；接口标准：S-ATA Ⅱ；盘体尺寸：3.5 英寸；转速：7200rpm；缓存容量：16MB
光驱	先锋 DVR-219CHV	199	刻录机类型：DVD+/-R；速率：24×DVD±R 写入，12× DVD+R DL 写入，12×DVD-R DL 写入，6×DVD-RW 覆写，8×DVD+RW 覆写，12×DVD-RAM，32×CD-RW 覆写，40×CD-R 写入缓存：2MB
显卡	昂达 HD5770 1024MB 神戈	999	芯片：AMD-ATI Radeon HD5770；显存容量：1024MB；显存类型：GDDR 5；核心频率：900MHz；显存频率：5000 MHz
声卡	主板集成	—	—
网卡	主板集成	—	—
机箱	金河田飓风 8216B	320	机箱样式：立式 ATX；机箱仓位：4 光驱位，7 硬盘位；机箱材质：SGCC 热浸锌钢板；标配电源型号：金河田 355WB+3C 电源
键盘鼠标	雷柏 8100 无线多媒体键鼠套装	168	键盘型式：薄膜式；键盘连接方式：2.4GHz 无线；鼠标类型：光电鼠标；鼠标连接方式：2.4GHz 无线；鼠标参数：1000DPI
显示器	三星 S22A330BW	1319	尺寸：22 英寸；接口类型：15 针 D-Sub，24 针 DVI-D 接口；亮度：250cd/m^2；对比度：1000:1；分辨率：1680×1050；响应速度：5m/s
音箱	漫步者 R201T08	230	音箱材质：全木质；功率：28 RMS(12W+8W×2)；信噪比：>85dB
总计		5325	

1.3.1　主板

主板（Main Board）又称为系统板（System Board）或母板（Mother Board），它是连通各个部件的基本通道，控制着各个部件之间的指令流和数据流，是硬件系统的核心部件，直接影响运行速度，其性能取决于主板上的芯片组。

主板是一块 4 层及 4 层以上的印制电路板，两外表面为信号通路，内层提供地线和电源线。主板上装有 CPU 插座、内存插槽、软硬盘插口、总线扩展槽、COM 口、键盘和鼠标接口等。

　　主板根据所安装 CPU 芯片类型的不同可分为 Intel 和 AMD 系列主板。华硕 P8H61-M 主板芯片组如图 1-2 所示，支持 LGA 1156、Intel Core i7、Core i5、Core i3 系列处理器芯片；NVIDIA nForce 590 SLI 芯片组如图 1-3 所示，支持 AM2 芯片。

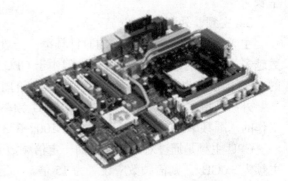

　　　　图 1-2　华硕 P8H61-M 主板芯片组　　　　　　　图 1-3　NVIDIA nForce 590 SLI 芯片组

1.3.2　中央处理器 CPU

　　CPU 是计算机的核心，主要由运算器和控制器组成，具有运算能力和控制能力，它的主要任务是执行程序。

　　目前，计算机中所使用的 CPU 主要是由美国 Intel 公司和 AMD 公司生产的。

　　计算机中所使用的英特尔 CPU 型号有 Core i7（酷睿 i7）、Core i5 、Core i3 、Core 2、Pentium（奔腾）和 Celeron（赛扬）等系列。其中，Core 2 系列是英特尔 2006 年推出的第 8 代 86 架构微处理器，它采用 Core 微架构，取代了由 2000 年起大多数英特尔处理器采用的 Netburst 架构，性能更优，耗电量更小。Core i3 和 Core 2 型号的 CPU 分别如图 1-4 和图 1-5 所示。

　　　　图 1-4　Intel Core i3-2100（正面和引脚面）　　　　图 1-5　Intel Core 2 Quad Q9600（正面）

　　AMD 公司生产的用于计算机的 CPU 型号主要有 Athlon 64、Sempron（闪龙，双核处理器）、Athlon（速龙）等系列。其中，Athlon 是第一款 64 位的 X86 处理器。

　　CPU 的技术参数主要包括指令集、字长、主频、FSB 频率、Cache 大小、核心数等。

　　1. 指令集

　　指令集是指 CPU 所能执行的机器命令。CPU 的指令集越丰富，也就意味着功能越强。例如，英特尔 CPU 随着型号的不断更新，其指令集也从最初的 X86 指令集不断地得到扩展，奔腾 CPU 中扩展了 MMX、SSE、SSE2、SSE3 指令集，最新的酷睿 CPU 中扩展了 SSE4 指令集。扩展的指令集使 CPU 具有更强的运算能力和多媒体数据处理能力。

2. 字长

字长是指 CPU 中通用寄存器的数据宽度，即 CPU 一次能处理的二进制数的位数。字长越长，则计算机处理数据的能力越强。我们通常所说的 32 位 CPU、64 位 CPU 指的就是 CPU 的字长。

3. 主频、外频

主频是指 CPU 内核工作的时钟频率。一般来说，主频越高，一个时钟周期里完成的指令数越多，CPU 的运算速度就越快。但由于 CPU 的内部结构不同，所以并非所有时钟频率相同的 CPU 的性能也相同。目前，计算机 CPU 的主频一般为 1～3.5GHz（1GHz $=10^9$Hz）。

外频是指由外部（主板）提供给 CPU 频率的时钟频率，也是整个计算机系统中各种部件工作的基准频率。CPU 的外频一般为 100～333MHz（1MHz$=10^6$Hz）。

CPU 主频是通过对外频设置的一定倍频数而获得的，例如，某 CPU 的外频为 200MHz，主频为 3.0GHz，则倍频数应设置为 15 倍。

4. FSB（前端系统总线）

FSB 是指 CPU 与主板北桥芯片和内存之间的数据通道，即系统总线。FSB 的主要技术参数有工作频率和带宽。

FSB 的工作频率越高，意味着 CPU 能以越快的速度与内存交换数据，从而程序运行速度越快。CPU 的 FSB 频率为 100～1333MHz。

FSB 的宽带是指每秒可以传送的数据量，由于目前 FSB 有 64 位数据线，因此 FSB 带宽=FSB 频率×64/8（字节/每秒，B/s）。例如，某 CPU 的 FSB 频率为 800MHz，则该 CPU 的 FSB 带宽为 6.4GB/s。了解该参数可以帮助我们搭配内存。

5. Cache（高速缓存）

早期的内存和 CPU 的工作速度是匹配的，但是与内存速度相比，CPU 速度的提高要快得多，目前，内存的速度已与 CPU 速度相差一个数量级以上。为了解决内存不够快的问题，人们设计了 Cache 系统。

Cache 系统采用速度高很多的 SRAM（静态随机存储器）作为由 DRAM（动态随机存储器）组成的内存高速缓存。CPU 中的硬件自动将内存中经常使用的数据映射到 Cache 中，只要 CPU 所要的数据在 Cache 中，就不必到内存中去取数据，大大加快了读取速度。由于程序运行具有局部性，所以在 Cache 中的命中率很高。目前，CPU 内部设计有三级 Cache，分别称为 L1 Cache、L2 Cache 和 L3 Cache。

6. 核心数

过去，CPU 处理能力的提高主要通过提高主频来实现，但主频的提高毕竟有物理限制。多核技术是近年来出现的提高 CPU 处理能力的一种新技术，其主要思路是在一个处理器上集成多个运算核心，从而提高计算能力。目前，CPU 的核心数为分别为单核、双核、三核、四核和六核。

1.3.3 内存

内存是内部存储器的简称，主要用来存储计算机运行时所需要的程序和数据，因此，内存的容量和存取速度极大地影响着计算机的运算速度。为了尽可能地提高内存的存取速度，一般使用由电子芯片构成的 DRAM。金士顿 DDR3 1333 4G 内存条如图 1-6 所示。

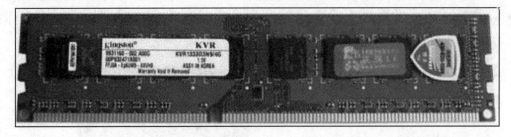

图 1-6　金士顿 DDR3 1333 4G 内存条

计算机中所使用的内存条主要有 SDRAM、DDR、DDR2 和 DDR3 等类型。

（1）SDRAM（Synchronous DRAM，同步动态随机存储器）。所谓同步是指其与 CPU 使用相同的时钟频率进行数据交换，它的工作频率与 CPU 的外频同步，不存在延迟或等待时间。

（2）DDR SDRAM（Dual Date Rate SDRAM，双倍速率同步动态随机存储器），采用在时钟的上、下沿都能进行数据传输技术，所以数据传输速率是 SDRAM 的两倍。

（3）DDR2 是第二代 DDR 存储器，拥有两倍于 DDR 内存的预读取能力（即 4 位数据预读取），这样可以使用较低工作频率的内存芯片实现较高数据传输速率的内存模块。

（4）DDR3 拥有比 DDR2 更高频率的优势。

内存条的计数参数主要包括容量、频率和带宽。

（1）容量。容量的单位为字节（Byte），1 个字节由 8 位二进制数组成。容量越大，计算机加载的程序和数据越多，程序运算的能力就越强。目前，计算机内存条的容量一般在 512MB～4GB（1GB=1024MB，1MB=1024KB，1KB=1024B）。

（2）频率。内存的频率有核心频率、时钟频率、数据传输频率。通常内存条型号后标的数字为数据传输频率，例如，DDR2 533，表示该内存条的数据传输频率为 533MHz。时钟频率是指由外部（主板）提供给内存条的时钟频率。核心频率则是指内存芯片的工作频率。

（3）带宽。内存带宽是指每秒可以传送的数据量。

1.3.4　外存

外存是外部存储器的简称，主要用来存储需要长久保存的程序和数据。常用的外存有硬盘、光盘、U 盘（闪存）和软盘等。其中，硬盘属于重要的外部存储设备，几乎所有的信息（操作系统、应用程序、数据等）都要存放在硬盘中，以便随时调用，硬盘及硬盘内部结构图如图 1-7 所示。光盘、U 盘和软盘属于移动存储设备，一般用于数据复制、备份和数据交换。

外存的技术参数主要包括容量和速度。硬盘容量为数十到数百 GB，U 盘容量为数十到数几十 GB，典型的光盘容量 650MB，软盘容量为 1.44MB。数据存取速度由快到慢依次为硬盘、U 盘、光盘、软盘。

外存中最重要的是硬盘，硬盘的主要技术参数如下。

（1）容量。硬盘的容量较大，一般为数十到数百 GB，甚至可达 TB。

（2）转速。硬盘的转速是指硬盘盘片每分钟转过的圈数，单位为 r/min（转/分钟）。一般硬盘的转速为 5400r/min 和 7200r/min。有些 SCSI 接口的硬盘使用了液态轴承技术，转速可达 10000～15000r/min。转速越大，硬盘存取数据的速度越快。

（3）高速缓存。由于 CPU 与硬盘之间存在巨大的速度差异，为解决硬盘在读/写数据时 CPU 的等待问题，在硬盘上设置适当的高速缓存，可以解决两者之间速度不匹配的问题。硬盘缓存与主板上高速缓存的作用一样，是为了提高硬盘的读/写速度。硬盘缓存通常为 128KB～2MB。

图 1-7　硬盘及硬盘内部结构图

（4）平均寻道时间。平均寻道时间是指磁头移动到数据所在磁道需要的时间，这是衡量硬盘机械能力的重要指标，一般为 5～10ms，值越小越好。平均寻道时间又分为平均读取时间和平均写入时间。

（5）接口标准。目前市面上使用最多的是串行 ATA 接口（简称 SATA），如表 1-1 中的硬盘接口标准就是 S-ATA Ⅱ。

1.3.5　显卡

在计算机中，显卡所占据的地位越来越重要，尤其是对图形图像处理要求较高的场合。显卡的主要作用是把 CPU 传送过来的图像信号经过处理后再输送到显示器上。

显卡的主要技术参数有接口类型、显存容量和带宽、图形处理芯片（GPU）的 3D 处理能力等。

显卡接口有 PCI（Peripheral Component Interconnect）、AGP（Accelerated Graphics Port）、PCI-E 等。其中，PCI-E 是最新的显卡接口类型，它的主要优势是数据传输速率高，目前最高为 10GB/s 以上，而且还有相当强大的发展潜力。昂达 HD5770 1024MB 神戈如图 1-8 所示。

图 1-8　昂达 HD5770 1024MB 神戈

1.3.6 输入和输出设备

输入设备的主要作用是将外部世界各种各样的信息形式转换为计算机所能处理的数字形式。输出设备的主要作用是将计算机中的数字形式转换为人能够理解的信息形式。一些常见的输入和输出设备如图 1-9 所示。

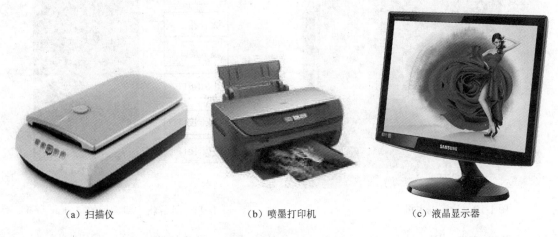

（a）扫描仪　　　　　　　　（b）喷墨打印机　　　　　　　　（c）液晶显示器

图 1-9　一些常见的输入和输出设备

1. 输入设备

常见的输入设备有键盘（将文本和符号信息转换为数字信息）、鼠标（将位置信息转换为数字信息）、扫描仪（将图像信息转换为数值信息）等。有些设备没有被称为输入设备，但本质上都是将各种现实的信息形式转换为数字形式，如数码照相机和数码摄像机，都是将图形和视频信息转换为数字信息。

2. 输出设备

常见的输出设备有显示器（有 CRT、液晶、等离子等种类，它将数字信息转换为图形、图像、视频和文本等多种可视信息）、打印机（有针式、喷墨、激光等种类，它将数字信息转换为纸张上的文本、图形、图像信息）、绘图仪（它将数字信息转换为纸张上的图形信息），另外，声卡加上音箱可将数字信息转换为声音信息。

1.4　计算机主机接口

将主板、CPU、内存条、硬盘、光驱、软驱、显卡、声卡、电源等正确组装在机箱内就构成了计算机主机，如图 1-10 所示。

如何组装计算机不属于本课程的内容，对此感兴趣的读者可参考相关书籍。本节将简单介绍主机的各种接口，希望读者能了解各接口的作用，在需要时能正确将外部设备（显示器、打印机、鼠标、键盘、音箱等）通过相应的主机接口与主机相连。计算机主机的大部分接口位于主机的背面，计算机主机常用的接口如图 1-11 所示。但为了使用方便，现在主机前面设有声卡接口和多个 USB 接口。

图 1-10　计算机主机

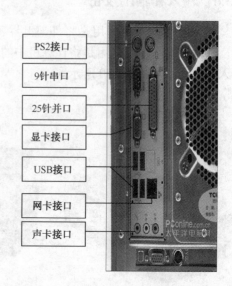

图 1-11　计算机主机常用的接口

（1）PS2 接口。用于连接鼠标和键盘，绿色的接鼠标，紫色的接键盘。

（2）串口。全称为串行通信接口，英文符号为 COM。一般主机有 2 个串口，分别称为 COM1、COM2，一个为 9 针，另一个为 25 针。串口主要用于连接调制解调器等通信设备。早期的鼠标也使用串口与主机连接。

（3）并口。全称为并行通信接口，英文符号为 LPT。并口主要用于连接打印机。

（4）USB（Universal Serial Bus，通用串行总线接口）。它是一种新型的主机与外部设备的通信接口，具有结构简单、数据传输速度快的优点，越来越多的外部设备采用 USB 接口与主机相连，如 U 盘、数码相机、MP3 播放器、扫描仪、打印机等。

（5）网卡接口。通过 RJ-45 接头和双绞线将计算机接入局域网。

（6）声卡接口。至少有 2 个接口，一个用于连接话筒输入，另一个用于连接音箱输出。在连接时要注意其上的标识，不要接错。

（7）显卡接口。用于与显示器的连接。

1.5　计算机中的数制与存储单位

计算机是处理信息的工具，数字计算机处理的都是数字化的信息，日常生活中人们采用十进制的计数方法，但是计算机内部却采用二进制进行计数和运算，因此，掌握计算机中数制的表示和数制间的转换是十分重要的。

1.5.1　数制的概念

1. 进位计数制

计算机的数制采用进位计数制。所谓进位计数制是指按照进位的原则来进行计数的，如十进制按照"逢十进一"的原则进行计数。

计数制由基本数码（通常称为基码）、基数和位权值 3 个要素组成。一个数的基码就是组成该数的所有数字和字母，所有不同数字的个数即基码的个数称为该进位制的基数，简称基。每个数字在数中的位置称为位数，每个位数对应的值称为位权。各进位制中位权的值为基数的位数次幂。例如，一个十进制数由 0～9 这 10 个基码组成，基数是 10，位权分别为 10^0（个），10^1（十），10^2（百）……。任何一个数的大小等于其位上数字与其对应位权值的乘积之和。

2. 十进制

十进制的基码是 0，1，2，…，9 这 10 个不同的数字，在进行运算时采用的是"逢十进一，借一当十"的规则。基数为 10，数位有个位、十位、百位、千位等，对应的位权值分别为 10^0，10^1，10^2，10^3……。例如，十进制数 156.24 可以表示为 $156.24=1\times10^2+5\times10^1+6\times10^0+2\times10^{-1}+4\times10^{-2}$。

3. 二进制

在二进制中根据晶体管截止和导通的规律采用数字"0"和"1"来表示这两种状态，所以二进制的基码是 0、1 两个数字，在进行运算时采用的是"逢二进一，借一当二"的规则，基数为 2，位权是以 2 为底的幂。例如，二进制数 110011 可以表示为 $1\times2^5+1\times2^4+0\times2^3+0\times2^2+1\times2^1+1\times2^0$。

4. 八进制和十六进制

八进制的基码是 0，1，2，…，7 这 8 个数字，在进行运算时采用的是"逢八进一，借一当八"的规则，基数为 8。

十六进制的基码是 0，1，2，…，9 这 10 个数字和 A、B、C、D、E、F 这 6 个字母，6个字母分别对应十进制中的 10、11、12、13、14、15，在进行运算时采用的是"逢十六进一，借一当十六"的规则，基数为 16。

各种进制数可用下标来区别，如（1001001）$_2$ 表示二进制数，（245）$_8$ 表示八进制数，（64D）$_{16}$ 表示十六进制数。

几种数制的表示如表 1-2 所示。

表 1-2　几种数制的表示

数　制	进位规则	基　数	基　码	位　权	数制标识
二进制	逢二进一	2	0，1	2i（i 为整数）	B
八进制	逢八进一	8	0～7	8i（i 为整数）	O
十进制	逢十进一	10	0～9	10i（i 为整数）	D
十六进制	逢十六进一	16	0～9，A～F	16i（i 为整数）	H

几种数制的对应关系如表 1-3 所示。

表 1-3　几种数制的对应关系

十　进　制	二　进　制	八　进　制	十　六　进　制
0	0	0	0
1	1	1	1
2	10	2	2
3	11	3	3
4	100	4	4
5	101	5	5

续表

十 进 制	二 进 制	八 进 制	十 六 进 制
6	110	6	6
7	111	7	7
8	1000	10	8
9	1001	11	9
10	1010	12	A
11	1011	13	B
12	1100	14	C
13	1101	15	D
14	1110	16	E
15	1111	17	F

1.5.2　各数制间的转换

为了适应不同问题的需要，不同进制之间经常需要进行相互转换。

1．任意进制数转换为十进制数

二进制、八进制、十六进制以至任意进制的数转换为十进制数的方法都是一样的，即将其各位上数字与其对应位权值的乘积相加，所得之和即为对应的十进制数。

【例 1-1】　分别将二进制数（1101011.01）$_2$ 和十六进制数（C64E）$_{16}$ 转换为十进制数。

$(1101011.01)_2 = 1 \times 2^6 + 1 \times 2^5 + 0 \times 2^4 + 1 \times 2^3 + 0 \times 2^2 + 1 \times 2^1 + 1 \times 2^0 + 0 \times 2^{-1} + 1 \times 2^{-2} = 107.25$

$(C64E)_{16} = 12 \times 16^3 + 6 \times 16^2 + 4 \times 16^1 + 14 \times 16^0 = 50\ 766$

2．十进制数转换为二进制、八进制、十六进制数

十进制数转换为二进制、八进制、十六进制数，整数部分和小数部分的转换规则是不同的，转换规则如下。

（1）整数转换采用"除以基数取余逆排"法。

（2）小数转换采用"乘基数取整顺排"法。

（3）含整数和小数的混合数，将整数部分和小数部分分别转换完后再合并。

【例 1-2】　把十进制数 47 转换为二进制数。

根据规则（1），采用"除以 2 取余逆排"法，如图 1-12 所示。

图 1-12　十进制整数转换为二进制数

所以，（47）$_{10}$＝（101111）$_2$。

【例 1-3】　把十进制数 0.125 转换为二进制数。

根据规则（2），采用"乘 2 取整顺排"法，如图 1-13 所示。

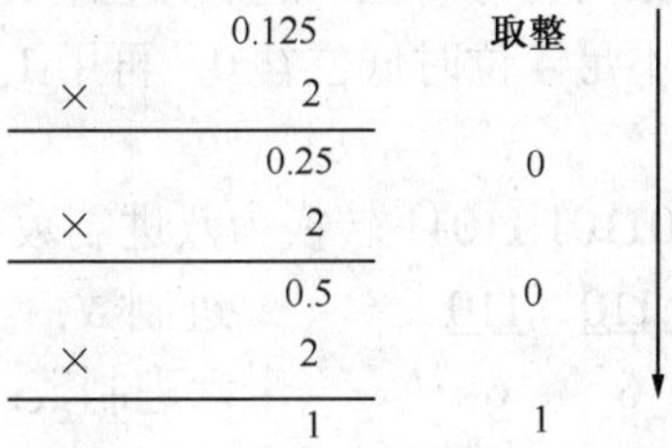

图 1-13　十进制小数转换为二进制数

所以，$(0.125)_{10} = (0.001)_2$。

【例 1-4】　把十进制数 47.125 转换为二进制数。

根据规则（3）及【例 1-2】和【例 1-3】的结果可知，$(47.125)_{10} = (101111.001)_2$。

【例 1-5】　把十进制数 3380.365 转换为八进制数。

根据规则（1）和规则（2），分别把整数部分和小数部分转换为八进制数，如图 1-14 和图 1-15 所示。

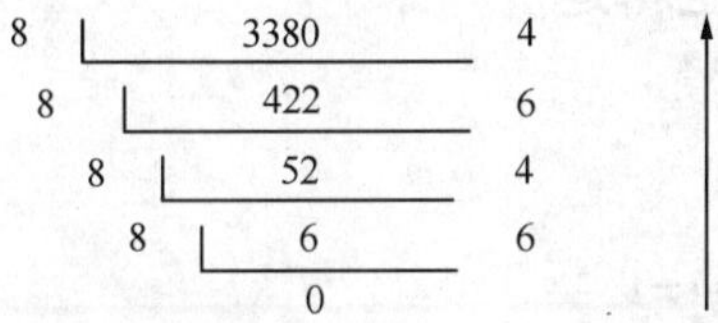

图 1-14　整数部分转换为八进制数

所以，$(3380)_{10} = (6464)_8$。

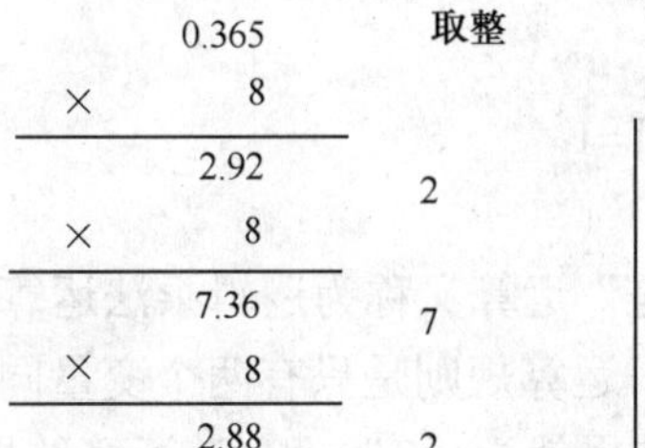

图 1-15　小数部分转换为八进制数

所以，$(0.365)_{10} = (0.2727)_8$（保留 4 位小数）。

根据规则（3），$(3380.365)_{10} = (6464.2727)_8$。

3. 二进制数转换为八进制数、十六进制数

由于 1 位八进制数可以用 3 位二进制数来表示，所以二进制数转换为八进制数只需要以小数点为起点，整数部分向左每 3 位二进制数为一组，不足 3 位时高位补 0，小数部分向右每 3

位二进制数为一组，不足 3 位时低位补 0，再用 1 位八进制数表示这 3 位二进制数即可。

同样，由于 1 位十六进制数可以用 4 位二进制数来表示，所以二进制数转换为十六进制数只需要以小数点为起点，整数部分向左每 4 位二进制数为一组，不足 4 位时高位补 0，小数部分向右每 4 位二进制数为一组，不足 4 位时低位补 0，再用 1 位十六进制数表示这 4 位二进制数即可。

【例 1-6】 将二进制数 11001101.11011 转换为八进制数和十六进制数。

二进制数： <u>011</u>　<u>001</u>　<u>101.110</u>　<u>110</u>　　二进制数： 　<u>1100</u>　<u>1101.1101</u>　<u>1000</u>

八进制数： 　3　　1　　5 . 6　　6　　十六进制数： 　C　　D . D　　8

即（11001101.11011）$_2$=（315.66）$_8$，（11001101.11011）$_2$=（CD.D8）$_{16}$。

4. 八进制数、十六进制数转换为二进制数

八进制数、十六进制数转换为二进制数是二进制数转换为八进制数、十六进制数的逆运算。只需将八进制数的每一位数转换为对应的 3 位二进制数或者将十六进制数的每一位数转换为对应的 4 位二进制数，就能完成八进制数和十六进制数转换为二进制数。

【例 1-7】 将十六进制数 8DA2.95 转换为二进制数。

十六进制数： 　8　　　D　　　A　　　2 . 　9　　　5

二进制数： 　1000　　1101　　1010　　0010 . 1001　　0101

1.5.3 二进制的算术运算和逻辑运算

1. 二进制的算术运算

（1）二进制的加法规则。

　　0+0=0　　　　　　　　0+1=1

　　1+0=1　　　　　　　　1+1=0（向高位进 1）

（2）二进制的减法规则。

　　0-0=0　　　　　　　　1-1=0

　　1-0=1　　　　　　　　0-1=1（向高位借 1）

（3）二进制的乘法规则。

　　0×0=1×0=0×1=0　　　1×1=1

2. 二进制的逻辑运算

（1）"与"运算（AND）。"与"运算又称为逻辑乘法运算，可以用符号"·"或"∧"来表示。A、B 两个逻辑变量的"与"运算规则是只有两个变量同时为"1"时，"与"运算的结果才为"1"；否则，"与"运算的结果就为"0"。"与"运算结果如表 1-4 所示。

表 1-4 　"与"运算结果

A	B	A∧B
0	0	0
0	1	0
1	0	0
1	1	1

（2）"或"运算（OR）。"或"运算又称为逻辑加法运算，可以用符号"+"或"∨"来表示。A、B 两个逻辑变量的"或"运算规则是只有两个变量同时为"0"时，"或"运算的结果才为"0"；否则，"或"运算的结果就为"1"。"或"运算结果如表 1-5 所示。

表 1-5　"或"运算结果

A	B	A∨B
0	0	0
0	1	1
1	0	1
1	1	1

（3）"非"运算（NOT）。变量 A 的"非"运算就是取其相反的结果，可以用符号" $\overline{A}$ "来表示。"非"运算结果如表 1-6 所示。

表 1-6　"非"运算结果

A	$\overline{A}$
0	1
1	0

3. 运算时数据的表示形式

计算机中用来进行计算的数有两种形式，即无符号数和有符号数。无符号数指的就是寄存器内的数不存在符号位，每一位都用来存放数值；而对于有符号数来说，寄存器中需要留出一位来存储符号。因此，在计算机字长相同的情况下，有符号数和无符号数的取值范围是不同的。一般在寄存器中用最高位来表示符号位，所以，无符号数表示的最大值可以为有符号数的两倍。例如，计算机字长为 16 位，则有符号数的表示范围为-32768～+32767，无符号数的表示范围为 0～65535。

对于有符号数来说，要能使计算机识别其"正"、"负"，则必须将其符号位准确地表示出来。众所周知，在计算机的二进制数值系统中，所有的信息都用 0 和 1 来表示，这正好对应"正"、"负"这两种不同的状态。因此，在计算机中对于有符号数的符号位也可以使用 0 和 1 来表示，其中，用 0 表示"正"，用 1 表示"负"，且规定将符号位放在有效数字的前面。将符号数字化的数称为机器数，带符号的数称为真值。在计算机的算术运算中，为了让有符号数的符号位也参加运算，需要将数字化的编码进行进一步的处理。符号位和数值构成的编码的常见方式有原码、补码和反码。

（1）原码表示法。原码表示法是计算机机器数中最简单的一种表示形式，其符号位为 0 表示正数，符号位为 1 表示负数，数值位即真值的绝对值，所以原码又称为带符号的绝对值表示。

求原码的规则如下：

任意整数或者小数的原码只需要将真值的符号位数值化，即"+"用 0 表示，"-"用 1 表示，而除符号位之外的数值位保持不变。

例如，对于正整数 X=+1101000：

　　　　[X]$_原$=01101000

对于负整数 X=-1101000：

$$[X]_原=11101000$$

例如，对于正小数 X=+0.100101：

$$[X]_原=0.100101$$

对于负小数 X=−0.100101：

$$[X]_原=1.100101$$

根据以上规则，可以将真值转换为原码，反过来，也可以将原码转换为真值。

例如，已知$[X]_原$=1.100101，则由规则可得：

$$X=−0.100101$$

已知$[X]_原$=11101000，则由规则可得：

$$X=−1101000$$

注意，当 X=0 时：

$$[+0.0000]_原=0.0000$$
$$[−0.0000]_原=1.0000$$

由此可见，$[+0]_原$并不等于$[−0]_原$，在原码中，0 有两种表示形式。

从上面的例子中可以看出，原码表示法非常简单直观，而且容易和真值进行转换，但是使用原码进行加减运算时，非常不方便。例如，当两个符号不同的操作数进行加法运算时，先要判断两个数的绝对值大小，然后将绝对值大的减去绝对值小的，运算结果的符号以绝对值大的数为准，运算步骤比较复杂、费时，即使是加法运算，结果也要使用减法才能实现，这就要求计算机不仅有加法器，还要有减法器。因此，在计算机中还需要其他的数据编码表示法。

（2）补码表示法。补码表示法是根据数学上的同余概念引申而来的，主要思路是采用加法运算来代替减法运算，即将减法变成加法。这是补码和原码相比最大的优点，所以在计算机中广泛地采用补码进行加减法运算。

求补码的规则如下：

① 正数的补码与原码相同，即$[X]_补$=$[X]_原$。

② 负数的补码为保持原码的符号位不变（即 1），然后将其数值位一一取反，再在最低位加上 1。

例如，X=−1001000，则

$$[X]_原=11001000，[X]_补=10111000$$

又如，X=−0.1001，则

$$[X]_原=1.1001，[X]_补=1.0111$$

根据以上规则，可以通过原码求出补码，反过来，也可以根据补码求出原码。

对于正数：$[X]_原$=$[X]_补$

对于负数：$[X]_原$=$[[X]_补]_补$

例如，$[X]_补$=0.1100110，则$[X]_原$=0.1100110

$$[X]_补=1.1101001，则[X]_原=1.0010111$$

注意，0 的补码只有一种表示形式。

（3）反码表示法。反码表示法与补码表示法有许多相同之处，且反码通常用来作为由原码求补码或者由补码求原码的中间过渡。

求反码的规则如下：

① 正数的反码与原码相同，即$[X]_反$=$[X]_原$。

② 负数的反码为保持原码的符号位不变（即 1），然后将其数值位一一取反。

例如，$[X]_原=0.1011100$，则$[X]_反=0.1011100$

$[X]_原=1.0110110$，则$[X]_反=1.1001001$

注意，0 的反码有两种表示形式，$[+0.0000]_反=0.0000$，$[-0.0000]_反=1.1111$。

综上所述，3 种运算时数据的表示形式的特点可以归纳如下。

（1）最高位都为符号位。

（2）如果真值为正，则原码、补码和反码的表示形式都相同，符号位都为 0，且数值部分与真值相同。

（3）如果真值为负，则原码、补码和反码的表示形式各不相同，但符号位都为 1，而数值部分与真值的关系为补码为原码的取反加 1，反码为原码的每位取反。

1.5.4　数据的存储单位

计算机可以存储大量的数据，并且对其进行运算。计算机是由逻辑电路组成的，用电子元件的导通和截止来表示 0 和 1，所以，目前所用的计算机都是采用二进制数进行运算、控制和存储的。根据存储数据的大小，计算机存储容量的单位有很多类别。下面介绍一些常用的存储单位。

（1）比特位（bit）：它是二进制数存储的最小单位，存放 1 位二进制数（0 或 1）。

（2）字节（Byte）：由 8 位二进制数组成一个字节，通常用 B 表示，是计算机存储容量的基本单位。

（3）字（Word）：由若干个字节组成一个字，一个字可以存储一条指令或一个数据，字的长度称为字长。字长是指 CPU 能够直接处理的二进制数据位数，字长越长，占的位数越多，处理的信息量就越多，计算的精度和速度也越高，它是计算机性能的一个重要指标。常见的计算机字长有 32 位和 64 位。

（4）存储器的存储单位通常用 B，KB，MB，GB，TB 表示，它们的转换关系如下：

1B=8bit

$1KB=2^{10}B=1024B$

$1MB=2^{10}KB=1024KB$

$1GB=2^{10}MB=1024MB$

$1TB=2^{10}GB=1024GB$

练　习　题

一、判断题

1．十六进制数 79 对应的八进制数为 144。　　　　　　　　　　　　　　（　　）

2．计算机可以对文字符号进行判断和比较。　　　　　　　　　　　　　（　　）

3．主存储器是用来存储要用到的程序或数据。　　　　　　　　　　　　（　　）

4．16 位字长的计算机是指能计算最大为 16 位十进制数的计算机。　　　（　　）

5．计算机中-1 的原码是 10000001。　　　　　　　　　　　　　　　　　（　　）

6．软盘比硬盘更容易损坏。　　　　　　　　　　　　　　　　　　　　　（　　）

7．声卡是多媒体计算机的需要设备之一。　　　　　　　　　　　　　　　（　　）

8. CMOS 存储器只能够读出不能写入。　　　　　　　　　　　　　　（　　　）

9. 一般来说计算机字长与性能成反比。　　　　　　　　　　　　　　（　　　）

10. BIOS 程序存放在 RAM 存储器中。　　　　　　　　　　　　　　　（　　　）

11. 实时操作系统是用于多 CPU 的计算机系统，具有并行处理的功能。（　　　）

12. 分时操作系统中，用户无论在什么位置上，每个周期都能分到 1 个时间片。（　　　）

13. ENIAC 是第一部使用内存储程序的计算机。　　　　　　　　　　（　　　）

14. 一般而言，中央处理器是由控制器、外围设备及存储器所组成的。（　　　）

15. 计算机家族中，运算速度最快的是大型机，最慢的巨型机。　　　（　　　）

16. 磁盘驱动器是计算机的辅助存储器，也可以算是输入、输出设备。（　　　）

17. 鼠标右键拖动不能复制文件，只能创建快捷方式。　　　　　　　（　　　）

18. 显示器的大小用屏幕边长表示，所谓 17 寸显示器即指屏幕边长为 17 英寸。（　　　）

二、单选题

1. 简写 CERNET 的中文名称是（　　　　）。
　　A. 中国公用计算机互联网　　　　　　　　B. 中国教育和科研计算机网
　　C. 中国教育计算机网　　　　　　　　　　D. 中国科研计算机网

2. "8" 的 ASCII 码值（十进制）为 56，"4" 的 ASCII 码值为（　　　　）。
　　A. 60　　　　　　　B. 52　　　　　　　C. 53　　　　　　　D. 51

3. (1010.011)B=（　　　）H。
　　A. A.6　　　　　　B. A.3　　　　　　　C. 10.3　　　　　　D. 10.6

4. "B" 对应的 ASCII 码值是 1000010，则字符 A 对应的 ASCII 码值是（　　　　）。
　　A. 64　　　　　　　B. 65　　　　　　　C. 63　　　　　　　D. 62

5. （　　　　）是低级语言。
　　A. COBOL　　　　　B. PASCAL　　　　　C. 机器语言　　　D. BASIC

6. 下列数据中（　　　　）最小。
　　A. （1011001）B　　B. （2A7）H　　　　C. （37）O　　　　D. （75）D

7. 198 对应的十六进制数是（　　　　）。
　　A. 6C　　　　　　　B. C6　　　　　　　C. 6D　　　　　　　D. D610

8. 没有（　　　　）的计算机称为裸机。
　　A. 软件　　　　　　B. 外围设备　　　　C. CPU　　　　　　D. 硬件

9. 具有多媒体功能的计算机系统常用 CD-ROM 作为外存储器，它是（　　　　）。
　　A. 只读内存储器　　　　　　　　　　　B. 只读大容量软盘
　　C. 只读光盘存储器　　　　　　　　　　D. 只读硬盘

10. 一般情况下，下列盘符中可能成为 U 盘盘符标识的是（　　　　）。
　　A. E:　　　　　　　B. B:　　　　　　　C. A:　　　　　　　D. 以上都不可以

11. 高级语言编译程序是一种（　　　　）。
　　A. 诊断软件　　　　B. 工具软件　　　　C. 应用软件　　　D. 系统软件

12. 用 BASIC 语言编制的源程序要变为目标程序，必须经过（　　　　）。
　　A. 检查　　　　　　B. 汇编　　　　　　C. 编译　　　　　　D. 编辑

13. 微型计算机中，I/O 设备的含义是（　　　　）。
　　A. 输出设备　　　　B. 输入设备　　　　C. 输入、输出设备　　D. 控制设备

14. 某工厂的仓库软件属于（ ）。

    A．系统软件   B．字处理软件   C．工具软件   D．应用软件

15. 关于存储程序的概念错误的是（ ）。

    A．把程序存储在计算机外存中   B．具有自动存储能力

    C．把程序存储在计算机内存中   D．事先编程

16. ASCII 码是一种字符编码，常用（ ）位码。

    A．10   B．7   C．32   D．16

17. 在计算机中，（ ）可以实现不同设备之间的相互连接和通信，解决它们之间的不匹配。

    A．接口   B．驱动器   C．适配器   D．总线

18. 下列编码中，（ ）与汉字信息处理无关。

    A．BCD 码   B．输入码   C．字模点阵码   D．区位码

19. 微处理器的字长、主频、运算器结构及（ ）是影响其处理速度的主要原因。

    A．有无 DMA 功能   B．是否微程序控制

    C．有无中断处理   D．有无 Cache 存储器

20. 一个 16 位机的一个机器数能表示的最大无符号数是（ ）。

    A．65535   B．65536   C．32767   D．32768

21. 计算机面板上的 RESET 按钮的作用是（ ）。

    A．复位启动   B．暂停运行   C．清屏   D．热启动

22. 存储一个 24×24 点阵汉字字形需要的字节数为（ ）。

    A．48B   B．96B   C．72B   D．24B

23. 计算机可直接执行的指令一般都包含（ ）两个部分。

    A．数字和文字   B．操作码和操作数

    C．数字和运算符号   D．源操作数和目的操作数

24. 十六进制数 23.B6 对应的二进制数为（ ）。

    A．100011.1010011   B．100011.1011011

    C．1011.1010011   D．1011.1011011

25. 中文字符编码采用（ ）。

    A．ASCII 码   B．BCD 码   C．国标码   D．拼音码

26. 一个字节由 8 位二进制数组成，其最大的无容纳符号十进制整数为（ ）。

    A．245   B．47   C．233   D．255

27. 第一代计算机使用的主存储器是（ ）。

    A．集成度高的半导体   B．半导体

    C．磁芯   D．延迟线或磁鼓

28. 以下不属于多媒体部件的是（ ）。

    A．音箱   B．网卡   C．麦克风   D．声卡

29. 微型计算机中的外存储器，可以与（ ）直接进行数据传送。

    A．微处理器   B．控制器   C．运算器   D．内存储器

30. 系统软件包括操作系统、服务器和（ ）程序。

    A．应用   B．通用   C．高级   D．语言处理

31．按（　　　）键之后，可删除光标位置（即光标右边）的一个字符。

A．"Delete"　　　　　　B．"Backspace"　　　　　C．"Insert"　　　　　D．"Shift"

32．将八进制数 663 转换为二进制数是（　　　　）。

A．1011011　　　　　　B．100111　　　　　C．1101110　　　　　D．10101010100

33．格式化磁盘的方法是选择磁盘驱动器的对象，弹出磁盘驱动器对象的快捷菜单，（　　　）使用菜单中的格式化来完成。

A．单击鼠标右键　　　　　　　　　　　B．双击鼠标左键

C．单击鼠标左键　　　　　　　　　　　D．双击鼠标右键

34．下列说法中（　　　　）是正确的。

A．软盘的数据存储量远比硬盘小　　　　　B．软盘可以是几张磁盘合成的一个磁盘组

C．软盘的体积比硬盘大　　　　　　　　　D．读取硬盘上的数据所需时间较软盘长

35．十六进制 1E 转换为十进制数是（　　　　）。

A．31　　　　　　　B．30　　　　　　　C．29　　　　　　　D．28

36．（　　　　）是对裸机的首次扩充。

A．操作系统　　　　B．字处理软件　　　　C．高级语言　　　　D．应用软件

37．字符的 ASCII 码在机器中的表示方式准确的描述是使用（　　　　）。

A．8 位二进制代码，最右位为 0　　　　　B．8 位二进制代码，最左位为 0

C．8 位二进制代码，最左位为 1　　　　　D．8 位二进制代码，最右位为 1

38．我国从（　　　　）年开始将计算机犯罪纳入了刑事立法体系。

A．1997　　　　　　B．从来没　　　　　C．1991　　　　　D．1983

39．4 倍速 CD-ROM 驱动器的传输速率达（　　　　）KB/s。

A．300　　　　　　B．500　　　　　　C．600　　　　　　D．400

40．（　　　　）不是计算机高级语言。

A．JAVA　　　　　B．C++　　　　　　C．CAD　　　　　　D．BASIC

41．16 倍速 CD-ROM 驱动器的传输速率达（　　　　）KB/s。

A．400　　　　　　B．3000　　　　　C．2400　　　　　D．2000

42．在编译程序的执行方式中，（　　　　）方式是把全部源程序进行一次性翻译处理后，产生一个等价目标程序，然后再去执行。

A．编译　　　　　　B．操作系统　　　　C．组译　　　　　　D．解释

43．用 MIPS 来衡量计算机的性能指标是（　　　　）。

A．存储容量　　　　B．可靠性　　　　　C．运算速度　　　　D．处理能力

44．十六进制数 2B9 可表示为（　　　　）。

A．2B9F　　　　　　B．2B9H　　　　　C．2B9O　　　　　D．2B9E

45．（0.5）D=（　　　　）O。

A．0.4　　　　　　B．0.6　　　　　　C．0.5　　　　　　D．0.3

46．应用软件是指（　　　　）。

A．能被各应用单位共同使用的某种软件　　　B．专门为某一应用而编制的软件

C．所有计算机上都能使用的基本软件　　　　D．所有能够使用的软件

47．在编译程序的执行方式中，（　　　　）方式是对源程序的每个语句边解释边执行。

A．解释　　　　　　B．组译　　　　　　C．编译　　　　　　D．操作系统

48．源程序不能直接运行，需要翻译成（　　　　　　）程序后才能运行。

　　A．汇编语言　　　　B．C 语言　　　　C．PL/1 语言　　　　D．机器语言

49．CD-ROM 光盘片（5 英寸）的容量为（　　　　　）。

　　A．650MB　　　　　B．1.44GB　　　　C．1.2GB　　　　D．100MB

50．普通光盘是用（　　　　）制成的。

　　A．铝合金　　　　　B．磁性材料　　　　C．多碳橡胶　　　　D．塑料

51．控制器的主要功能是指挥和控制计算机各个部件按（　　　　　）协调操作。

　　A．时序　　　　　　B．时钟　　　　　　C．周期　　　　　　D．节拍

52．3.5 寸软盘上的信息被读入内存，是通过软盘上的（　　　　）完成的。

　　A．读写口　　　　　B．中间的大圆孔　　C．写保护　　　　　D．盘套

53．信息高速公路是指（　　　　　）。

　　A．快速专用通道　　　　　　　　　　　B．装备有通信设施的高速公路

　　C．国家信息基础设施　　　　　　　　　D．电子邮政系统

54．目前，计算机内存储器一般由（　　　　）构成。

　　A．硬质塑料　　　　B．铝合金器材　　　C．半导体器件　　　D．金属膜

55．在 16*16 点阵汉字字库中，存储 20 个汉字的字模信息共需要（　　　　　）字节。

　　A．128　　　　　　　B．64　　　　　　　C．640　　　　　　　D．320

56．汉字的输入方法确定后，不同字体和不同字号对应于不同的（　　　　　）。

　　A．字模　　　　　　B．国际码　　　　　C．外码　　　　　　D．内码

57．许多企事业单位现在都使用计算机计算、管理职工工资，这属于计算机的（　　　　　）应用领域。

　　A．数据处理　　　　B．辅助工程　　　　C．科学计算　　　　D．过程控制

58．下列设备中（　　　　）是输出设备。

　　A．扫描仪　　　　　B．打印机　　　　　C．鼠标　　　　　　D．键盘

59．计算机系统中软件与硬件的关系是（　　　　）。

　　A．相互支持，形成一个整体　　　　　　B．相互依存

　　C．相互独立　　　　　　　　　　　　　D．互不相干

60．第一～四代计算机使用的基本元件分别是（　　　　　）。

　　A．电子管，晶体管，大规模集成电路，超大规模集成电路

　　B．晶体管，电子管，大规模集成电路，超大规模集成电路

　　C．晶体管，电子管，中小规模集成电路，大规模集成电路

　　D．电子管，晶体管，中小规模集成电路，大、超大规模集成电路

61．在计算机领域中，多媒体是指（　　　　）。

　　A．表示和传播信息的载体　　　　　　　B．各种信息的编码

　　C．计算机的输入、输出信息　　　　　　D．计算机屏幕显示的信息

62．二进制数 10011 对应的十进制数是（　　　　）。

　　A．17　　　　　　　B．18　　　　　　　C．19　　　　　　　D．20

63．下列语句中（　　　　）是正确的。

　　A．1MB=1024*1024 Bytes　　　　　　　B．1KB=1024*1024 Byte

　　C．1KB=1024MB　　　　　　　　　　　D．1MB=1024 Bytes

三、多选题

1. 计算机中的总线包括（　　　　）。
   A. 地址总线　　　　　B. 连接总线　　　　　C. 控制总线　　　　　D. 数据总线

2. 在计算机运行某程序存储容量不够时，可通过（　　　　）来解决。
   A. 采用光盘　　　　　　　　　　　　　　B. 增加内存
   C. 增加硬盘容量　　　　　　　　　　　　D. 采用高密度软盘

3. 在第三代计算机时代，在软件上出现了（　　　　）。
   A. 汇编语言　　　　　B. 高级语言　　　　　C. 操作系统　　　　　D. 机器语言

4. 计算机安全技术所涉及的内容包括（　　　　）。
   A. 实体安全技术　　　B. 安全评价技术　　　C. 网络安全　　　　　D. 数据安全

5. 相对而言，第一代计算机的特点是（　　　　）
   A. 价格便宜　　　　　　　　　　　　　　B. 运算速度和可靠性都不高
   C. 耗电多　　　　　　　　　　　　　　　D. 体积大

6. 光盘根据工作方式不同可分为（　　　　）。
   A. 不可读型光盘　　　　　　　　　　　　B. 可读可写型光盘
   C. 一次性写入型光盘　　　　　　　　　　D. 只读型光盘

7. 在计算机系统中可以与 CPU 直接交换信息的是（　　　　）。
   A. ROM　　　　　　　B. 硬盘　　　　　　　C. CD-ROM　　　　　D. RAM

8. 在以下关于计算机病毒的描述中，正确的是（　　　　）。
   A. 计算机病毒没有任何危害
   B. 有效的杀毒方法是多种杀毒软件交叉使用
   C. 病毒只会通过扩展名为.EXE 的文件传播
   D. 计算机病毒是利用计算机软、硬件存在的一些漏洞而编制的具有特殊功能的程序

9. 下列说法正确的有（　　　　）。
   A. 硬盘、软盘都只能有一个根目录，也只能有一个子目录
   B. 硬盘可以有多个根目录，而软盘只能有一个根目录
   C. 硬盘、软盘都只能有一个根目录，但可有多个子目录
   D. 硬盘只有一个根目录，软盘可以有多个根目录

10. 以下关于计算机程序设计语言的说法中，正确的有（　　　　）。
    A. 高级语言是高级计算机才能执行的语言
    B. 机器语言又称为低级语言
    C. 计算机可以直接执行汇编语言程序
    D. 计算机只能直接执行机器语言程序

11. 按照键盘输入的指法要求，右手无名指应负责的按键包括（　　　　）。
    A. "L"　　　　　　　B. "9"　　　　　　　C. "S"　　　　　　　D. "5"

12. 十进制数 23 可转换为（　　　　）。
    A. 17H　　　　　　　B. 107 O　　　　　　C. 27 O　　　　　　　D. 10111 B

四、填空题

1. 访问一次内存储器的时间称为_____周期。
2. 计算机病毒的 4 个主要特点是_____、_____、_____、_____。

3．计算机辅助制造的英文缩写是_____。

4．液晶显示器的英文缩写是_____。

5．在全角方式下输入一个字母，则该字母占_____个字节。

6．机器数的正负号用_____表示。

7．计算机的指令有操作码和_____。

8．_____是指用计算机来"模仿"人的智能。

9．喷墨打印机是_____（3 个汉字）方式打印机。

10．点阵打印机属于_____（2 个汉字）方式打印机。

11．常见的打印机根据工作方式的不同，分为点阵打印机、_____（2 个汉字）打印机和喷墨打印机。

12．磁盘可分为硬盘和_____两大类。

13．在 ASCII 字符集中的字符其内码为一个字节，称为_____（2 个汉字）方式，而纯中文字符集中的字符其内码为两个字节，称为_____（2 个汉字）方式。

14．十六进制数 91 所对应的二进制数是_____。

15．将各种数据转换成为计算机能处理的形式，并将其输送到计算机中的设备称为_____设备。

16．标准 ASCII 码由_____位组成。

第 2 章　Windows XP 操作系统

计算机是由硬件和软件组成的，缺少任何一样都无法运行，对计算机进行的操作都是利用操作系统（Operating System，OS）来完成的。操作系统是电子计算机系统中负责支撑应用程序运行环境及用户操作环境的系统软件，同时也是计算机系统的核心与基石。它的职责包括对硬件的直接监管，对各种计算机资源（如内存、处理器时间等）的管理，以及提供诸如作业管理之类的面向应用程序的服务等。操作系统位于底层硬件与用户之间，是二者沟通的桥梁。用户可以通过操作系统的用户界面输入命令，操作系统则对命令进行解释，驱动硬件设备，实现用户要求。当今最主要的操作系统包括 Windows XP、Vista、UNIX、Linux 等。

本教材以 Windows XP 为例进行讲述。Microsoft 公司于 2001 年推出了其操作系统——中文版 Windows XP，XP 是 eXPerience（体验）的缩写，Microsoft 公司希望这款操作系统能够在全新技术和功能的引导下，给 Windows 的广大用户带来全新的体验。根据用户对象的不同，中文版 Windows XP 可以分为家庭版 Windows XP Home Edition 和办公扩展专业版的 Windows XP Professional。

中文版 Windows XP 不但采用了 Windows NT/2000 的核心技术，运行非常可靠、稳定、快速，为计算机的安全正常高效运行提供了保障；而且在外观设计上也焕然一新，桌面风格清新明快、优雅大方，用鲜艳的色彩取代以往版本的灰色基调，使用户有良好的视觉享受；该系统大大增强了多媒体性能，对其中的媒体播放器进行了彻底的改造，使之与系统完全融为一体，用户无需安装其他的多媒体播放软件，使用系统的"娱乐"功能，就可以播放和管理各种格式的音频和视频文件。总之，在中文版 Windows XP 系统中增加了众多的新技术和新功能，使用户能轻松地完成各种管理和操作。该系统是目前最流行、使用最广泛的操作系统，它具有全新的界面、高度集成的功能和更加便捷的操作性能，被认为是 Windows 操作系统系列的一次历史性飞跃。

2.1　认识 Windows

Windows 是目前应用最广泛的计算机操作系统，由美国微软（Microsoft）公司开发。Windows 主要分为两大系列，即计算机用户版和服务器版。计算机用户版包括 Windows 95、Windows 98、Windows Me、Windows XP、Windows Vista、Windows 7 等，尽管不同版本在性能上和功能上存在差别，但在用户界面和基本操作上比较一致（除 Windows 7），只有 Windows 7 有些操作的位置上发生了改变，但仍可以找到。

2.1.1　对象和任务

1. 对象

Windows 是一种面向对象的操作系统，所以经常用到"对象"这一术语。对象可理解为一切可操作的东西，如桌面、窗口、图标、菜单、按钮、滚动条等。很多对象具有层次结构，即一个对象可以包含很多其他对象。例如，窗口对象包含菜单、按钮、滚动条等对象。对象的操作主要通过属性、方法和事件来完成。

2. 任务

Windows 是一种多任务的操作系统，所以也经常用到"任务"这一术语。一个任务可简单地理解一个正在执行的应用程序。多任务就是在 Windows 中可以执行多个应用程序。例如，可以在编辑文章的同时播放音乐、下载文件等。

2.1.2　桌面

桌面是 Windows 呈现的与用户进行交互的图形界面，占满整个屏幕。不同版本的 Windows 桌面有所差别，典型的 Windows XP 桌面如图 2-1 所示。

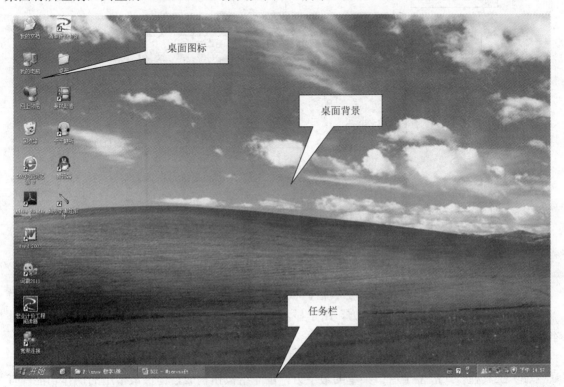

图 2-1　典型的 Windows XP 桌面

（1）桌面图标。桌面上放置的用于代表不同对象的小图标，一般将最常用的应用程序的图标放在桌面上，这样可以方便快捷地打开相应的对象。

（2）任务栏。一般位于桌面的下方，用于显示系统的状态信息，如系统当前时间、当前正在运行的程序按钮和图标等。任务栏的组成如图 2-2 所示。

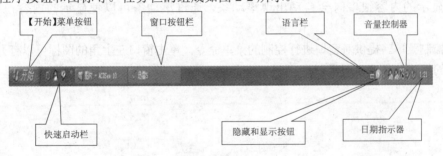

图 2-2　任务栏的组成

（3）【开始】菜单。位于任务栏的左侧，其中包括了 Windows 提供的各种功能的菜单项和代表各种应用程序的菜单项。选择相应的菜单项就可以打开相应的窗口，执行相应的任务。

2.1.3　窗口

在 Windows 中，运行一个程序实际上就是打开一个窗口，用户通过该窗口对程序进行操作，因此可以说窗口是程序与用户的交互界面，典型的窗口组成如图 2-3 所示。

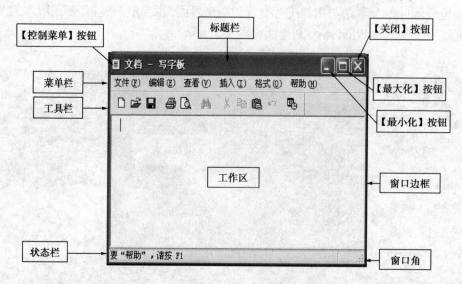

图 2-3　典型的窗口组成

窗口一般由标题栏、菜单栏、工具栏、状态栏、边框、滚动条、控制菜单等组成。

（1）标题栏。位于窗口的最上方，用于显示窗口的名称等信息，并提供对窗口进行的最基本操作，如最大化、最小化、关闭、移动等。

（2）菜单栏。一般位于窗口的上方，它包含了应用程序提供的所有操作功能。

（3）工具栏。一般位于窗口菜单的最下方，由一组按钮构成，提供最常用的操作功能。有些应用程序可能提供很多工具栏，有的还允许用户自定义工具栏，工具栏是否显示出来也可以由用户自己设置。

（4）状态栏。一般位于窗口的下方，用于显示应用程序的相关状态信息。

（5）边框。窗口的上下左右的边界线，也是可操作对象，可用来改变窗口的大小。

（6）滚动条。水平滚动条位于窗口的下方，垂直滚动条位于窗口的右侧。如果窗口较小，而要显示的内容很多时会自动出现滚动条，通过滚动条可以使显示的内容在窗口中滚动。

（7）控制菜单。提供对窗口进行控制的菜单命令，单击窗口左上角的图标可以打开该菜单。控制菜单的组成如图 2-4 所示。

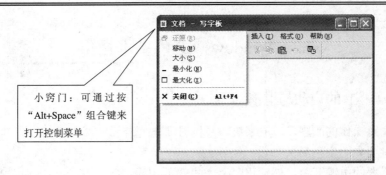

图 2-4　控制菜单的组成

2.1.4　快捷菜单

为了使用户能更方便地操作对象，Windows 将一个对象所具有的最常用的操作功能组织为快捷菜单。用鼠标在对象上右击，就可以弹出该菜单。"我的电脑"对象的快捷菜单如图 2-5 所示。

图 2-5　"我的电脑"对象的快捷菜单

2.1.5　对话框

当执行某项程序功能时，需要用户输入相关数据或选择相关参数，则会弹出对话框。例如，保存文件时，会弹出一个"另存为"对话框，如图 2-6 所示，要求用户输入或选择保存文件的保存位置和文件名。注意，只有在关闭了对话框后才能对这个程序执行其他的操作。

图 2-6　"另存为"对话框

2.2　Windows XP 的基本操作

2.2.1　Windows XP 的启动与退出

　　开关机要注意操作的顺序，一般来讲，开机时要先开外设（即主机箱以外的其他部分）后开主机，关机时要先关主机后关外设。

　　先打开显示器的电源开关，然后再打开主机箱的电源开关（其上有 POWER 标志），打开电源后，如果计算机只安装了 Windows，则计算机将自动启动 Windows；如果计算机中同时安装有多个操作系统，则会显示一个操作系统选择菜单。可以使用键盘上的方向键选择 Microsoft Windows XP Professional 选项，然后按"Enter"键，计算机将开始启动 Windows XP。

　　系统正常启动后，Windows 登录界面如图 2-7 所示，要求选择一个用户名，可以移动鼠标在要选择的用户名上单击。

图 2-7　Windows 登录界面

　　如果设置了密码，在账户图标右边会自动出现一个空白文本框，可以在此处输入密码，如图 2-8 所示。单击向右箭头图标或直接按"Enter"键即可登录。

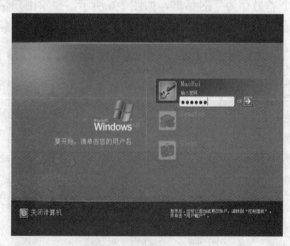

图 2-8　输入账户密码

2.2.2　Windows XP 的桌面

用户登录到系统后看到的整个屏幕界面即为桌面，桌面主要由桌面背景、快捷图标和任务栏 3 部分组成，它是用户和计算机进行交流的窗口，桌面上可以存放用户经常用到的应用程序和文件夹图标。用户可以根据自己的需要在桌面上添加各种快捷图标，在使用时双击图标就能够快速启动相应的程序或文件。

当用户安装好中文版 Windows XP 并且第一次登录系统后，可以看到一个非常简洁的画面，在桌面的右下角只有一个回收站的图标，如图 2-9 所示。

图 2-9　第一次登录 Windows 的桌面

如果用户想恢复系统默认的图标，可执行下列操作。

（1）右击桌面，在弹出的快捷菜单中选择"属性"命令。

（2）在打开的"显示属性"对话框中选择"桌面"选项卡。

（3）单击【自定义】按钮，打开"桌面项目"对话框。

（4）在"桌面图标"选项组中选中"我的电脑"、"网上邻居"等复选框，单击【确定】按钮返回"显示属性"对话框中。

（5）单击【应用】按钮，然后关闭该对话框，这时用户就可以看到系统默认的图标，如图 2-10 所示。

桌面上的图标指在桌面上排列的小图像，它包含图形和说明文字两部分，如果用户把鼠标放在图标上停留片刻，桌面上会出现对图标所表示内容的说明或者是文件存放的路径，双击图标就可以打开相应的内容。

（1）"我的文档"图标。用于管理"我的文档"下的文件和文件夹，可以保存信件、报告和其他文档，它是系统默认的文档保存位置。

（2）"我的电脑"图标。用户通过该图标可以实现对计算机硬盘驱动器、文件夹和文件的管理，在其中用户可以访问连接到计算机的硬盘驱动器、照相机、扫描仪及其相关信息。

（3）"网上邻居"图标。该项中提供了网络上其他计算机上的文件夹和文件及其相关信息，双击该图标，在打开的窗口中用户可以进行查看工作组中的计算机、查看网络连接及添加网上邻居等操作。

图 2-10　　系统默认的图标

（4）"回收站"图标。在回收站中暂时存放着用户已经删除的文件或文件夹等信息，当用户还没有清空回收站时，可以从中还原删除的文件或文件夹。

（5）"Internet Explorer"图标。用于浏览互联网上的信息，通过双击该图标可以访问网络资源。

当用户在桌面上创建了多个图标时，如果不进行排列，会显得非常凌乱，这样不利于用户选择所需要的项目，而且影响视觉效果。使用排列图标命令，可以使用户的桌面看上去整洁而富有条理。用户需要对桌面上的图标进行位置调整时，可在桌面上的空白处右击，在弹出的快捷菜单中选择"排列图标"命令，在子菜单项中包含了多种排列方式，如图 2-11 所示。

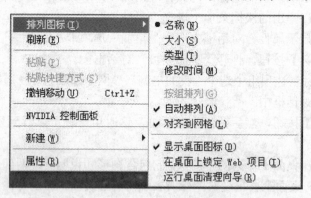

图 2-11　　排列图标的方式

图标排列的方式有以下几种。

● 名称：按图标名称开头的字母或拼音顺序来排列。
● 大小：按图标所代表文件的大小的顺序来排列。
● 类型：按图标所代表文件的类型来排列。
● 修改时间：按图标所代表文件的最后一次修改时间来排列。

当用户选择"排列图标"子菜单的某一项后，在其旁边会出现"√"标志，说明该选项被选中，再次选择这个命令后，"√"标志将消失，即表明取消了此选项。

　　如果用户选择了"自动排列"命令，在对图标进行移动时会出现一个选定标志，这时只能在固定的位置将各图标进行位置的互换，而不能将图标拖到桌面上的任意位置。

　　如果选择了"对齐到网格"命令，在调整图标的位置时，它们总是成行成列地排列，也不能移动到桌面上的任何位置。

2.2.3　鼠标的使用

1.　鼠标的结构及分类

　　鼠标是计算机最常用的输入设备，在 Windows 环境下的大多数操作都可以由它来完成，但其结构非常简单，分类方法却很多。

　　（1）按键数可分为二键鼠标和三键鼠标。

　　在鼠标上面前端的左右侧各有一个按键，分别称为左键和右键，通常将其称为二键鼠标。现在鼠标大多都在左右键中间添加了一个滚动轮，因此将其称为三键鼠标。

　　（2）按其工作原理的不同可分为机械鼠标和光电鼠标。

　　在鼠标下面安装有感知鼠标位置移动的装置，一种通过滚球来感知，通常将其称为机械鼠标，如图 2-12 所示；另一种通过光电转换来感知，通常将其称为光电鼠标，如图 2-13 所示。

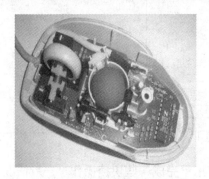　　　　　　　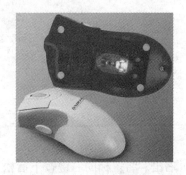

图 2-12　机械鼠标　　　　　　　　　　　图 2-13　光电鼠标

　　（3）按接口可分为串行鼠标、PS/2 鼠标、USB 鼠标、总线鼠标。现在一般常用的有两种接口鼠标，即 PS/2 鼠标和 USB 鼠标。

　　（4）按其与主机的连接方式可分为有线鼠标和无线鼠标，分别如图 2-14 和图 2-15 所示。

图 2-14　有线鼠标　　　　　　　　　　图 2-15　无线鼠标

2. 鼠标的握法

对二键鼠标的握法，一般是将食指轻放在左键上，中指轻放在右键上，手指略弯曲，做准备按键状。用拇指和无名指轻捏鼠标左右侧，以能够自由地上下左右移动鼠标为准。

对于三键鼠标，一般采用与二键鼠标相同的握法，需要滚动时，临时用食指去滚动。

3. 鼠标的基本操作

鼠标主要用来进行对象的选择、打开、移动等操作，其基本操作如下。

（1）移动。握住鼠标在鼠标垫板或桌面上移动时，计算机屏幕上的鼠标指针就会随之移动。在通常情况下，鼠标指针的形状是一个小箭头。

（2）指向。屏幕上有一个代表鼠标位置的指针，移动鼠标则鼠标指针也跟着移动。当对某个对象进行操作时，首先要将鼠标指针指向该对象，如移动鼠标，让鼠标指针停留在【开始】按钮上。

（3）单击。用鼠标指向某个对象再将左键按下后松开。单击一般用于完成选中某选项、命令或图标操作，如将鼠标指针移动到"回收站"图标上单击，则可以选中此图标，如图 2-16 所示。

图 2-16　鼠标单击

（4）右击。将鼠标的右键按下后松开。右击通常用于完成一些快捷操作，一般情况下，右击都会打开一个快捷菜单，从中可以快速执行菜单中的命令。在不同位置右击，所打开的快捷菜单是不一样的，如在"回收站"图标上右击，将打开如图 2-17 所示的快捷菜单。

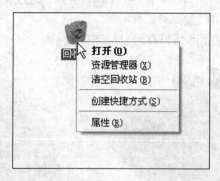

图 2-17　"回收站"快捷菜单

（5）双击。快速地连续单击鼠标左键两次。一般情况下，双击表示选中并执行的意思，如在桌面上双击"回收站"图标，则可以直接打开"回收站"文件夹。

（6）拖动。按住鼠标左键不放，移动鼠标到适当的位置，再放开鼠标。该操作主要用来将鼠标指向的对象移到一个新的位置，如要移动"我的电脑"图标的位置，就可以将鼠标指针移动到该图标对象上面，然后按住鼠标左键不放，并拖动鼠标到另一个位置后再释放鼠标，如图 2-18 所示，这样就可以将该图标移动到新的位置。如果是在鼠标未指向任何对象的情况下拖动，则一般用来一次选定多个对象，如图 2-19 所示，在桌面左上角空白处按住鼠标左键不放并向右下角拖动，直至要选中的图标均选中后再释放鼠标，就可以选中多个图标对象。

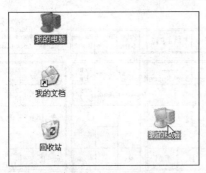

图 2-18　拖动图标

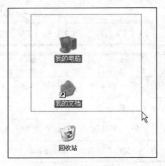

图 2-19　选定多个图标

在一些应用程序中还定义了其他的鼠标操作，如三连击、连击等。

4. 鼠标指针的含义

在使用 Windows 的过程中，鼠标指针的形状会根据当前的系统状态进行变换。了解不同鼠标指针形状所代表的意义，可以帮助我们进行正确的操作。最常见的鼠标指针形状及其含义如表 2-1 所示。

表 2-1　最常见的鼠标指针形状及其含义

指针形状	状态名称	说　明
↖	标准选择	正常状态，可以移动指针去选定对象、执行命令等
⧖	在忙碌中	表示 Windows 正在忙碌之中，暂时不能响应操作请求，需要稍候
↖⧖	后台操作	表示 Windows 正在忙于处理后台任务，可以执行前台任务，但响应稍慢一些
I	选择文字	处于文字编辑状态，可以通过键盘输入、删除、修改文字
⃠	禁止使用	一般在进行拖动操作时出现，表示不允许进行该操作
↕	调整垂直大小	当指针位于对象的上或下边界时的形态，这时拖动鼠标就能改变对象的高度
↔	调整水平大小	当指针位于对象的左或右边界时的形态，这时拖动鼠标就能改变对象的宽度
⤡ ⤢	对角线调整	当指针位于对象的 4 个角时的形态，这时拖动鼠标就能同时改变对象的高度和宽度
✥	移动	表示可以用键盘的方向键来移动对象
☝	链接选择	表示鼠标指向的对象是一个链接对象，这时若单击鼠标就会跳转到所链接的对象

2.2.4 键盘的使用

1. 键盘的布局

104 标准键盘的按键布局结构如图 2-20 所示。

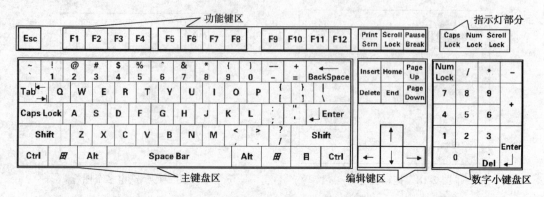

图 2-20 104 标准键盘的按键布局结构

（1）主键盘区。主要用于字符的输入。主键盘区有两种状态，即大写字母和小写字母，可以通过其左侧的"Caps Lock"键进行状态的转换，键盘右上角的 Caps Lock 指示灯亮表示键盘处于大写状态。

（2）编辑键区。主要用于移动光标的位置。

（3）数字小键盘区。主要供财务人员等需要进行大量数字输入时使用。数字小键盘区有两种状态，处于数字状态时可以输入数字，处于非数字状态时相当于编辑键，可以通过其左上角的"Num Lock"键进行状态转换，键盘右上角的 Num Lock 指示灯亮表示键盘处于数字状态。

（4）功能键区。主要用于程序自定义一些特殊的功能键，在不同的程序中其作用也不一样。

（5）指示灯部分。显示了 Caps Lock 键、Num Lock 键、Scroll Lock 键的状态。

2. 按键说明

主键盘区包括的键及其功能如下。

- A～Z：26 个常用字母，其功能是输入常用字符。
- Tab 键：跳格键，其功能是向后跳一个制表位。
- Caps Lock 键：大写字母锁定键，其功能是实现大小写字母的转换。
- BackSpace 键：退格键，其功能是删除光标当前位置左侧的字符。
- Enter 键：回车键，其功能是确认和换行。
- Ctrl 键：控制键。
- Alt 键：选择键。
- SpaceBar 键：空格键，其功能是右移光标并插入空格字符。
- Esc 键：退出键，其功能是退出环境或结束程序。

功能键区包括的键及其功能如下。

- F1 键：如果现在处在一个选定的程序中而需要帮助，可按"F1"键；如果现在不是处在任何程序中，而是处在资源管理器或桌面，按"F1"键就会出现 Windows 的帮助程序；如果正在对某个程序进行操作，而想得到 Windows 帮助，则需要按"Win＋F1"组合键。按下"Shift＋F1"组合键，会出现"What's This?"的帮助信息。

- F2 键：如果在资源管理器中选定了一个文件或文件夹，按下"F2"键则会对这个选定的文件或文件夹重命名。
- F3 键：在资源管理器或桌面上按下"F3"键，会出现"搜索文件"的窗口，因此，如果想对某个文件夹中的文件进行搜索，直接按"F3"键就能快速打开搜索窗口，并且搜索范围已经默认设置为该文件夹。同样，在 Windows Media Player 中按"F3"键，会出现"通过搜索计算机添加到媒体库"的窗口。
- F4 键：这个键用来打开 IE 中的地址栏列表，要关闭 IE 窗口，可以按"Alt+F4"组合键。
- F5 键：用来刷新 IE 或资源管理器中当前所在窗口的内容。
- F6 键：可以快速在资源管理器或 IE 中定位到地址栏。
- F7 键：在 Windows 中没有定义其功能。
- F8 键：在启动计算机时，可以用它来显示启动菜单。有些计算机还可以在计算机启动最初按下"F8"键来快速调出启动设置菜单，从中可以快速选择是软盘启动，还是光盘启动，或者直接用硬盘启动，不必进入 BIOS 进行启动顺序的修改。另外，还可以在安装 Windows 时接受微软的安装协议。
- F9 键：在 Windows 中没有任何作用。
- F10 键：用来激活 Windows 或程序中的菜单，按"Shift+F10"组合键会出现右键快捷菜单。
- F11 键：可以使当前的资源管理器或 IE 变为全屏显示。
- F12 键：在 Windows 中没有定义其功能，但在 Word 中，按"F12"键会快速弹出"另存为"对话框。

小键盘区（数值键区）包括的键及其功能如下。

- 0～9：10 个数值键，输入数值。
- NumLock 键：数值锁定键，其功能是显示数值键盘的编辑状态。

编辑键区包括的键及其功能如下。

- 4 个方向键：其功能是移动光标。
- Insert 键：插入键，其功能是插入状态和改写状态的转换。
- Delete 键：删除键，其功能是删除光标所在处的字符。
- Home 键：行首键，其功能是快速将光标移动到首行。
- End 键：行尾键，其功能是快速将光标移动到行尾。
- Page Up 键：向前翻页键，其功能是向前翻页。
- Page Down 键：向后翻页键，其功能是向后翻页。
- Print Screen 键：打印屏幕键，其功能是打印屏幕。
- Scroll Lock 键：屏幕锁定键，其功能是锁定屏幕。
- Pause 键：暂停键。

键盘最大的功能就是输入信息，输入法的切换分为两种，一种是由英文输入法切换到中文输入法，其方法为先按住"Ctrl"键不放，再按"Space"键；另一种是中文输入法之间的切换，其方法为先按住"Ctrl"键不放，再按"Shift"键。现在常用的中文输入法包括拼音输入法和五笔输入法两种，读者可根据自身情况学习适合自己的输入法。

3. 快捷键

为了便于用户能通过键盘进行快速的操作，Windows 对几乎所有的操作都定义了快捷键。快捷键一般使用"Ctrl"、"Alt"、"Shift"键与其他键组合，因此有时也称组合键。以"Ctrl+C"组合键为例，按键方法是先按住"Ctrl"键不放，再按下"C"键，然后松开两个键。

常用的快捷键如表 2-2 所示。

表 2-2　常用的快捷键

快　捷　键	作　　用
Ctrl+C	复制
Ctrl+V	粘贴
Ctrl+X	剪切
Ctrl+A	全选
Ctrl+N	新建
Ctrl+O	打开
Ctrl+Z	撤销
Ctrl+句号键	切换中文/英文标点
Ctrl+Space	打开/关闭中文输入法
Ctrl+Shift	切换输入法
Ctrl+Esc	打开【开始】菜单
Ctrl+Alt+Delete	弹出任务管理器
Alt+Tab	选择活动窗口
Alt+Esc	顺序在多个窗口之间切换
Alt+F4	关闭当前窗口
Alt+PrintScreen	复制当前窗口的图像到剪贴板
Alt + 菜单上带下画线的字母	打开窗口的相应菜单
Shift+Delete	彻底删除文件
Shift+Space	切换全角/半角

4. 键盘指法

正确的指法和良好的坐姿是实现盲打和快速输入的前提条件，因此，在计算机操作中务必养成良好的坐姿和每个手指各负其责的良好习惯，良好的坐姿和键盘指法分别如图 2-21 和图 2-22 所示。

（1）正确的手法姿势。坐势端正，腰背挺直，两脚平稳踏地，身体微向前倾；双肩放松，两手自然地放在键盘上方，大臂和小肘微靠近身体，手腕不要抬得太高，也不要触到键盘；手指微微弯曲，从左依次放在 8 个基本键（A、S、D、F 和 J、K、L、;）上，两个大拇指自然、轻松地放在"Space"键上。

图 2-21　良好的坐姿

图 2-22　键盘指法

（2）正确的按键方法。在按键时，手抬起，伸出要按键的手指，在键上快速击打一下，不要用力太猛，更不要按住一个键长时间不放，在按键时手指也不要抖动，用力一定要均匀，击键完毕手指要快速地回归原位。

2.2.5　窗口的基本操作

窗口是应用程序与用户的交互界面，在使用计算机的过程中，经常要对窗口进行打开、关闭、改变大小、最大化、最小化、还原、移动、切换等操作，这些操作一般使用鼠标来完成，但也可以使用键盘完成。

1．打开窗口

在 Windows 中，打开窗口与启动应用程序的含义是一样的。Windows 提供了多种启动应用程序的方法，常用的方法有 3 种。

（1）桌面快捷方式。如果在桌面上创建了应用程序的快捷方式图标，则只要双击该图标就可以启动该应用程序。

（2）"开始"菜单方式。一般应用程序安装时都在"开始"菜单中创建了启动该程序的菜单项，因此几乎所有的程序都可以使用这种方式启动。方法是选择【开始】→【程序】命令，找到相应的应用程序组并打开，再找到相应的菜单项并打开。

（3）文件关联方式。在 Windows 中，数据文件一般都与相应的应用程序相关联，所以在资源管理器中双击文件名会自动打开相应的应用程序。例如，在"我的文档"中有一个名为"jsj.doc"的 Word 文件，双击该文件则会打开"Word"程序并显示该文档。

2. 窗口大小的改变

（1）改变大小。用鼠标拖动窗口的上下左右框，或用鼠标拖动窗口右下角。

（2）最大化。用鼠标单击窗口右上角的【最大化】按钮 ⬜ 。

（3）最小化。用鼠标单击窗口右上角的【最小化】按钮 ▬ 。

（4）最大化后还原。用鼠标单击窗口右上角的【还原】按钮 ⧉ 。

（5）最小化后还原。用鼠标单击任务栏上代表该窗口的按钮。

3. 窗口的移动

用鼠标拖动窗口的标题栏即可移动窗口到指定的位置。

4. 窗口的切换

在 Windows 中可以同时打开多个窗口，但活动窗口只有一个。所谓活动窗口是指当前可以与用户进行信息交互的窗口。切换某个窗口为活动窗口的方法如下：

（1）用鼠标单击任务栏上代表该窗口的按钮。

（2）如果窗口在桌面上可见，用鼠标单击该窗口可见部分的任意位置。

（3）按住"Alt"键不松开，再多次按"Esc"键循环切换活动窗口，直到所要的窗口成为活动窗口。

（4）按住"Alt"键不松开，再多次按"Tab"键，从弹出的窗口中选择所要的窗口后松开按键。

5. 多窗口显示

可以在屏幕上同时显示多个窗口。一种方法是自己手动调整各个窗口的大小和位置，使两个或多个窗口在屏幕上都可见；另一种方法是使用系统提供的层叠窗口、横向平铺窗口、纵向平铺窗口等功能。

使用系统提供功能的操作方法是在任务栏上空白处右击，弹出如图 2-23 所示的快捷菜单，选择相应的菜单项即可。

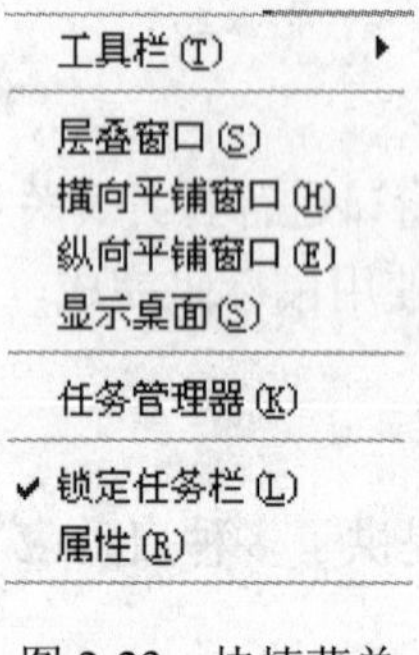

工具栏 (T) ▶
层叠窗口 (S)
横向平铺窗口 (H)
纵向平铺窗口 (E)
显示桌面 (S)
任务管理器 (K)
✓ 锁定任务栏 (L)
属性 (R)

图 2-23　快捷菜单

6. 关闭窗口

关闭窗口的方法较多，主要介绍如下 6 种：

（1）用鼠标单击窗口右上角的【关闭】按钮 ✖ 。

（2）选择【文件】→【退出】命令。

（3）按"Alt+F4"组合键。

（4）用鼠标单击窗口左上角的图标，打开窗口控制菜单，从中选择"关闭"命令，如图 2-24 所示。

（5）用鼠标双击窗口左上角的图标。

（6）按"Ctrl+Alt+Delete"组合键，弹出"Windows 任务管理器"窗口，选择要关闭的程序，单击【结束任务】按钮，如图 2-25 所示。

图 2-24　窗口控制菜单　　　　　　　　　图 2-25　"Windows 任务管理器"窗口

2.3　Windows XP 系统设置

2.3.1　任务栏

　　任务栏位于桌面最下方，它显示了系统正在运行的程序、打开的窗口、当前时间等内容。任务栏可分为【开始】菜单按钮、快速启动工具栏、窗口按钮栏、通知区域等。用户可以根据自己的需要把任务栏拖到桌面的任意边缘处及改变任务栏的宽度，通过改变任务栏的属性，还可以让它自动隐藏。

　　用户在任务栏上的非按钮区域右击，在弹出的快捷菜单中选择"属性"命令，即可打开"任务栏和「开始」菜单属性"对话框，如图 2-26 所示。

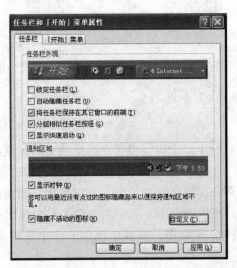

图 2-26　"任务栏和「开始」菜单属性"对话框

在"任务栏外观"选项组中，用户可以通过对复选框的选择来设置任务栏的外观。

● 锁定任务栏：当锁定后，任务栏不能被随意移动或改变大小。

● 自动隐藏任务栏：选中此项后，当用户不对任务栏进行操作时，它将自动隐藏，当用户需要使用时，可以把鼠标放在任务栏所在的位置，它会自动出现。

● 将任务栏保持在其他窗口的前端：如果用户打开很多窗口，任务栏总是在最前端，不会被其他窗口盖住。

● 分组相似任务栏按钮：把相同的程序或相似的文件归类分组使用同一个按钮，这样不至于在用户打开很多窗口时，按钮变得很小而不容易被辨认，使用时，只要找到相应的按钮组就可以找到要操作的窗口名称。

● 显示快速启动：选择后将显示快速启动工具栏。

在"通知区域"选项组中，用户可以选择是否显示时钟，也可以把最近没有单击过的图标隐藏起来以便保持通知区域的简洁明了。

单击【自定义】按钮，在打开的"自定义通知"对话框中，用户可以进行隐藏或显示图标的设置，如图 2-27 所示。

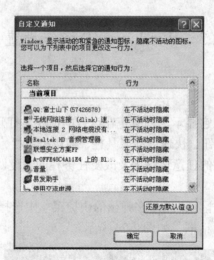

图 2-27　"自定义通知"对话框

在任务栏中可以使用不同的工具栏，可以方便、快捷地完成一般的任务，用户可以根据需要添加或者新建工具栏。

2.3.2　显示属性

在中文版 Windows XP 系统中用户可以设置个性化的桌面，系统自带了许多精美的图片，用户可以将它们设置为墙纸；通过显示属性的设置，用户还可以改变桌面的外观或选择屏幕保护程序；还可以为背景添加声音，通过这些设置，可以使用户的桌面更加赏心悦目。

在进行显示属性设置时，可以在桌面上的空白处右击，在弹出的快捷菜单中选择"属性"命令，这时会出现"显示 属性"对话框，在其中包含了 5 个选项卡，用户可以在各选项卡中进行个性化设置。

（1）在"主题"选项卡中用户可以为背景加一组声音，在"主题"选项中单击向下的箭头，在弹出的下拉列表框中有多种选项供用户选择，如图 2-28 所示。

（2）在"桌面"选项卡中用户可以设置自己的桌面背景。在"背景"列表框中，提供了多种风格的图片，可根据自己的喜好来选择，也可以单击【浏览】按钮，从已保存的文件中调出自己喜爱的图片，如图 2-29 所示。

图 2-28　"主题"选项卡

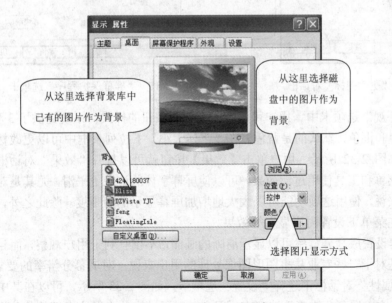

图 2-29　"桌面"选项卡

单击【自定义桌面】按钮，将弹出"桌面项目"对话框，在"桌面图标"选项组中可以通过对复选框的选择来决定在桌面上图标的显示情况。

用户可以对图标进行更改，当选择一个图标后，单击【更改图标】按钮会出现"更改图标"对话框，如图 2-30 所示。用户可以在其中选择自己喜爱的图标，也可以单击【浏览】按钮，在弹出的对话框中查找自己喜欢的图标。当选定图标后，单击【确定】按钮，即可应用所选图标。

（3）当用户暂时不对计算机进行任何操作时，可以使用"屏幕保护程序"运行选择的屏幕保护程序，这样可以节省电能，有效地保护显示器，并且防止其他人在计算机上进行任意的操作，从而保证数据的安全。

选择"屏幕保护程序"选项卡，在"屏幕保护程序"下拉列表框中提供了各种静止和活动的样式，当用户选择了一种活动的程序后，如果对系统默认的参数不满意，可以根据自己的喜好来进一步设置，如图 2-31 所示。如果用户要调整监视器的电源设置来节省电能，单击【电源】按钮，可打开"电源选项属性"对话框，可以在其中制订适合自己的节能方案。

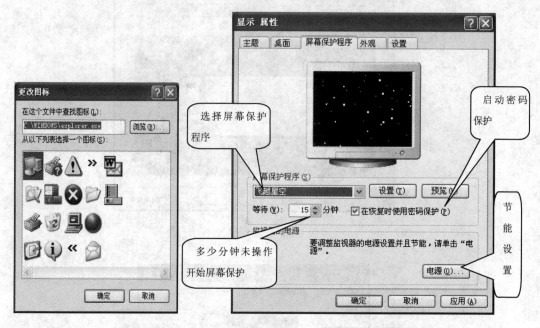

图 2-30　"更改图标"对话框　　　　　　图 2-31　"屏幕保护程序"选项卡

（4）在"外观"选项卡中，用户可以改变窗口和按钮的样式，系统提供了 3 种色彩方案，即橄榄绿、蓝色和银色，默认的是蓝色。在"字体大小"下拉列表框中可以更改标题栏上字体显示的大小，如图 2-32 所示。用户单击【效果】按钮就可以打开"效果"对话框，在对话框中可以提示为菜单和工具使用过渡效果，可以使屏幕字体的边缘更平滑，尤其是对于使用液晶显示器的用户来说，使用这项功能可以大大地增加屏幕显示的清晰度。除此之外，用户还可以使用大图标、在菜单下设置阴影显示等效果。

（5）显示器设置成高分辨率可以显示清晰的画面，不仅有利于用户观察，而且会很好地保护视力，特别是对于一些专业从事图形图像处理的用户来说，对屏幕分辨率的要求是很高的。

在"显示 属性"对话框中选择"设置"选项卡，如图 2-33 所示，可以在其中对高级显示属性进行设置，在"屏幕分辨率"选项中，用户可以通过拖动小滑块来调整其分辨率，分辨率越高，在屏幕上显示的信息越多，画面就越清晰。在"颜色质量"下拉列表框中有中（16 位）、高（24 位）和最高（32 位）3 种选择，显卡所支持的颜色质量位数越高，显示画面的质量越好。用户在进行调整时，要注意自己的显卡配置是否支持高分辨率，如果盲目调整，则会导致系统无法正常运行。

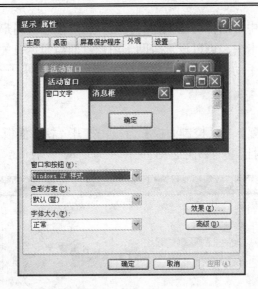

图 2-32　"外观"选项卡

单击【高级】按钮，弹出一个当前显示属性对话框，在其中有关于显示器及显卡的硬件信息和一些相关的设置，如图 2-34 所示。

图 2-33　"设置"选项卡

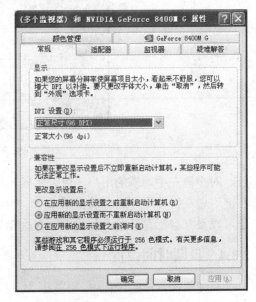

图 2-34　当前显示属性对话框

在"常规"选项卡中，如果把屏幕分辨率调整得使屏幕项目看起来太小，可以通过增大 dpi（分辨率单位：像素每英寸）的方式来补偿，正常尺寸为 96dpi。

如果在更改显示设置后不立即重新启动计算机，某些程序可能无法正常工作，用户可以在"兼容性"选项组中设置更改显示后的处理办法。

在"适配器"选项卡中，显示了显示适配器的类型，以及适配器的其他相关信息，包括芯片类型、内存大小等。单击【属性】按钮，弹出"适配器"属性对话框，用户可以在其中查看适配器的使用情况，还可以进行驱动程序的更新。

在"监视器"选项卡中，同样有监视器的类型、属性信息，用户可以进行刷新率的设置。

在"疑难解答"选项卡中，可以设置有助于用户诊断与显示有关的问题。在"硬件加速"选项组中，用户可以通过手动控制硬件所提供的加速和性能级别，一般启用全部加速功能。

2.3.3　鼠标属性设置

选择【开始】→【设置】→【控制面板】命令，打开"控制面板"窗口，双击"鼠标"图标，打开"鼠标 属性"对话框，如图 2-35 所示。

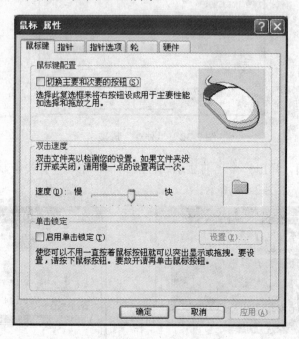

图 2-35　"鼠标 属性"对话框

对少数左手习惯的用户，可以将鼠标按钮设置为左手习惯，即将鼠标左键当做右键使用，右键当做左键使用，这可以将图 2-35 中的"切换主要和次要的按钮"复选框选中即可。读者还可以设置自己喜好的各种状态下鼠标指针的形状等。

2.3.4　日期时间设置

在使用计算机的过程中，可能因为计算机的日期时间与当前的日期时间不相吻合而需要重新设置，也可能因某种目的而需要改变计算机的日期时间，这些可以通过 Windows 提供的日期时间设置功能来解决。

在"控制面板"窗口中，双击"日期/时间"图标。或者直接双击任务栏右侧的时间提示，打开"日期和时间 属性"对话框，如图 2-36 所示。选择需要设置的年月日，输入需要设置的时分秒，然后单击【确定】按钮即可。

利用该功能还可以查询过去或将来的日期情况，例如，查询 2010 年 10 月 10 日是星期几。如果是查询日期，则退出该对话框时不要单击【确定】按钮。

图 2-36　"日期和时间 属性"对话框

2.4　文　件　系　统

随着信息技术的发展，计算机应用的普及和企事业单位办公自动化建设的加强，无纸化办公已是大势所趋，电子文档的应用也越来越广泛。电子文档是指具有保存价值，能被计算机系统识别和处理，能按一定格式存储在磁盘或光盘等介质上，并可在网上传递的数字代码序列。电子文档具有形式多样的特点，不仅便于信息共享、易于复制，而且可以通过计算机网络进行远距离传输。管理好电子文档对于工作和学习都很重要，本节将详细介绍电子文档的管理。

2.4.1　文件系统的基本概念

文件系统管理是操作系统最重要的管理功能之一，也是计算机用户使用最多的功能，因为计算机中的一切信息（程序、数据等）都是以文件的形式保存在外存上的，只要使用计算机就要与文件打交道。下面介绍文件系统的一些基本概念。

1. 文件和文件名

文件是计算机中将信息保存在外存（硬盘、软盘、光盘等）上的最基本组织单位。例如，打开"记事本"程序，输入一段文字然后保存，那么就会在磁盘上生成一个文件，这个文件中的内容就是我们输入的文字。因此，在使用计算机的过程中，经常使用"文件"这一术语，如保存文件、删除文件、复制文件、传送文件等。

在保存文件时，要给文件起一个名字。文件命名规则主要包括可用作文件名的字符、文件名的长度等。不同的操作系统关于文件的命名有不同的规则。Windows 操作系统关于文件的命名规则如下：

（1）可用字符为除/、\、|、&、<、>、?、*等以外的所有字符和汉字。

（2）文件名长度最少 1 个字符，最多 225 个字符。

（3）不区别英文字符的大小写，例如，apple.doc 和 APPLE.DOC 被看做相同的文件名。

在 Windows 中，为了区别不同的文件（如文本文件、图像文件、声音文件等），文件名一般采用"文件名.扩展名"的形式，如 apple.doc、picture.jpg、music.mp3 等，这些文件名后一句点分割的 doc、jpg、mp3 等表示文件的类型，称为文件类型的扩展名，简称文件扩展名，相应地将句点之前的部分称为文件主名。

2. 文件夹和文件夹树

在 Windows 中，为了提高系统的易用性，引入了文件夹的概念，并且将文件夹用于整个系统的管理。

对文件系统而言，文件夹就是目录。文件夹用来存放文件的文件名等信息，并不包括文件的内容，但为了表述简单易懂，通常说"将某文件存放到某文件夹中"，而不是说"将某文件的文件名存放到某文件夹中"，虽然这样说不严谨，但易于理解且不影响使用。

整个文件夹树中，"根"是桌面，磁盘只是作为其上的一个文件夹，其上的"控制面板"、"网上邻居"等文件夹不是用来存储文件而是为了方便系统管理，如图 2-37 所示。

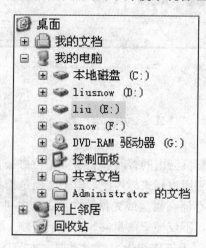

图 2-37　文件夹树

3. 盘符

现在的计算机都可以存取多种类型的外部存储器，如硬盘、光盘、软盘、U 盘等，一个硬盘还可以被划分为多个逻辑盘（逻辑盘完全可以视为一个真的硬盘使用，但不是真正的独立硬盘）。为了表示文件存放的磁盘，Windows 给每个磁盘自动地赋予了一个代表该磁盘的符号，简称盘符。盘符用英文字母后加上一个冒号表示，如 A:、B:、C:、D:、E: 等。

Windows 一般将 A:、B: 盘符分配给软盘驱动器，将 C:、D:、E: 等盘符分配给硬盘，硬盘之后的盘符分配给光盘驱动器、U 盘等。

4. 路径

路径是对文件存储位置的表示，即描述文件保存在哪一个磁盘的哪一个文件夹下等信息。例如，某文件的存取路径为"C: \Windows\system\"，表示该文件存储在 C: 盘根目录下的 Windows 文件夹下的 system 子文件夹中。

路径的完整描述是从盘符开始的，后跟各级子文件夹，盘符和各级子文件夹之间用反斜杠（\）分隔。

完整的路径加上文件的名称构成文件的完整描述，可以准确地描述对一个文件的存取方法。例如，某文件的存取路径为"C:\Windows\apple.doc"和"D: \Program Fille \rising\ apple.doc"，这里描述了存在磁盘上的 2 个文件，这 2 个文件的文件名虽然相同，但是它们存储在磁盘上的不同位置，代表着不同的文件。虽然 Windows 操作中很少需要用户精通路径知识，但作为文件在磁盘上存储信息的一种精确而简洁的表述，还是需要我们能够准确理解诸如 C:

\Windows\apple.doc 的含义。

2.4.2　资源管理器

　　资源管理器是用来对计算机资源进行管理的工具，可以组织、操作文件和文件夹。资源管理器可以以分层的方式显示计算机内所有文件的详细信息。通过使用资源管理器可以非常方便地完成移动文件、复制文件、启动应用程序、连接网络驱动器、打印文档、维护磁盘等工作。同时，使用资源管理器还可以简化操作，利用鼠标即可完成所有的操作，用户可以不必打开多个窗口，而只在一个窗口中就可以浏览所有的磁盘和文件夹。

　　打开并操作资源管理器的步骤如下。

　　（1）单击【开始】按钮，打开"开始"菜单。

　　（2）选择【更多程序】→【附件】→【Windows 资源管理器】命令，打开 Windows 资源管理器，如图 2-38 所示。

　　（3）该窗口分为左右两部分，左侧部分称为文件夹窗格，右侧部分为内容显示区域。文件夹窗格和内容显示区域的大小可以通过拖动两者之间的分隔线进行调节。

　　（4）在左边的窗格中，若驱动器或文件夹前面有"＋"号，表明该驱动器或文件夹有下一级子文件夹，单击该"＋"号可展开其所包含的子文件夹，当展开驱动器或文件夹后，"＋"号会变成"－"号，表明该驱动器或文件夹已展开，单击"－"号，可折叠已展开的内容。如单击左边窗格中"我的电脑"前面的"＋"号，将显示"我的电脑"中所有的磁盘信息，单击需要的磁盘前面的"＋"号，将显示该磁盘中所有的内容。

　　（5）若要移动或复制文件或文件夹，可选中要移动或复制的文件或文件夹，单击鼠标右键，在弹出的快捷菜单中选择"剪切"或"复制"命令。

　　（6）单击要移动或复制到的磁盘前的"＋"号，打开该磁盘，选择要移动或复制到的文件夹。

　　（7）右击，在弹出的快捷菜单中选择"粘贴"命令即可。

图 2-38　Windows 资源管理器

提示： 如果左侧没有文件夹窗格，则选择【查看】→【浏览器栏】→【文件夹】命令。

注意：用户也可以通过单击【开始】按钮，在弹出的"开始"菜单中选择"资源管理器"命令，或右击"我的电脑"图标，在弹出的快捷菜单中选择"资源管理器"命令打开 Windows 资源管理器。

2.4.3 设定查看方式

通过设定查看方式，可以在资源管理器右侧的内容显示区域中以不同的方式显示文件夹内容。设定方式是打开"查看"菜单，选择需要的菜单项即可。

1. 缩略图

如果选择【查看】→【缩略图】命令，则右侧的内容显示区域如图 2-39 所示。这种方式对快速查看图像文件很有帮助。

图 2-39　缩略图显示

2. 详细信息

如果选择【查看】→【详细信息】命令，则右侧的内容显示区域将显示文件大小、类型、修改时间等重要信息。

3. 排列图标

如果选择【查看】→【排列图标】命令，可以分别以文件名称、类型、大小、日期等为顺序显示文件夹的内容，这样可以快速查找有关文件。例如，想找文件夹中最小的文件，则按大小进行排序后就可立即找出。

在详细信息显示方式下，还可以通过单击右侧的内容显示区域上方的【名称】、【大小】、【修改日期】等标题按钮直接对显示的内容进行排序，并且可以通过多次单击来实现升序和降序之间的切换。

4. 文件夹选项

如果选择【工具】→【文件夹选项】命令，则会打开如图 2-40 所示的"文件夹选项"对话框。在"查看"选项卡中，可以设定相关选项来定制显示内容。这里比较常用的选择有不显示隐藏文件、不显示隐藏文件或系统文件、隐藏已知文件类型的扩展名等。

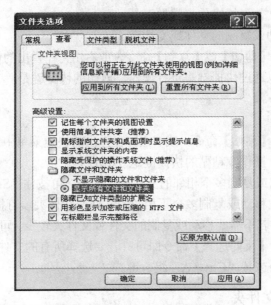

图 2-40　"文件夹选项"对话框

2.4.4　创建新文件夹

文件就是用户赋予了名字并存储在存储器上的信息的集合，它可以是用户创建的文档，也可以是可执行的应用程序或一张图片、一段声音等。文件夹是系统组织和管理文件的一种形式，是为方便用户查找、维护和存储而设置的，用户可以将文件分门别类地存放在不同的文件夹中。在文件夹中可存放所有类型的文件、下一级文件夹、磁盘驱动器、打印队列等内容。

用户可以创建新的文件夹来存放具有相同类型或相近形式的文件，创建新文件夹的步骤如下。

（1）双击"我的电脑"图标，打开"我的电脑"窗口。

（2）双击要新建文件夹的磁盘，打开该磁盘。

（3）选择【文件】→【新建】→【文件夹】命令，或右击，在弹出的快捷菜单中选择【新建】→【文件夹】命令即可新建一个文件夹。

（4）在新建的文件夹名称文本框中输入文件夹的名称，按"Enter"键或用鼠标单击其他地方即可。

为了以后查找方便，在命名文件和文件夹时一定要做到"见名知意"，能通过命名准确地表达出该文件或文件夹的意义和作用。

用户也可以通过 Windows 资源管理器打开要新建文件夹的磁盘或文件夹，然后通过步骤（3）和步骤（4）建立文件夹。

2.4.5　移动和复制文件或文件夹

在实际应用中，有时用户需要将某个文件或文件夹移动或复制到其他地方，这时就需要用到移动或复制命令。移动文件或文件夹是将文件或文件夹放到其他地方，执行移动命令后，原位置的文件或文件夹消失，出现在目标位置；复制文件或文件夹是将文件或文件夹复制一份，放到其他地方，执行复制命令后，原位置和目标位置均有该文件或文件夹。

移动、复制文件或文件夹的操作步骤如下。

（1）选择要进行移动或复制的文件或文件夹。

（2）选择【编辑】→【剪切】或【复制】命令，或右击，在弹出的快捷菜单中选择"剪切"或"复制"命令，也可以通过快捷键来进行操作，剪切的快捷键是"Ctrl+X"，复制的快捷键是"Ctrl+C"。

（3）选择目标位置。

（4）选择【编辑】→【粘贴】命令，或右击，在弹出的快捷菜单中选择"粘贴"命令即可，也可以通过快捷键来进行操作，粘贴的快捷键是"Ctrl+V"。

注意：若要一次移动或复制多个相邻的文件或文件夹，可按住"Shift"键选择多个相邻的文件或文件夹；若要一次移动或复制多个不相邻的文件或文件夹，可按住"Ctrl"键选择多个不相邻的文件或文件夹；若不需要移动或复制的文件或文件夹较少，可先选择这些文件或文件夹，然后选择【编辑】→【反向选择】命令即可；若要选择所有的文件或文件夹，可选择【编辑】→【全部选定】命令或按"Ctrl+A"组合键。

2.4.6 重命名文件或文件夹

重命名文件或文件夹是给文件或文件夹重新取一个新的名称，使其更符合用户的要求。重命名文件或文件夹的具体操作步骤如下。

（1）选择要重命名的文件或文件夹。

（2）选择【文件】→【重命名】命令，或右击，在弹出的快捷菜单中选择"重命名"命令，也可在文件或文件夹名称处直接单击两次（两次单击间隔时间应稍长一些，以免使其变为双击），使其处于编辑状态，输入新的名称进行重命名操作，还可以通过快捷键来进行操作，重命名的快捷键是"F2"。

（3）这时文件或文件夹的名称将处于编辑状态（反白显示），用户可直接输入新的名称进行重命名操作。

2.4.7 删除文件或文件夹

当文件或文件夹不再需要时，用户可将其删除，这样有利于对文件或文件夹进行管理。删除后的文件或文件夹将被放到"回收站"中，用户可以选择将"回收站"中的文件或文件夹彻底删除或还原到原来的位置。删除文件或文件夹的操作步骤如下。

（1）选择要删除的文件或文件夹。若要选择多个相邻的文件或文件夹，可按住"Shift"键进行选择；若要选择多个不相邻的文件或文件夹，可按住"Ctrl"键进行选择。

（2）选择【文件】→【删除】命令，或右击，在弹出的快捷菜单中选择"删除"命令，弹出"确认文件夹删除"对话框，如图 2-41 所示。

图 2-41 "确认文件夹删除"对话框

（3）若确认要删除该文件或文件夹，可单击【是】按钮；若不删除该文件或文件夹，可单击【否】按钮。

注意： 从网络位置删除的项目、从可移动媒体（如 U 盘）删除的项目或超过"回收站"存储容量的项目将不被放到"回收站"中，而是被彻底删除，不能还原。若要直接删除文件或文件夹，可以按住"**Shift**"键然后选择删除，这样文件或文件夹将被直接删除，而不会放到"回收站"中。

2.4.8　回收站

"回收站"为用户提供了一个安全的删除文件或文件夹的解决方案，用户从硬盘中删除文件或文件夹时，Windows XP 会将其自动放入"回收站"中，直到用户将其清空或还原到原来的位置。

删除或还原"回收站"中文件或文件夹的操作步骤如下。

（1）双击桌面上的"回收站"图标，打开"回收站"窗口，如图 2-42 所示。

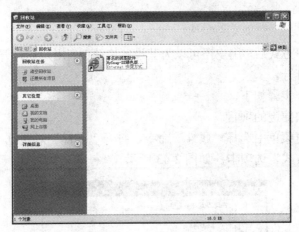

图 2-42　"回收站"窗口

（2）若要删除"回收站"中所有的文件和文件夹，可选择"回收站任务"窗格中的"清空回收站"命令；若要还原所有的文件和文件夹，可选择"回收站任务"窗格中的"还原所有项目"命令；若要还原某个文件或文件夹，可选中该文件或文件夹，选择"回收站任务"窗格中的"还原此项目"命令；若要还原多个文件或文件夹，可按住"**Ctrl**"键，选择文件或文件夹来进行还原。

注意： 删除"回收站"中的文件或文件夹，意味着将该文件或文件夹彻底删除，无法再还原；若还原已删除文件夹中的文件，则该文件夹将在原来的位置重建，然后在此文件夹中还原文件；当"回收站"满后，Windows XP 将自动清除"回收站"中的空间以存放最近删除的文件或文件夹。另外，也可以选中要删除的文件或文件夹，将其拖到"回收站"中进行删除。

2.4.9　创建快捷方式

创建快捷方式包括创建桌面快捷方式和设置快捷键两种方式。创建桌面快捷方式是在桌面上建立各种应用程序、文件、文件夹、打印机或网络中的计算机等快捷方式图标，通过双击该快捷方式图标，即可快速打开该项目。设置快捷键是设置各种应用程序、文件、文件夹、打印机等快捷键，通过按该快捷键，即可快速打开该项目。

1．创建桌面快捷方式

用户可以为一些经常使用的应用程序、文件、文件夹、打印机或网络中的计算机等创建桌面快捷方式，这样在需要打开这些项目时，就可以通过双击桌面快捷方式快速打开。

创建桌面快捷方式的具体操作步骤如下。

（1）选择【开始】→【所有程序】→【附件】→【Windows 资源管理器】命令，打开 Windows 资源管理器。

（2）选择要创建快捷方式的应用程序、文件、文件夹、打印机或计算机等。

（3）选择【文件】→【创建快捷方式】命令，或右击，在弹出的快捷菜单中选择"创建快捷方式"命令，即可创建该项目的快捷方式。

（4）将该项目的快捷方式拖到桌面上即可。

若单击【开始】按钮，在"所有程序"子菜单中有用户要创建桌面快捷方式的应用程序，也可以右击该应用程序，在弹出的快捷菜单中选择"创建快捷方式"命令，系统会将创建的快捷方式添加到"所有程序"子菜单中，将该快捷方式拖到桌面上也可创建该应用程序的桌面快捷方式。

2．设置快捷键

在创建了桌面快捷方式后，用户还可以为其设置快捷键。用户在打开这些项目时只需直接按快捷键就可以快速打开。

设置快捷键的操作步骤如下。

（1）右击要设置快捷键的项目。

（2）在弹出的快捷菜单中选择"属性"命令，打开"属性"对话框。

（3）选择"快捷方式"选项卡，如图 2-43 所示。

图 2-43　"快捷方式"选项卡

（4）在该选项卡中的"快捷键"文本框中直接输入所要设定的快捷键即可。例如，要设定快捷键为"Alt＋4"，可先单击该文本框，然后直接按"Alt"键和数字键盘区中的"4"键即可。

（5）设置完毕后，单击【应用】和【确定】按钮即可。

注意：快捷方式和快捷键并不能改变应用程序、文件、文件夹、打印机或网络中计算机的位置，它也不是副本，而是一个指针，使用它可以更快地打开项目，删除、移动或重命名快捷方式均不会影响原有的项目。

2.5　电子文档的使用

2.5.1　显示文件扩展名

扩展名也称为后缀，用来标志文件格式。例如，在 Example.exe 文件名中，Example 是文件名，exe 为扩展名，表示这个文件是一个可执行文件，"."是文件名与扩展名的分隔符号。文件的扩展名非常重要，它表示文件存储的格式，通过文件的扩展名可以判断它是否为可执行文件或者能被哪种软件打开，所以一般不要轻易地改变文件的扩展名。

Windows 中常见的可执行程序文件的扩展名有.exe、.com 和.bat，其中最多的是.exe；常见的.txt 是文本文件；常见的图像文件扩展名有.bmp、.jpg、.gif 等，其中.gif 可以保存动画图像，不少网页上的动画图像就是.gif 类型的文件；常见声音文件的扩展名有.wav、.mp3、.rm 等，另外，还有一种专门用来记载音乐乐谱的文件，其扩展名为.mid；常见压缩文件的扩展名为.zip 和.rar。

文件的扩展名可以根据外壳或浏览器的设置表示为显示或隐藏。计算机病毒或蠕虫病毒的恶意用户可能使用类似于"图片.jpg.exe"的文件名，这样看起来像是一个无害的图片文件传播给用户，如果文件扩展名被隐藏（通常微软操作系统预设为隐藏），那么这个可执行文件就可能被运行，所以应该显示文件的扩展名。显示文件扩展名的操作步骤如下。

（1）打开资源管理器，选择【工具】→【文件夹选项】命令，如图 2-44 所示。

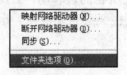

图 2-44　文件夹选项

（2）弹出"文件夹选项"对话框在"查看"选项卡中取消对"隐藏已知文件类型的扩展名"复选框的选择即可，如图 2-45 所示。

图 2-45　"查看"选项卡

2.5.2　设置任务栏快速访问文件夹

日常使用中经常要访问文件夹，如果能在需要时快速访问所需的文件夹，将能节省不少时间，充分利用 Windows 任务栏将简化许多操作。右击任务栏，在弹出的快捷菜单中选择【工具栏】→【新建工具栏】命令，如图 2-46 所示。

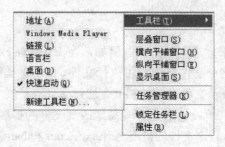

图 2-46　"新建工具栏"菜单

在文件夹输入框中可以选择经常访问的文件夹，现以默认值"我的文档"为例。此时在Windows 的任务栏中将会出现一个以"My Document"文件夹为名称的工具栏，通过单击该名称旁边的【箭头】按钮就可快速移动定位到自己所需的文件夹，进而打开目标文件。如果想打开一个文件夹，可以通过双击或右击后在弹出的快捷菜单中进行相应的选择。

当觉得此工具栏放在任务栏上占用空间时，也可以把此工具栏拖到桌面上的任意一个位置，通常的做法是往两边拖动，然后从此工具栏的右击菜单中选中"前端显示"和"自动隐藏"。当用户需要时只要把鼠标向该工具栏所在的边移动，工具栏就会自动弹出；不需要时把鼠标从工具栏所在的位置移开，此时工具栏又会自动隐藏。此外，可以根据需要建立多个类似的工具栏。

2.5.3　搜索文件或文件夹

有时需要查看某个文件或文件夹的内容，但不知道该文件或文件夹存放的具体位置或具体名称，这时 Windows XP 提供的搜索文件或文件夹功能就可以帮助用户查找该文件或文件夹。

搜索文件或文件夹的具体操作步骤如下。

（1）单击【开始】按钮，在弹出的菜单中选择"搜索"命令。

（2）打开"搜索结果"窗口。

（3）在"要搜索的文件或文件夹名为"文本框中输入文件或文件夹的名称，"*"表示任意。

（4）在"包含文字"文本框中输入该文件或文件夹中包含的文字。

（5）在"搜索范围"下拉列表中选择目标盘。

（6）现以搜索 D 盘中所有以.exe 为扩展名的文件为例，如图 2-47 所示。

（7）单击【立即搜索】按钮，即可开始搜索，Windows XP 会将搜索的结果显示在窗口右边的空白框内。

（8）若要停止搜索，可单击【停止搜索】按钮。

（9）双击搜索后显示的文件或文件夹，即可打开该文件或文件夹。

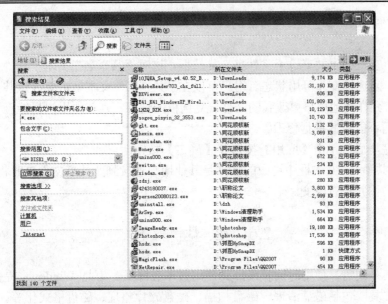

图 2-47　搜索实例

2.5.4　文件共享

Windows XP 网络方面的功能设置更加强大，用户不仅可以使用系统提供的共享文件夹，也可以设置自己的共享文件夹，与其他用户共享自己的文件夹。

系统提供的共享文件夹被命名为 Shared Documents，双击"我的电脑"图标，在"我的电脑"窗口中可看到该共享文件夹。若用户想将某个文件或文件夹设置为共享，可选择该文件或文件夹，将其拖到"Shared Documents"共享文件夹中即可。

设置用户自己的共享文件夹的操作步骤如下。

（1）选择要设置共享的文件夹。

（2）选择【文件】→【共享】命令，或右击，在弹出的快捷菜单中选择"共享"命令，选择"属性"对话框中的"共享"选项卡，如图 2-48 所示。

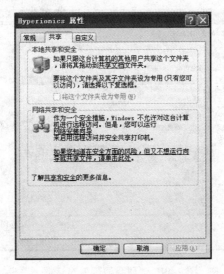

图 2-48　"共享"选项卡

（3）单击"如果您知道在安全方面的风险，但又不想运行向导就共享文件，请单击此处"超链接。

（4）选中"在网络上共享这个文件夹"复选框，这时"共享名"文本框和"允许其他用户更改我的文件"复选框变为可用状态。用户可以在"共享名"文本框中更改该共享文件夹的名称；若取消对"允许其他用户更改我的文件"复选框的选择，则其他用户只能查看该共享文件夹中的内容，而不能对其进行修改。

（5）设置完毕后，单击【应用】按钮和【确定】按钮即可。

注意：在"共享名"文本框中更改的名称是其他用户连接到此共享文件夹时将看到的名称，文件夹的实际名称并没有改变。

2.6　磁　盘　管　理

磁盘（尤其是硬盘）使用时间长了，其使用效率会降低，为此 Windows 提供了对整个磁盘进行管理的工具，包括磁盘清理、磁盘扫描、磁盘碎片整理、磁盘格式化等。

2.6.1　磁盘清理

磁盘清理是指清除磁盘上不需要的文件，节省磁盘空间。磁盘清理主要用于存储容量较小的硬盘。

磁盘清理的操作步骤如下。

（1）打开"资源管理器"或"我的电脑"。

（2）选择进行清理的磁盘。

（3）右击鼠标，在弹出的快捷菜单中选择"属性"命令，弹出磁盘"属性"对话框。

（4）在"常规"选项卡中单击【磁盘清理】按钮，弹出"磁盘清理"对话框，如图 2-49 所示。

（5）选中要清理的项目，列出的项目均可取消，不会影响系统的运行。

（6）单击【确定】按钮。

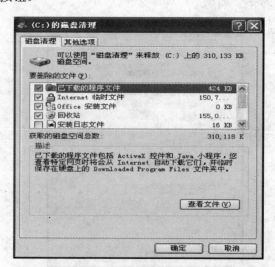

图 2-49　"磁盘清理"对话框

2.6.2　磁盘扫描

在系统运行的过程中，可能由于突然断电、病毒破坏等原因，使得磁盘上存储的文件产生逻辑性错误。例如，在目录中有文件名称，但找不到该文件对应的数据区存储单元；或数据区存储单元被占用，但这些存储单元不属于任何文件。

磁盘扫描就是用来对磁盘上存储文件的有效性进行检查的功能。实际上，如果没有正常关闭 Windows，则下次开机时 Windows 会自动地执行磁盘扫描程序。

执行磁盘扫描程序的操作步骤如下。

（1）打开"资源管理器"或"我的电脑"。

（2）选择要进行扫描的磁盘。

（3）右击鼠标，在弹出的快捷菜单中选择"属性"命令，弹出磁盘"属性"对话框。

（4）在"工具"选项卡中单击【开始检查】按钮，弹出"检查磁盘"对话框，如图 2-50 所示。

（5）选择磁盘检查选项，一般情况只选中"自动修复文件系统错误"复选框。如果磁盘已经很旧，并且在使用中经常出现问题，可以选中"扫描并试图恢复坏扇区"复选框，但这样则需要更长的检查时间。

（6）单击【开始】按钮。

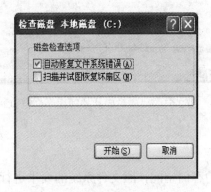

图 2-50　"检查磁盘"对话框

2.6.3　磁盘碎片整理

由于磁盘采用的是随机存储方式，因此时间长了会产生两个问题，一是在磁盘数据区前部由于文件的删除而出现一些小的空闲存储单元，Windows 将其称为磁盘碎片；二是由于磁盘碎片的产生，造成随后存储的一些文件所占用的磁盘存储单元不再连续分布，而是位于磁盘上不同的位置，从而使得这些文件的存取速度降低。磁盘碎片整理程序就是针对这两个问题设计的，具有两个功能，一是取消碎片；二是使一个文件占用的存储单元在磁盘上连续分布，提高存取速度。

执行磁盘碎片整理程序的操作步骤如下。

（1）打开"资源管理器"或"我的电脑"。

（2）选择要进行碎片整理的磁盘。

（3）右击鼠标，在弹出的快捷菜单中选择"属性"命令，弹出磁盘"属性"对话框。

（4）在"工具"选项卡中单击【开始整理】按钮，打开"磁盘碎片整理程序"窗口，如图 2-51 所示。

（5）单击【碎片整理】按钮，开始整理，这一过程需要的时间可能较长。

（6）图 2-51 中分别显示了碎片整理前后磁盘文件的分布情况，由图可见，整理后磁盘后部的文件都被集中到磁盘的前部区域。

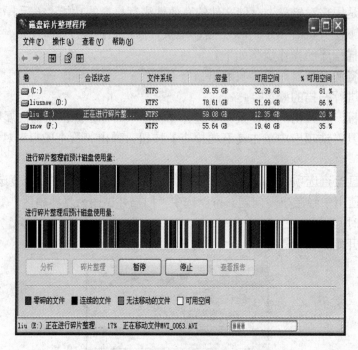

图 2-51　"磁盘碎片整理程序"窗口

2.6.4　磁盘格式化

磁盘格式化是指将磁盘的存储空间按照文件系统的要求进行重新划分。对一个磁盘进行格式化操作后，不管原来磁盘上存储的是什么，都将不复存在，因此一定要慎用磁盘格式化功能。一般在重新安装系统或想快速地删除磁盘中所有的文件时，使用此功能。

执行磁盘格式化程序的操作步骤如下。

（1）打开"资源管理器"或"我的电脑"。

（2）选择要进行格式化的磁盘。

（3）右击鼠标，在弹出的快捷菜单中选择"格式化"命令，弹出磁盘"格式化"对话框，如图 2-52 所示。

（4）选择"文件系统"类型，一般选择 FAT32 即可，也可选择 NTFS。

（5）选择格式化选项。如果不想改变文件系统类型，只想删除磁盘上所有的文件，可选中"快速格式化"复选框，这样格式化所需要的时间很短。

（6）单击【开始】按钮，开始格式化磁盘。

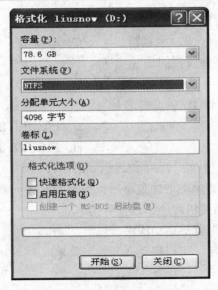

图 2-52　"格式化"对话框

练　习　题

一、判断题

1. Windows 允许文件名最多有 255 个字符，不可以使用空格。　　　　　　　（　　　）
2. Windows 的剪贴板只能存放文本信息。　　　　　　　　　　　　　　　（　　　）
3. 在 Windows 中不能改变图标的间隔距离。　　　　　　　　　　　　　　（　　　）
4. 在 Windows 中，快捷方式就是一个指向其他对象的可视指针。　　　　　（　　　）
5. 在 Windows 中按"Shift+Space"组合键，可以进行全角/半角的切换。　　（　　　）
6. 在 Windows 中，单击对话框中的【确定】按钮与按"Enter"键的作用是一样的。

（　　　）

7. 若希望显示文件的名称、类型、大小等信息，应选择"查看"菜单中的"列表"方式。

（　　　）

二、单选题

1. 列出以 AB 开头的所有文件的命令是（　　　　）。

　　A．AB.　　　　　　　B．AB*.?　　　　　C．AB?.*　　　　D．AB*.*

2. 在 Windows 操作系统中，文件管理主要是（　　　　）。

　　A．实现文件的显示和打印　　　　　　B．实现文件压缩

　　C．实现对文件按名存取　　　　　　　D．实现对文件按内容存取

3. 在"资源管理器"窗口右部，若已选择了所有文件，如果要取消对其中几个文件的选择，应进行的操作是（　　　　）。

　　A．按住"Ctrl"键，再用鼠标左键依次单击各个要取消选择的文件

　　B．按住"Shift"键，再用鼠标左键依次单击各个要取消选择的文件

　　C．用鼠标右键依次单击各个要取消选择的文件

　　D．用鼠标左键依次单击各个要取消选择的文件

4. 计算机将马上要执行的指令和数据存放在机器的（　　　）中。

　　A. 输入、输出设备　　　B. 运算器　　　　C. 存储器　　　　D. 控制器

5. 下列 4 项中，不是文件属性的是（　　　）。

　　A. 只读　　　　　　　B. 文档　　　　　C. 隐藏　　　　　D. 以上都不是

6. 在 Windows 中，下列不合法的文件名是（　　　）。

　　A. FIGURE *BMP　　　　　　　　　　B. FIGURE BMP

　　C. FIGURE .BMP　　　　　　　　　　D. FIGURE .BMP.001.AJP

7. 在 Windows 中关于"开始"菜单叙述错误的是（　　　）。

　　A. 可以在"开始"菜单中增加菜单项，但不能删除

　　B. "开始"菜单包括关机程序、设置等菜单项

　　C. 可以通过"开始"菜单启动程序

　　D. 单击【开始】按钮，可以启动"开始"菜单

8. 通配符"?"代替（　　　）个字符。

　　A. 2　　　　　　　　B. 3　　　　　　　C. 1　　　　　　　D. 任意

9. 当选择文件或文件夹后，不将文件或文件夹放到"回收站"中，而直接删除的操作是
（　　　）。

　　A. 按"Shift+Delete"组合键　　　　　B. 按"Delete"键

　　C. 用鼠标直接将文件或文件夹拖放到"回收站"中

　　D. 用"我的电脑"或"资源管理器"窗口中"文件"菜单中的"删除"命令

10. 快捷方式与它所指的对象相比（　　　）。

　　A. 快捷方式指向的对象占用的存储空间大

　　B. 占用的存储空间一样大

　　C. 无法比较

　　D. 快捷方式占用的存储空间大

11. 在 Windows 中用户用来组织和操作文件目录的工具是（　　　）。

　　A. "开始"菜单　　　B. 应用程序　　　C. 资源管理器　　D. 控制面板

12. 不是文件属性的是（　　　）。

　　A. 只读　　　　　　　B. 文档　　　　　C. 隐藏　　　　　D. 以上都不是

13. 在一个文件路径中，不同的目录名之间用（　　　）隔开。

　　A. /　　　　　　　　B. \　　　　　　　C. *　　　　　　　D. !

14. 下列带有通配符的文件名中，能包含文件 ABC.FOR 的是（　　　）。

　　A. ?.?　　　　　　　B. *BC.?　　　　　C. A?.*　　　　　D. ?BC.*

15. Windows 98 以上版本支持的动态管理内存的空间最大为（　　　）。

　　A. 1MB　　　　　　　B. 640KB　　　　　C. 无限制　　　　D. 4GB

16. 下列文件名中（　　　）为 Windows 中的非法文件名。

　　A. @ABC.%A　　　　　　　　　　　B. REPORTS.SALES.JONES~.AUG99

　　C. Cairo "note"　　　　　　　　　　D. This is a Basic Program

17. Windows 的"桌面"指的是（　　　）。

　　A. Windows 启动后的整个屏幕　　　B. 全部窗口

　　C. 活动窗口　　　　　　　　　　　D. 某个窗口

18. 下面有关菜单的论述，（　　　　）是错误的。

　　A. 左键单击菜单栏中的某一菜单，即可得出该菜单对应的下拉菜单

　　B. 右键单击菜单栏中的某一菜单，即可得出该菜单对应的下拉菜单

　　C. 右键单击某一位置或选中的对象，一般均可得到快捷菜单

　　D. 菜单分为下拉菜单和快捷菜单

19. 在 Windows 中，同时打开多个窗口，下面关于描述活动窗口（即当前窗口）的说法错误的是（　　　　）。

　　A. 活动窗口在任务栏上的按钮为下凹状态　　　B. 桌面上可以同时有两个活动窗口

　　C. 活动窗口的标题是高亮度的　　　　　　　　D. 活动窗口可以切换

20. 下面各种程序中，不属于"附件"的是（　　　　）。

　　A. 记事本　　　　　　　　　　　　　　　　　B. 计算机

　　C. Windows 资源管理器　　　　　　　　　　　D. 添加或删除程序

21. 鼠标是 Windows 环境中的一种重要的（　　　　）。

　　A. 指示工具　　　　　　B. 画图工具　　　　　C. 输入工具　　　　D. 输出工具

22. 在退出 Windows 中的提问确认中若回答"取消"，则（　　　　）。

　　A. 不做任何的响应　　　　　　　　　　　　　B. 退出 Windows

　　C. 不退出 Windows，返回之前的界面　　　　　D. 再提问

23. 在 Windows 中，进行"剪切"操作的快捷键是（　　　　）。

　　A. "Ctrl+V"　　　　　　B. "Ctrl+A"　　　　　C. "Ctrl+X"　　　　D. "Ctrl+C"

三、多选题

1. 在系统中，定位唯一文件的完整路径书写方法中，包括（　　　　）。

　　A. 我的电脑　　　　B. 盘符　　　　　　　　　C. 路径　　　　　D. 文件名

2. 在 Windows 中，可完成的磁盘操作有（　　　　）。

　　A. 整理碎片　　　　B. 软盘复制　　　　　　　C. 磁盘清理　　　D. 磁盘格式化

3. 资源管理器窗口左窗格可以显示的内容有（　　　　）。

　　A. 收藏夹　　　　　　　B. 文件夹　　　　　　C. 历史　　　　　D. 搜索

4. Windows 中为一个文件命名时（　　　　）。

　　A. 允许使用多个分隔符　　　　　　　　　　　B. 允许使用空格

　　C. 文件名的长度不允许超过 8 个字符

　　D. 不允许使用大于号（>）、问号（?）、冒号（:）等符号

5. "资源管理器"窗口的"文件"菜单中"新建"命令的作用是（　　　　）。

　　A. 创建不同类型的文件　　　　　　　　　　　B. 创建一个新的文件夹

　　C. 选择一个对象文件　　　　　　　　　　　　D. 创建一个快捷方式

6. 对话框中可以包括（　　　　）。

　　A.【最大化】按钮　　　　　　　　　　　　　　B. 命令按钮

　　C.【关闭】按钮　　　　　　　　　　　　　　　D.【最小化】按钮

7. 在 Windows 中，可以用键盘完成以下（　　　　）窗口的操作。

　　A. 大小调整　　　　　　B. 最大化　　　　　　C. 关闭　　　　　D. 移动

8. 关于 Windows 的正确论述为（　　　　）。

　　A. 是计算机和用户之间的接口　　　　　　　　B. 是应用软件

  C. 是多用户多任务的操作系统　　　　　　D. 是具有友好界面的操作系统

9. 在 Windows 的"资源管理器"窗口中,如果想选择文件或文件夹正确的操作是(　　　)。

  A. 按住"Shift"键,用鼠标左键选取　　　B. 按住"Ctrl"键,用鼠标右键选取

  C. 按住"Shift"键,用鼠标右键选取　　　D. 按住"Ctrl"键,用鼠标左键选取

四、填空题

1. Windows 窗口中最上面一栏称为＿＿＿＿＿＿。

2. 要查找所有第一个字母为 A 且扩展名为 wav 的文件,那么要在打开的"搜索"对话框中输入＿＿＿＿＿＿（如果答案中包含字母请全部使用小写形式）。

3. 在全角方式下输入一个字母,则该字母占＿＿＿＿＿＿字节。

4. 液晶显示器的英文缩写是＿＿＿＿＿＿。

5. 通常,用屏幕水平方向上显示的点数乘以垂直方向上显示的点数来表示显示器的清晰程度,该指标称为＿＿＿＿＿＿（3 个汉字）。

6. 要删除一个程序,可以打开＿＿＿＿＿＿（4 个汉字）窗口,然后使用其中的"添加/删除程序"命令。

7. 在 Windows 中,被逻辑删除的文件或文件夹存放在＿＿＿＿＿＿（3 个汉字）中。

8. 在 Windows 中,文件名的长度可达＿＿＿＿＿＿个字符。

9. 在 Windows 中要想将当前窗口的内容存入剪贴板中可以按键盘"＿＿＿＿＿＿（3 个大写字母）+PrintScreen"组合键。

10. 在 Windows 资源管理器窗口中,通过＿＿＿＿＿＿菜单可以新建一个文件夹。

五、操作题

1. 在桌面上创建 Word 应用程序和画图程序的快捷方式。

2. 进行如下文件或文件夹的操作。

（1）利用"资源管理器"或"我的电脑"在 C 盘上创建一个名为 abc 的文件夹。

（2）将自己的一些文件复制、剪切或保存到该文件夹中。

（3）将该文件夹重命名为 Myfile。

（4）删除该文件夹,然后将其从回收站中还原。

（5）将 Myfile 文件夹移动到 D 盘。

3. 使用控制面板中的"添加/删除程序"命令卸载系统中不再需要的应用程序。

4. 在"资源管理器"窗口或"我的电脑"窗口中用各种视图查看 D 盘上的文件或文件夹。

第3章 计算机网络

随着Internet网络的发展，地球村已不再是一个遥不可及的梦想。我们可以坐在计算机前，让它带我们到世界各地做一次虚拟旅游；也可以通过Internet获取各种想要的信息，查找各种资料。只要掌握了在Internet这片浩瀚的信息海洋中遨游的方法，就能在Internet中得到无限的信息宝藏。

通过对本章的学习，应掌握如下知识：

● 计算机网络的基本概念及其分类
● 互联网的基本概念和简单应用

3.1 计算机网络基础知识

简单地说计算机网络的主要功能就是实现资源共享和相互之间的通信。随着计算机网络的发展，它在促进经济发展、人文交流、国家安全等方面起着越来越重要的作用，它正在影响着我们的生活，使得我们的生活越来越离不开它。

3.1.1 计算机网络概述

计算机网络就是利用通信设备和线路将地理位置不同的、功能独立的多个计算机系统互联起来，以功能完善的网络软件（即网络通信协议、信息交换方式、网络操作系统等）实现网络中的资源共享和信息传递的系统。

3.1.2 计算机网络的分类

计算机网络的分类标准有很多种，按照网络覆盖的地理范围进行网络的分类是最普遍的分类方法。按照这类方法，我们把计算机网络划分为3类，即局域网、广域网和城域网。

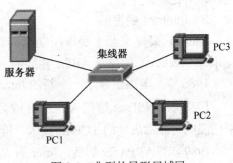

图 3-1　典型的星形局域网

1. 局域网

局域网（LAN，Local Area Network）是一种在小范围内实现的计算机网络，一般在一个建筑物内或一个事业内部，为单位独有。局域网距离可在十几千米以内，信道传输速率可达1～20Mbps，结构简单，布线容易。典型的星形局域网如图3-1所示。

2. 广域网

广域网（WAN，Wide Area Network）的范围很广，覆盖的地理范围比城域网要大得多，它可以从几十千米到几千千米，可以分布在一个省内、一个国家或几个国家。由于广域网分布的距离太远，所以信道传输速率较低，一般小于0.1Mbps，结构比较复杂。

3. 城域网

城域网（MAN，Metropolitan Area Network）是一种介于局域网和广域网之间的高速网络，覆盖地理范围介于局域网和广域网之间，一般为几千米到几十千米，一般不超过 100 千米，传输速率一般在 50Mbps 左右，其用户多为需要在市内进行高速通信的较大单位或公司。

3.1.3 计算机网络协议的概念及分类

在所有网络软件中，除了网络操作系统外，最重要的莫过于各种各样的网络协议了。网络能有序安全运行的一个很重要原因，就是它遵循一定的规范，就是说，信息在网络中的传递同人在街上行走一样，也要用规则来约束和规范。网络里的这个规则就是通信协议。换句话说，通信协议是网络社会中信息在网络的计算机之间、网络设备之间及其相互之间"通行"的交通规则。

最著名的是 TCP/IP（Transmission Control Protocol / Internet Protocol，传输控制协议/网际互联协议），在互联网上已经得到了广泛的使用。如果访问 Internet 就必须要安装 TCP/IP 协议。除了 TCP/IP 协议外，常见的协议还有 IPX/SPX 协议、NetBIOS 协议等。

3.2 Internet 基础

3.2.1 Internet 的定义及发展

1. Internet 的定义

Internet，中文正式译名为因特网，又叫做国际互联网，它是由那些使用公用语言互相通信的计算机连接而成的全球网络。一旦你连接到它的任意一个节点上，就意味着你的计算机已经接入 Internet 了。目前，Internet 的用户已经遍及全球，有超过几亿人在使用，并且它的用户数还在以等比级数上升。

2. Internet 的发展

Internet 最早来源于美国国防部高级研究计划局（DARPA，Defense Advanced Research Projects Agency）的前身 ARPA 建立的 ARPAnet，该网于 1969 年投入使用。

1986 年，美国组建了一个新的 Internet 主干网——国家科学基金会网络 NSFnet。

1988 年，NSFnet 替代 ARPAnet 成为 Internet 的主干网。NSFnet 主干网利用了在 ARPAnet 中已证明是非常成功的 TCP/IP 技术，准许各大学、政府或私人科研机构的网络加入。

1989 年，ARPAnet 解散，Internet 从军用转向民用。

1995 年 4 月 30 日，NSFnet 正式宣布停止运作，而此时 Internet 的骨干网已经覆盖了全球 91 个国家，主机已超过 400 万台。在最近几年，互联网更以惊人的速度向前发展，很快就达到了今天的规模。

3. Internet 在中国的发展

Internet 在中国的发展历程可以大致划分为 3 个阶段。

第一阶段：1987—1993 年，研究实验阶段。

第二阶段：1994—1996 年，1994 年 3 月中国作为第 71 个国家级网正式加入 Internet。

第三阶段：1997 年至今，是 Internet 在我国快速发展的阶段。

3.2.2　Internet 的地址与域名

1. IP 地址

IP 地址被用来为 Internet 上的计算机编号，大家日常见到的情况是每台联网的 PC 上都需要有 IP 地址，才能正常通信。IP 地址是一个 32 位的二进制数，通常被分割为 4 个 8 位二进制数（也就是 4 个字节），每个字节的十进制数不超过 255。为了使用方便，将各字节用圆点"."分割，如 172.16.1.250，这种表示方法称为点分十进制。

IP 地址包含网络号和主机号两部分。网络号位于 IP 地址的前部，用于标识计算机位于哪个网络上，这有点类似身份证的前几位，表示身份证所有者所在的地区；主机号位于 IP 地址的后部，用于标识统一网络上的某台计算机。

根据 IP 地址中的网络号和主机号所占的位数不同，通常使用的 IP 地址分为 A、B、C 3 类。A 类 IP 地址：第一位（前 8 位）表示网络地址，其余 3 位表示主机地址，其中第一个字节的值介于 0～127。B 类 IP 地址：前两位（前 16 位）表示网络地址，后两位表示主机地址，其中第一个字节的值介于 128～191。C 类 IP 地址：前三位（前 24 位）表示网络地址，最后一位表示主机地址，其中第一个字节的值介于 192～223。

2. 域名

网络上的数字型 IP 地址相对应的字符型 IP 地址，也被称为域名。以一个常见的域名为例来说明，百度网站服务器的域名是 www.baidu.com，其中 www 是万维网的缩写，baidu 是百度的拼音拼写，com 表示公司。

域名采用层次结构，每一层构成一个子域名，子域名之间用英文句点分开，一般情况下从左至右分别为计算机名、公司名、公司性质、所在国家，如 www.sohu.com、www.163.com 等。域名的等级划分如图 3-2 所示。

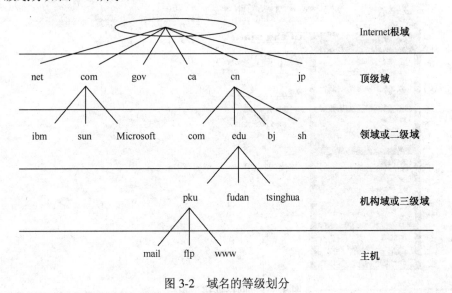

图 3-2　域名的等级划分

3.2.3　Internet 的作用

（1）浏览和查找信息（WWW），采用超文本和超媒体技术，将不同的文件通过关键字建立链接，提供一种交叉式查询。

（2）文件传输（FTP）是一个用于在两台装有不同操作系统的计算机中传输计算机文件的软件标准，可以将远程计算机上的资料下载到本地计算机上。

（3）电子邮件（E-mail），收发电子邮件也是 Internet 的一项重要服务，它的主要特点在于速度快、简洁而且价格低廉。

（4）远程登录（Telnet），通过 Telnet 可以登录到其他计算机上，在本地计算机上可以操作其他计算机，以便查询资料和传输文件。

（5）公告板服务（BBS），BBS 就像公告板一样，可以将自己的文章"张贴"在上面，同时也可以阅读其他人"张贴"的信息。

3.2.4　Internet 的接入

一台计算机需要连接到网络上需要通过两种途径，即通过局域网和通过电话拨号。无论使用哪种方式在进行设置之前首先要向某个 ISP（Internet Service Provider，因特网服务供应商）申请一个用户账号，办好手续后用户可以从 ISP 处得到一个用户名、登录口令、用户拨号的电话号码（如果是通过拨号上网）、DNS 服务器的 IP 地址和 ISP 的主机域名等；如果是通过电话上网，还需要购买一个调制解调器；如果是通过局域网上网，则需要购买一个网卡。接下来只要把有关硬件和软件正确安装，便可以连接到计算机网络中。

【例 3-1】　如果是通过电话上网，具体操作步骤如下。

（1）按照调制解调器的说明书将调制解调器与计算机和电话连接起来。

（2）双击"控制面板"中的"网络连接"，打开"网络连接"窗口，如图 3-3 所示。

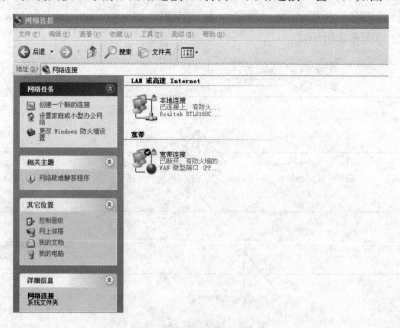

图 3-3　"网络连接"窗口

（3）在"网络任务"下选择"创建一个新的连接"命令。

（4）打开"新建连接向导"，如图 3-4 所示，依次按照向导提示，完成 ADSL 虚拟拨号连接。双击该连接，即接入 Internet。

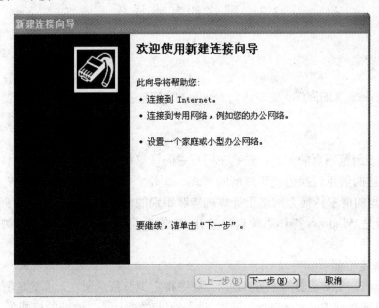

图 3-4　新建连接向导

【例 3-2】　使用网卡连接到局域网的基本方法如下。

（1）将网卡插入计算机主板的扩展槽中。

（2）安装网卡的驱动程序。

（3）创建网络连接，将计算机的 IP 地址、子网掩码、DNS 服务器的 IP 地址等相关信息输入如图 3-5 所示的对话框中，单击【确定】按钮即可上网。

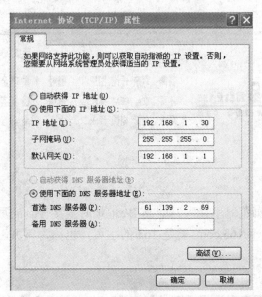

图 3-5　"Internet 协议（TCP/IP）属性"对话框

3.3　网络的基本操作

3.3.1　网页浏览

Internet 是一个信息的海洋，要想访问 Internet 的信息就必须借助网页浏览器工具来实现信息的浏览。

1．浏览器

浏览器是用于浏览网页的工具，安装在用户端的计算机上，是一种客户端软件。它能把超文本标记语言描述的信息转换为便于理解的形式。此外，它还是用户与 WWW 之间沟通的桥梁，把用户对信息的请求转换为网络上计算机能够识别的命令。浏览器的类型有很多种，最常用的 Web 浏览器是 Windows 操作系统自带的 IE 浏览器，此外，还有 FireFox 浏览器、搜狐浏览器等。

2．统一资源定位器

启动 IE 浏览器，在浏览器的上方"地址"框中指定浏览信息所在，也就是所谓的 URL（统一资源定位器，Uniform Resource Locator），输入地址便能上网。地址的格式如下：

通信协议：//主页网址[：端口号]/路径/文件名称

例如，打开网易网站如图 3-6 所示。

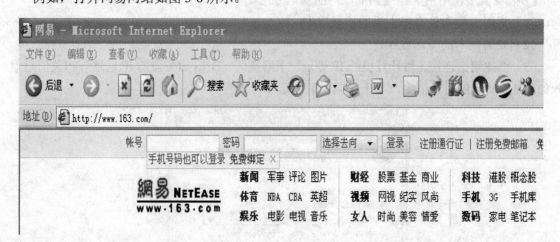

图 3-6　打开网易网站

3．主页

主页就是当访问者在浏览器里输入网址或 IP 地址时直接转到的页面，也就是通常用域名打开的第一个页面，如 www.163.com 就是 163 的主页，也称为首页。设置主页的操作步骤如下：

（1）打开浏览器窗口。

（2）在打开的浏览器窗口中选择【工具】→【Internet 选项】命令，弹出"Internet 选项"对话框，如图 3-7 所示。

（3）选择"常规"选项卡，在主页地址栏中输入主页地址，如 www.163.com。

（4）单击【确定】按钮，再次重启浏览器，就会把输入的地址设为首页地址了。

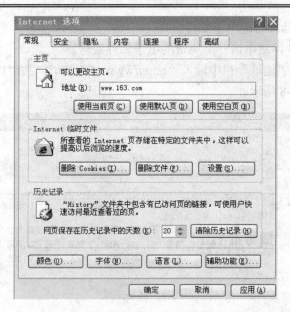

图 3-7　"Internet 选项"对话框

3.3.2　电子邮件的收发

电子邮件是互联网上一项重要的应用，也是现代人之间重要的通信方式。使用电子邮件收发信息不仅快捷方便，而且还能同时将一封信发送给多个人，还能方便地附加照片等文件。

1. 电子邮件概述

电子邮件客户端软件最基本的功能是电子邮件的收发，除此之外有的还会提供一些诸如回信、账号管理、通讯录管理、附件发送等附加的功能。Outlook Express 等是常见的电子邮件软件之一。另外，一种收发电子邮件的方式则通常由一些网站提供，用户需要使用浏览器软件访问该网站来进行邮件的收发。

电子邮件收发的过程是一个客户端/服务器程序交互的过程。在客户端计算机中的邮件软件是一个程序，位于服务器计算机中的邮件服务器是一个服务器程序。当客户端需要发送电子邮件时，电子邮件软件就向服务器程序发送信息请求。服务器程序将邮件信息通过互联网发出去。发送的信息将会到达接收方指定的邮件服务器计算机中，接收方为了获取到达的邮件信息，需要向其他服务器发出请求，要求邮件服务器将信息发送到其他计算机中。

和日常的邮局寄信类似，发送电子邮件也需要指定信息发送的地址。电子邮件地址通常由两部分组成，一般的格式如下：

邮件账号@邮件服务器域名

其中，邮件账号通常是用户名称，如 Candy@163.com、leader@sina.com。

常见的电子邮件协议有 SMTP（简单邮件传输协议）、POP3（邮局协议）和 IMAP（Internet 邮件访问协议）。这几种协议都是由 TCP/IP 协议族定义的。其中，POP3 是把邮件从电子邮箱中传输到本地计算机的协议。要想离线阅读电子邮件，必须要有 POP/SMTP 协议的支持。

2. 获取电子邮件账号

目前，网易、新浪、搜狐等网站都提供免费电子邮箱业务。在网上申请获得电子邮件账号后，可以使用该账号在其网站上在线收发电子邮件。对于支持 POP3 服务的账号，还可以使用

Outlook 离线创建、阅读和管理电子邮件。

【例 3-3】　 在 163 网站申请一个免费的电子邮件账号。

（1）在 IE 窗口的"地址"栏中输入"http://www.163.com"，按"Enter"键后，打开 163 网站，网易主页如图 3-8 所示。

图 3-8　网易主页

（2）单击"注册免费邮箱"超链接，打开"注册新用户"网页，根据提示输入用户名、密码、性别等个人基本信息，如图 3-9 所示。：

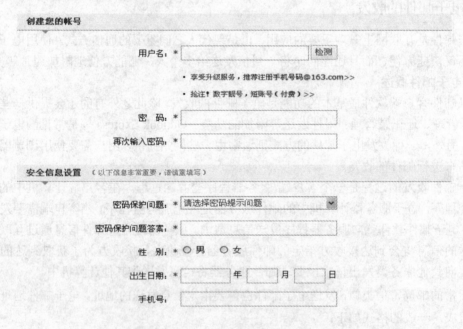

图 3-9　"注册新用户"网页

（3）填写成功后，会显示恭喜注册成功的提示。

3．在 Outlook 中设置电子邮件账号

对于支持 POP3 服务的网站，用户申请了电子邮箱账号后，可将邮件账号设置到 Windows 操作系统自带的 Outlook 程序或从网上下载的 Foxmail 程序中。使用这些程序可以脱机阅读和编写邮件，而只在收发电子邮件时联机上网。

【例 3-4】　 在 Outlook 中设置在 163 网站申请的电子邮件账号。

（1）打开 Outlook，选择【工具】→【账户】命令，如图 3-10 所示。

图 3-10　选择"账户"命令

（2）在"邮件"选项卡中，单击"添加"→"邮件"按钮，进入 Internet 连接向导。

（3）在"显示名"文本框中输入姓名，如图 3-11 所示，输入完成后单击【下一步】按钮。

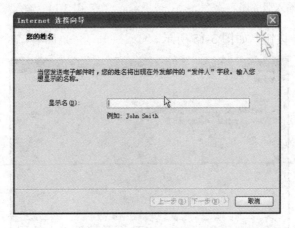

图 3-11　输入姓名

（4）在"电子邮件地址"文本框中输入完整的 163 免费邮箱地址（username@163.com），
如图 3-12 所示，输入完成后单击【下一步】按钮。

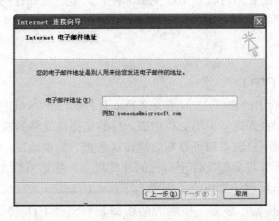

图 3-12　输入完整的邮箱地址

（5）在"接收邮件（POP3，IMAP 或 HTTP）服务器"文本框中输入"pop.163.com"，在"发

送邮件服务器（SMTP）"文本框中输入"smtp.163.com"，如图 3-13 所示，输入完成后单击【下一步】按钮。

（6）在"账户名"文本框中输入 163 免费邮箱的用户名（仅输入@前面的部分），在"密码"文本框中输入邮箱的密码，然后单击【下一步】按钮，如图 3-14 所示。

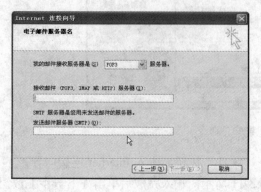 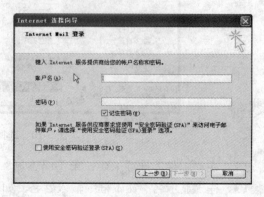

　　　图 3-13　输入服务器名　　　　　　　　　　　图 3-14　输入账户名和密码

（7）单击【完成】按钮，如图 3-15 所示。

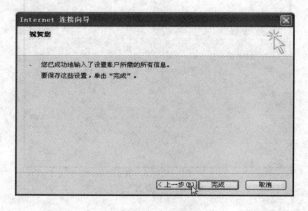

图 3-15　设置完成

完成 Outlook 客户端配置即可收发 163 免费邮件。其他收发邮件的软件，如 Foxmail 的设置方法与之类似，请读者自行试之。

3.3.3　文件传输

1. 文件传输协议（FTP）

FTP 是 TCP/IP 协议族中的协议之一，是英文 File Transfer Protocol 的缩写。该协议是 Internet 文件传输的基础，它由一系列规格说明文档组成，目的是提高文件的共享性，提供非直接使用远程计算机、存储介质对用户透明和可靠高效地传送数据。简单地说，FTP 就是完成两台计算机之间的复制，从远程计算机复制文件至自己的计算机上，称为下载（Download）；若将文件从自己的计算机中复制至远程计算机上，则称为上传（Upload）。

要想实现 FTP 文件传输，必须在相连的两端都装有支持 FTP 协议的软件，装在用户计算机上的部分叫做 FTP 客户端软件，装在服务器上的部分叫做 FTP 服务器端软件。客户端 FTP 软件的使用方法很简单，启动后首先与远程主机建立连接，然后向远程主机发出传输命令，远程主机在收到命令后就给予响应，并执行正确的命令。FTP 有一个根本的限制，那就是，如果用户在某个主机上没有注册获得授权，即没有用户名和口令，就不能与该主机进行文件传输。

2. FTP 文件传输

如何通过 FTP 下载文件呢？当用户的计算机连接到 Internet 后，通过 IE 浏览器访问 FTP 服务器，就可以与 FTP 服务器之间进行文件传输。要进行 FTP 传送，必须要知道 FTP 服务器的域名或 IP 地址，在登录 FTP 服务器后，有的还需要输入注册的用户名和密码。

【例 3-5】　FTP 文件传输。在 IE 窗口登录 ftp://ftp.microsoft.com 服务器，并下载文件到本地磁盘。

（1）打开 IE 浏览器，在"地址"栏中输入"ftp://ftp.microsoft.com"，登录微软 FTP 服务器，如图 3-16 所示。

（2）在窗口中打开相关目录，选择要下载的文件，然后复制到本地磁盘的某个文件夹中，这样即可完成 FTP 上资源的下载。

（3）如果单击页面，然后单击"在 Windows 资源管理器中打开 FTP"链接，将会在"资源管理器"窗口中打开该 FTP 站点，使用 FTP 上的资源就像使用本地磁盘上的资源一样，在资源管理器中打开的 FTP 站点如图 3-17 所示

图 3-16　登录微软 FTP 服务器

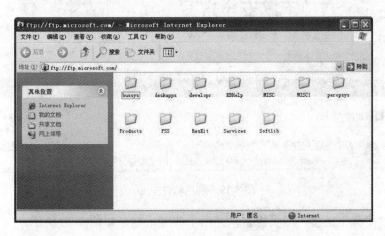

图 3-17　在资源管理器中打开的 FTP 站点

目前，FTP 客户端程序主要使用 flashfxp、cuteftp 等软件进行文件传输，这些工具软件具有断点续传、批量下载、添加服务器地址等功能，使用起来非常方便。

3.3.4　聊天软件的介绍

聊天软件也称为即时通信软件，是通过即时通信技术来实现在线聊天、交流的软件。目前有两种架构形式，一种是 C/S 架构，采用客户端/服务器形式，用户在使用过程中需要下载安装客户端软件，典型的代表有 QQ、新浪 UC、MSN 等；另一种是 B/S 架构，即浏览器/服务端形式，这种形式的即时通信软件直接借助互联网为媒介，客户端无需安装任何软件就可以体验服务器端进行沟通对话，一般运用在电子商务网站的服务商，典型的代表有 Websitelive、53KF、live800 等。

【例 3-6】　我们以大家最常用的 QQ 软件来了解聊天软件的安装和用法。

（1）打开 QQ 的官方网站 www.qq.com，如图 3-18 所示。

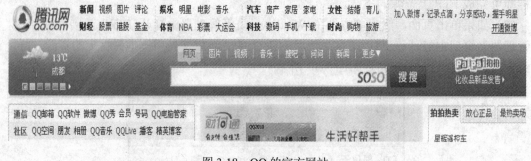

图 3-18　QQ 的官方网站

（2）单击"QQ 软件"链接，进入腾讯软件中心，如图 3-19 所示。

图 3-19　腾讯软件中心

（3）单击"下载"链接，网页将自动弹出下载对话框，如图 3-20 所示。

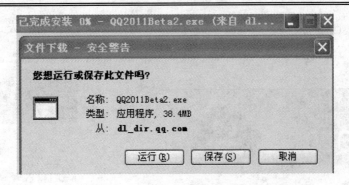

图 3-20 下载 QQ 软件

（4）单击【保存】按钮，选择将软件保存在本机指定的盘符，如图 3-21 所示。

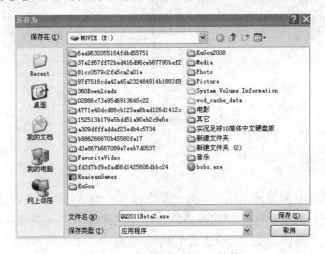

图 3-21 保存下载的 QQ 软件

（5）下载完成后双击 QQ 文件，根据安装向导将软件安装在本机上，如图 3-22 所示。

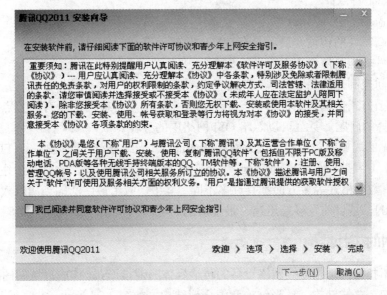

图 3-22 安装 QQ 软件

（6）双击 QQ 启动程序，输入之前申请的账号和密码，即可登录和朋友进行即时通信，如图 3-23 所示。

图 3-23　登录 QQ

3.4　局域网的组成

3.4.1　局域网的概念

局域网是将分散在有限地理范围内（如一栋大楼、一个部门）的多台计算机通过传输媒体连接起来的通信网络，通过功能完善的网络软件，实现计算机之间的相互通信和资源共享。

美国电气和电子工程师学会（IEEE）于 1980 年 2 月成立了局域网标准化委员会（简称 802 委员会），专门对局域网的标准进行研究，并提出了 LAN 的定义。LAN 是允许中等地域内的众多独立设备通过中等速率的物理信道直接互联通信的数据通信系统。

局域网有如下特点：

● 网络覆盖范围小（25km 以内）。

● 选用较高特性的传输介质，具有较高的传输速率和较低的传输误码率。

● 硬、软件设施及协议方面有所简化。

● 媒体访问控制方法相对简单。

● 采用广播方式传输数据信号，一个节点发出的信号可被网上所有的节点接收，不考虑路由选择的问题，甚至可以忽略 OSI 网络层的存在。

目前，常见的局域网类型包括以太网（Ethernet）、光纤分布式数据接口（FDDI）、异步传输模式（ATM）、令牌环网（Token Ring）、交换网（Switching）等，它们在拓扑结构、传输介质、传输速率、数据格式等多方面都有许多不同。其中，应用最广泛的当属以太网，它是一种总线结构的 LAN，是目前发展最迅速、最经济的局域网。

3.4.2　局域网的拓扑结构

局域网的拓扑结构是指连接网络设备的传输媒体的铺设形式，构成局域网的网络拓扑结构主要有星形结构、总线结构、环形结构和混合形结构，如图 3-24 所示。

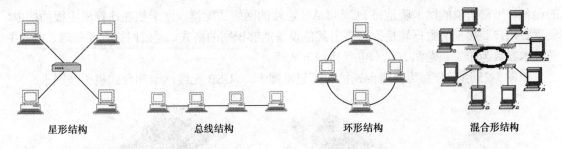

图 3-24　网络拓扑结构

1．星形结构

星形结构由中央节点和分支节点构成，各个分支节点均与中央节点具有点到点的物理连接，分支节点之间没有直接的物理通路。如果分支节点间需要传输信息，必须通过中央节点进行转发；或者由中央节点周期性地询问各分支节点，协助分支节点进行信息的转发。

星形结构便于集中控制，因为端用户之间的通信必须经过中心站。由于这一特点，也带来了易于维护和安全等优点。端用户设备因为故障而停机时也不会影响其他端用户间的通信。但这种结构最大的缺点是，中心系统必须具有极高的可靠性，因为中心系统一旦损坏，整个系统便趋于瘫痪。对此，中心系统通常采用双机热备份，以提高系统的可靠性。

2．总线结构

总线结构采用无源传输媒体作为广播总线，利用电缆抽头将各种设备接入总线。如果某个节点有信息需要发送，则直接发往总线，总线上的所有节点都将感知该信息的到来。为了防止传输信号的反射，总线两端须使用终结器（也称终端适配器）。

总线结构具有费用低、数据端用户入网灵活、站点或某个端用户失效不影响其他站点或端用户通信的优点，缺点是一次仅能一个端用户发送数据，其他端用户必须等待获得发送权后方能发送，而且媒体访问获取机制较复杂。尽管有上述一些缺点，但由于布线要求简单、扩充容易，端用户失效、增删不影响全网工作，所以总线结构是网络技术中使用最普遍的一种结构。

3．环形结构

环接口设备通过传输媒体串接形成闭合环路，每个环接口设备仅与其相邻的两个环接口设备（分别对应上行和下行环接口设备）之间具有点到点的连接，入网设备通过环接口设备接入环路。当某个节点要发送信息时，首先将信息发到对应的环接口设备，并沿环路发往其下行的环接口设备，该设备进行转发或者递交给其附接的节点。

环上传输的任何报文都必须穿过所有端点，因此，如果环的某一点断开，环上所有端间的通信便会终止。为克服这种网络拓扑结构的缺点，每个端点除与一个环相连外，还连接到备用环上，当主环出现故障时，自动转到备用环上。

4．混合形结构

混合形结构是将上述各种拓扑结构混合起来的结构，常见的有树形（总线结构的演变或者总线和星形的混合）、环星形（星形和环形拓扑结构的混合）结构等。

3.4.3　网络设备

1．网络适配器

网络适配器又称网卡或网络接口卡（NIC，Network Interface Card），它是计算机进行联网的设备。平常所说的网卡就是将 PC 和 LAN 连接的网络适配器。网卡插在计算机主板插槽中，负责将用户要传递的数据转换为网络上其他设备能够识别的格式，通过网络介质传输。它的主要技术参数为带宽、总线方式、电气接口方式等。

如图 3-25 所示分别为普通台式机与笔记本网卡，USB 无线网卡和台式机无线网卡。

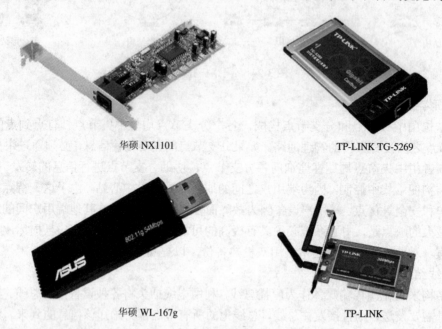

华硕 NX1101　　　　　　　　　　TP-LINK TG-5269

华硕 WL-167g　　　　　　　　　　TP-LINK

图 3-25　网络适配器

2. 集线器

集线器（Hub）是局域网的基本连接设备。在传统的局域网中，联网的节点通过双绞线与集线器连接，构成物理上的星形拓扑结构。集线器如图 3-26 所示。

FAST FH05　　　　　　　　　　阿尔法 AFH-808T

图 3-26　集线器

Hub 是一个共享设备，其实质是一个中继器，而中继器的主要功能是对接收到的信号进行再生和放大，以扩大网络的传输距离。正是因为 Hub 只是一个信号放大和中转的设备，所以它不具备自动寻址功能，即不具备交换作用。所有传到 Hub 的数据均被广播到与之相连的各个端口，容易形成数据堵塞。

集线器按其适应的网络带宽可分为 10Mb/s、100Mb/s、10Mb/s/100Mb/s 和自适应 4 种，千兆以上就不再使用集线器，而是使用交换机。

3．交换机

交换机的英文名称为 Switch，也称交换式集线器，它是集线器的升级换代产品，从外观上看，它与集线器基本上没有多大区别，都是带有多个端口的长方体，如图 3-27 所示。交换机是按照通信两端传输信息的需要，用人工或设备自动完成的方法把要传输的信息送到符合要求的相应路由上的技术统称。广义的交换机就是一种在通信系统中完成信息交换功能的设备。

华为 S2403H-EI

NETGEAR GS724TR
智能网管三层增强型交换机

图 3-27　交换机

交换机的主要功能包括物理编址、网络拓扑结构、错误校验、帧序列和流量控制。目前，交换机还具备了一些新的功能，如对 VLAN 的支持、对链路汇聚的支持，甚至有的具有防火墙的功能，这就是第三层交换机所具有的功能。所谓的第三层交换机就是在基于协议的 VLAN 划分时，增加了路由功能。

总之，交换机是一种基于 MAC 地址识别，能完成封装转发数据包功能的网络设备。目前，主流的交换机厂商以国外的 CISCO（思科）、3COM、安奈特为代表，国内主要有华为、D-LINK 等。

4．路由器（Router）

在互联网日益发展的今天，是什么把网络相互连接起来的呢？答案是路由器。路由器在互联网中扮演着十分重要的角色。通俗地讲，路由器是互联网的枢纽，或者说是"交通警察"。路由器用来实现路由选择功能的一种媒介系统设备。所谓路由是指通过相互连接的网络把信息从源地点移动到目标地点的活动。一般来说，在路由过程中，信息至少会经过一个或多个中间节点。路由器如图 3-28 所示。

Netcore NR205＋

TP-LINK TL-R402M

图 3-28　路由器

路由器是互联网的主要节点设备，也可以说，路由器构成了 Internet 的骨架。它的处理速度是网络通信的主要瓶颈之一，它的可靠性则直接影响着网络互联的质量。因此，在局域网、城域网，乃至整个 Internet 研究领域中，路由器技术始终处于核心地位，其发展历程和方向成为整个 Internet 研究的一个缩影。

5．调制解调器

普通电话线是针对语音通话而设计的模拟信道，主要适用于模拟信号的传输。如果要在模拟信道上传输数字信号，就必须在信道两端分别安装调制解调器（MODEM），用数字脉冲信号对模拟信号进行调制和解调。在发送端，将数字脉冲信号转换为能在模拟信道上传输的模拟信号，此过程称为调制（Modulate）；在接收端，再将模拟信号还原成数字脉冲信号，这个反过程称为解调（Demodulate）。把这两个功能结合在一起的设备称为调制解调器。

MODEM 分为普通 MODEM、ISDN MODEM、ADSL MODEM 等多种类型，ADSL MODEM 如图 3-29 所示。

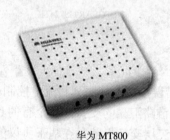
华为 MT800

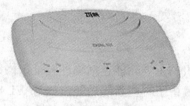
中兴 ZXDSL 831B

图 3-29　ADSL MODEM

练 习 题

一、选择题

1．计算机"局域网"的英文缩写为（　　　）。

　　A．WAN　　　　　　　B．CAM　　　　　　　C．LAN　　　　　　　D．WWW

2．以下 IP 地址中为 C 类地址是（　　　）。

　　A．123.213.12.23　　　　　　　　　　B．213.123.23.12

　　C．23.123.213.23　　　　　　　　　　D．132.123.32.12

3．Internet 中，DNS 指的是（　　　）。

　　A．动态主机　　　　　　　　　　　　B．接收电子邮件的服务器

　　C．发送电子邮件的服务器　　　　　　D．域名系统

4．下面（　　　）不是局域网的拓扑结构。

　　A．总线形　　　　　　　　　　　　　B．环形

　　C．星形　　　　　　　　　　　　　　D．全互联形

5．Internet 与 WWW 的关系为（　　　）。

　　A．都表示互联网，只不过名称不同　　B．WWW 是 Internet 上的一个应用功能

　　C．Internet 与 WWW 没有关系　　　　D．WWW 是 Internet 上的一种协议

二、填空题

1．WWW 的全称是_____，又简写为_____。

2．根据网络覆盖范围的大小，计算机网络可以分为_____、广域网和城域网，Internet

　　是_____网。

3．用户采用拨号方式上网，需得到_____（ISP）提供的账号。

4．Internet 中采用的协议是_____。

三、简答题

1．什么叫计算机网络？计算机网络的主要功能有哪些？

2．计算机网络按传输距离来分可以分为哪 3 种？

第 4 章　Word 文档的制作

Word 2003 是微软推出的办公软件系列之一，用 Word 软件可以编辑文字、图形、图像、声音、动画，也可以插入其他软件制作的信息，还可以用 Word 软件提供的绘图工具进行图形制作、编辑艺术字、数学公式、绘制表格等，能够满足用户对各种文档处理的要求。

4.1　启 动 文 档

4.1.1　启动 Word

1. 从"开始"菜单启动

（1）单击任务栏最左边的【开始】按钮，弹出"开始"菜单。

（2）选择【程序】→【Microsoft Word】命令，进入 Word，如图 4-1 所示。

图 4-1　进入 Word

2. 启动 Word 并同时打开文档

启动 Word 后，在 Word 窗口中打开旧文档的操作步骤如下：

（1）选择【文件】→【打开】命令，或单击工具栏中的【打开】按钮，或按快捷键"Ctrl+O"，弹出"打开"对话框，如图 4-2 所示。

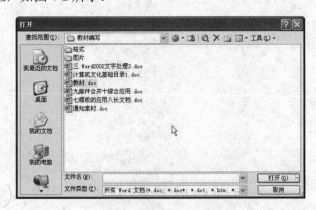

图 4-2　"打开"对话框

（2）在"查找范围"下拉列表框中选择文件路径，并选中文件。

（3）双击文件名，或单击【打开】按钮即可打开文件。

另外，通过单击"文件"菜单底部所列出的文件名也可打开文件，如图 4-3 所示。

3．打开最近使用过的文档

（1）单击【开始】按钮，弹出"开始"菜单。

（2）选择"文档"命令，在其子菜单中单击目标文件，如图 4-4 所示。

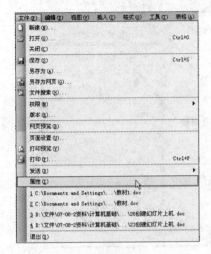

图 4-3　"文件"菜单底部列出最近使用文档　　　　图 4-4　通过"文档"命令打开最近使用过的文档

4.1.2　Word 的视图

Microsoft Word 提供了多种不同类型的文档视图，以适应文字编辑、格式设置、组织和出版工作的需要。可以单击窗口左下角的【视图切换】按钮进行切换，或者通过"视图"菜单选择各种视图。

普通：此视图可以显示页面编辑符号，但不显示实际页边距、页眉、页脚信息，适用于页面控制等编辑活动。

页面：此视图可以保证屏幕显示内容与实际打印出稿版式相符，该视图为默认状态。

Web 版式：此视图为图形状态，便于处理有着色背景、声音、视频剪辑和其他与 Web 页内容相关的编辑和修饰处理。

大纲：此视图可以直接显示文章的纲目结构，适用于长文文件的组织、结构化编辑操作。

阅读版式：此视图可以把文档像阅读杂志一样进行查看，同时提供文档结构图及缩略图两种方式。

4.1.3　Word 窗口简介

启动 Word 后进入其窗口，在输入文档内容前先来认识一下窗口界面，如图 4-5 所示。

1．标题栏

标题栏位于程序窗口的最顶端，最左边是控制菜单图标，单击该图标，可弹出下拉式菜单，如图 4-6 所示。

控制菜单中包括还原、移动、大小、最小化、最大化和关闭命令，使用这些命令可以进行相应的操作。当右击标题栏的任意位置时（除右端 3 个按钮），系统会弹出快捷菜单，其中的命令和控制菜单中的命令相同。

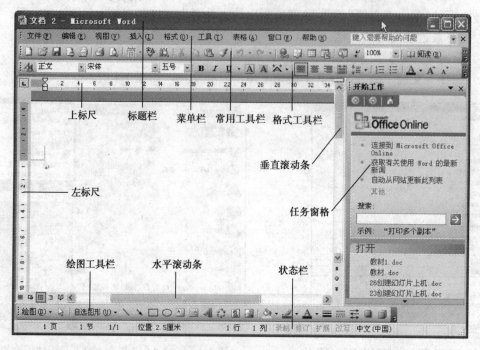

图 4-5　Word 窗口界面

紧挨着控制菜单图标的是应用程序和当前文件的名称，在标题栏的右端是【最小化】按钮，【还原】按钮/【最大化】按钮和【关闭】按钮，可以用来控制程序窗口的显示状态。

图 4-6　标题栏

2. 菜单栏

菜单栏位于标题栏的下方，包括文件、编辑、视图、插入、格式、工具、表格、窗口和帮助 9 个菜单项，以及"键入需要帮助的问题"下拉列表框。

3. 工具栏

默认状态下，"常用"工具栏和"格式"工具栏在一行显示。如果要以两行显示工具栏，则单击【工具栏选项】按钮，然后在弹出的菜单中选择"分两行显示按钮"命令即可，如图 4-7 所示。

注意： 如果不清楚工具栏按钮的用途，只需将鼠标指针移动到相应的按钮位置，Word 将自动按提供"屏幕提示"将说明显示在旁边。

4. 标尺

标尺用于文章的排版（控制版面边距、缩排与制表位），通常分为上标尺和左标尺，分别位于工具栏下方与窗口左侧。

5. 滚动条

滚动条用于浏览和查询屏幕信息，通常分为垂直和水平两个滚动条。垂直滚动条可以上下移动文档内容，水平滚动条则用于左右移动文档内容。

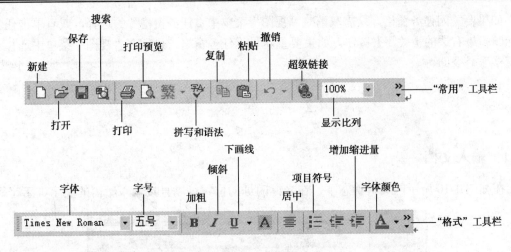

图 4-7　工具栏

6. 状态栏与任务栏

状态栏位于窗口底部，用于显示计算机的运行状态，如图 4-8 所示。

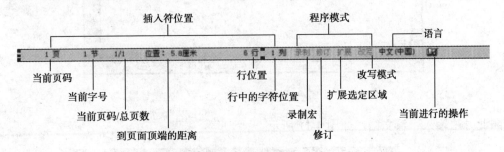

图 4-8　状态栏

任务栏由操作系统提供，主要用于控制基本操作，包括【开始】按钮、临时文件暂存区、常用工具选择区。

注意: 若希望自动隐藏任务栏，用鼠标右键单击任务栏，在弹出的快捷菜单中选择"属性"命令，在弹出的对话框中选中"自动隐藏"复选框，单击【确定】即可。

7. 任务窗格

任务窗格是一个可用于创建新文档、查看剪贴板内容、搜索信息、插入剪贴画及执行其他任务的区域，它位于整个窗口的右侧，如图 4-9 所示。

图 4-9　任务窗格

如果要关闭任务窗格，只需取消对"视图"菜单中"任务窗格"的选择，或者单击任务窗格标题栏最右边的【关闭】按钮。如果要重新显示任务窗格，只需在"视图"菜单中选择"任务窗格"命令即可。

4.2 编 辑 文 档

4.2.1 输入文档

在如图 4-10 所示的编辑状态下，在光标闪烁的位置可以直接输入所需的文字、字符等。

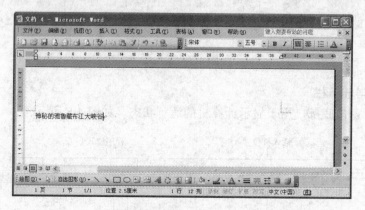

图 4-10 文档中输入文字

照此方法输入一篇文档，如图 4-11 所示。

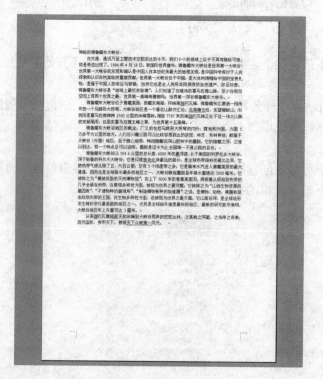

图 4-11 输入一篇文档

此文档将作为后续操作中的共用案例文档。

如果在选定文字的状态下输入文字，那么输入的文字就会替代选定的文字。Word 还有一种改写的输入方式，按"Insert"键，状态栏上灰色的"改写"两个字将变成黑色，输入文字，那么光标右边的文字就会被输入的文字替代；再按一下"Insert"键，就可以退出改写状态。

也可以把改写变成 Word 默认的输入方式，打开"工具"菜单，选择"选项"命令，打开"选项"对话框，选择"编辑"选项卡，选中改写模式，单击【确定】按钮，即可把文档的默认输入方式改为改写方式。

4.2.2　选定文档

一篇文章的修改与编辑过程主要包括插入、移动、删除、查找及替代等操作，但是，编辑操作对象又可分为插入点、字、词、句、行、段落、全文等。所以，准确选择操作对象，就成为了编辑活动的重要一步。

利用鼠标选择对象的方法如表 4-1 所示。

表 4-1　利用鼠标选择对象的方法

对 象 名	选 择 方 法
插入点	用 "I" 形光标在需要写入文字的位置单击鼠标左键
一个字	按所选的方向拖动
字词	用光标拖动选择
句子	按住 "Ctrl" 键，同时用光标单击待选句子
整行	单击文本行左边空白区
段落	双击段落左边空白区
全文	三击段落左边空白区

利用键盘选择对象的方法如表 4-2 所示。

表 4-2　利用键盘选择对象的方法

操 作 方 法	选 择 内 容
Shift + ←	向左选择一字符
Shift + →	向右选择一字符
Shift + Ctrl+ ←	当前单词的开头
Shift + Ctrl+ →	下一个单词的开头
Shift + Home	当前行的开头
Shift + End	当前行的末尾
Shift + PageUp	上一屏
Shift + PageDown	下一屏

4.2.3　移动复制文档

1. 文本的剪切和粘贴

（1）使用快捷菜单。选定文本后，右击，在弹出的快捷菜单中选择"剪切"命令，再将光标定位在目标处，右击，在弹出的快捷菜单中选择"粘贴"命令。

（2）使用快捷键。选定文本后按"Ctrl+X"组合键，再将光标定位在目标处按"Ctrl+V"组合键。

（3）使用菜单。选定文本，选择【编辑】→【剪切】命令，然后将光标定位在目标处，选择【编辑】→【粘贴】命令。

（4）使用"常用"工具栏。选定文本，单击【剪切】按钮 ，然后将光标定位在目标处，单击【粘贴】按钮 。

剪切的目的是将所选定的文本放到 Word 的剪贴板中，原选定的内容消失。粘贴的目的就是将 Word 的剪贴板中的内容放到光标定位的目标处。

2．复制文本

（1）使用快捷菜单。选定文本后，右击，在弹出的快捷菜单中选择"复制"命令，然后再将光标定位在目标处，右击，在弹出的快捷菜单中选择"粘贴"命令。

（2）使用快捷键。选定文本后按"Ctrl+C"组合键，然后将光标定位在目标处再按"Ctrl+V"组合键。

（3）使用菜单。选定文本，选择【编辑】→【复制】命令，然后将光标定位在目标处，选择【编辑】→【粘贴】命令。

（4）使用"常用"工具栏。选定文本，单击【复制】按钮 ，然后再将光标定位在目标处，单击【粘贴】按钮 。

（5）使用鼠标拖动。选定文本后按住"Ctrl"键，此时光标的形状会变成一个虚线矩形框外加一个"+"号，然后拖动选定区域到目标处即可。

复制的目的是将选定的文本放到剪贴板中，原选定的内容依然存在。

3．移动文本

（1）使用快捷菜单。选定文本后，右击，在弹出的快捷菜单中选择"剪切"命令，然后将光标定位在目标处，右击，在弹出的快捷菜单中选择"粘贴"命令。

（2）使用快捷键。选定文本后按"Ctrl+X"组合键，然后将光标定位在目标处再按"Ctrl+V"组合键。

（3）使用菜单。选定文本，选择【编辑】→【剪切】命令，然后将光标定位在目标处，选择【编辑】→【粘贴】命令。

（4）使用"常用"工具栏。选定文本，单击【剪切】按钮 ，然后将光标定位在目标处，单击【粘贴】按钮 。

（5）使用鼠标拖动。选定文本后直接拖动选定区域到目标处。

移动文本实际上就是剪切与粘贴的操作。

4.2.4　查找替换文档

当在文档中查找到某个特定的字、词等时，可以用到"查找"命令，找到后如需替换，可以使用"替换"命令。

下面我们以替换为例进行操作，样文如图 4-12 所示。

将文档中的"雅鲁藏布大峡谷"替换为"雅鲁藏布江"。首先，选定全文，选择【编辑】→【替换】命令，如图 4-13 所示。

打开"查找和替换"对话框，如图 4-14 所示。

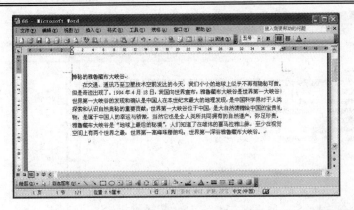

图 4-12　样文　　　　　　　　　　　　　　　图 4-13　"编辑"菜单

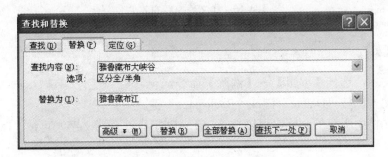

图 4-14　"查找和替换"对话框

在"查找内容"文本框中输入"雅鲁藏布大峡谷"，再在"替换"为文本框中输入"雅鲁藏布江"，然后单击【高级】按钮，选择格式中的字体，如图 4-15 所示。

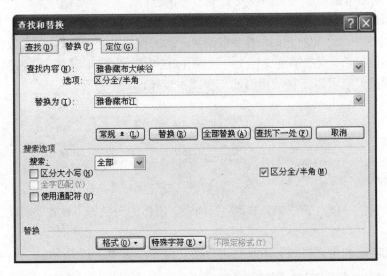

图 4-15　"替换"选项卡高级选项

如果设置为红色和加粗样式，则将全文所有的默认"雅鲁藏布江"替换为红色和加粗的字体样式，样文替换后的效果如图 4-16 所示。

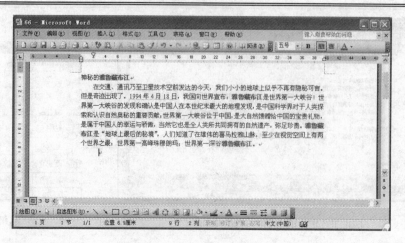

图 4-16　样文替换后的效果

4.2.5　删除文档

（1）选定文本，选择【编辑】→【清除】命令。

（2）选定文本，按"Delete"键或"Backspace"键。

如果删除文档中所有的文字，可以按"Ctrl+A"组合键全选文字，再按"Delete"键删除文档。

4.2.6　撤销与恢复文档

在文档的编辑过程中，难免出现某些误操作，只要没有保存对该文档的最新操作，则都可以通过 Word 提供的撤销功能使文档恢复到原来的状态。

"常用"工具栏中有一个【撤销】按钮 和一个【恢复】按钮 ，它们与"编辑"菜单中的"撤销"与"恢复"命令功能相同。若要取消前一次的操作，可单击【撤销】按钮。Word 2003 具有多级撤销功能，可一直撤销到文档上一次保存后的第一步操作。【恢复】按钮的功能与【撤销】按钮正好相反，它可以恢复被撤销的一步或多步操作。

4.3　格式化文档

4.3.1　字符格式

字符的格式包括字体、字号、字形、字符间距、字体的颜色等。设置字符格式的方法常采用以下两种：

（1）选定文本后利用"格式"工具栏进行格式设置，如图 4-17 所示。

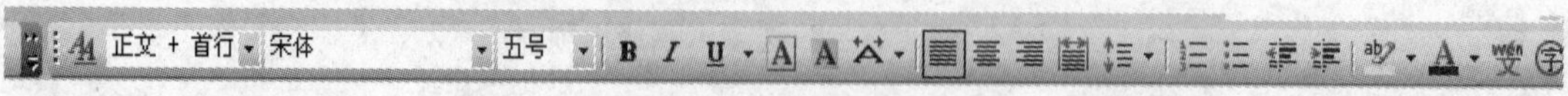

图 4-17　"格式"工具栏

（2）选定文本后选择【格式】→【字体】命令，弹出"字体"对话框，在各选项卡中进行格式设置，如图 4-18 所示。

1. 设置字体、字号、字形及其他效果

（1）字体。Word 2003 提供了几十种中、英文字体供用户选择。设置方法：单击格式工具栏中"字体"下拉列表右侧的下三角按钮，在弹出的下拉列表中选择所需字体，如图 4-19 所示。也可以在"字体"对话框中单击"字体"选项卡中的"中文字体"或"西文字体"下拉列表右侧的下三角按钮，为所选择的文本设置不同的字体。

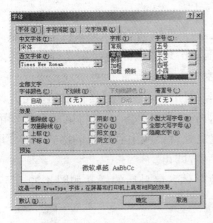

图 4-18　"字体"对话框　　　　　　　　　图 4-19　选择所需字体

（2）字号。Word 2003 提供了两种表示文字大小的方法，一种是"磅"，用阿拉伯数字表示大小，数字越大则所表示的字越大；另一种是"字号"，初号字最大，其次是小初、一号、小一……最小为八号字。

（3）字形及其他效果。在 Word 2003 中，还可以为文本改变文字形状或增加一些修饰的效果，如使文本变为粗体、斜体、加下画线，设置空心、阴影、阴文、加着重号、加删除线等。这些都可以在"字体"对话框的"字体"选项卡中进行设置。

2. 设置字符间距

字符间距是指两个字符之间的间隔距离。选择"字符间距"选项卡，如图 4-20 所示，在"缩放"下拉列表中可设置字符的缩放比例，在"间距"下拉列表中有"标准"、"加宽"和"紧缩" 3 个选项，在"位置"下拉列表中有"标准"、"提升"和"降低" 3 个选项，在相应的"磅值"文本框中输入磅值，即可设置字符间距及字符位置，如图 4-21 所示。

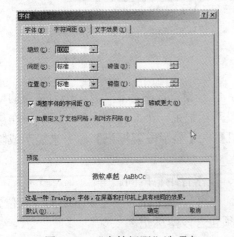

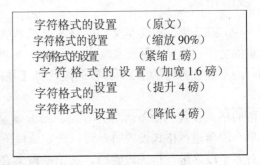

图 4-20　"字符间距"选项卡　　　　　　　图 4-21　设置字符间距、缩放及位置

3．设置动态效果

选定文本后，选择"文字效果"选项卡，即可对文本设置如"礼花绽放"、"七彩霓虹"等动态效果。动态效果只能在屏幕上显示而不能打印在纸上。

4．格式的复制与清除

在编辑文档的过程中，常常希望对多处文本设置相同的格式，但又不想反复执行同样的格式化工作，这时利用"格式刷"工具就十分方便。

（1）将格式应用一次。先选定要应用格式的文本，单击"常用"工具栏中的【格式刷】按钮 ，然后将鼠标定位到需要应用格式的文本处拖动格式刷光标 ，则光标所经之处就会应用到指定的格式，一旦松开鼠标，格式则自动取消。

（2）将格式应用多次。选定已设置格式的文本，双击"常用"工具栏中的【格式刷】按钮 ，然后将鼠标定位到需要应用格式的文本处拖动格式刷光标 ，再将鼠标定位到下一个需要应用格式的文本处拖动格式刷光标 ，文本选定之处就会应用到指定的格式。若要取消"格式刷"功能，再次单击【格式刷】按钮或按"Esc"键即可。

现在把样文设置为字体宋体，字号小三，修改字体、字号后的样文如图 4-22 所示。

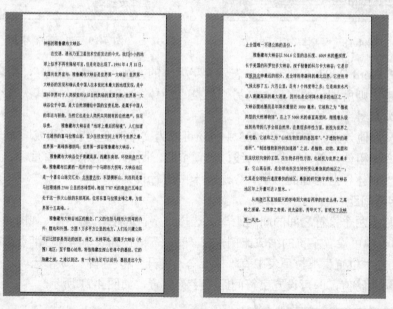

图 4-22　修改字体、字号后的样文

4.3.2　段落格式

在 Word 2003 中，段落是文档的基本组成单位，它是指以段落标记"↵"作为结束的一段任意数量的文字、图形、图表及其他内容的组合。段落标记是一个非打印字符（即只可在屏幕上看到，而不能被打印输出），可以通过选择【视图】→【显示段落标记】命令来显示或隐藏段落标记。

段落的格式设置包括段落对齐方式、缩进设置、段落行距、段间距等。

对单个段落进行格式设置时，可以选定该段落，也可只将光标定位在段落中的任意位置；当需要对多个段落进行格式设置时，选定的段落必须包含段落标记。

1. 段落的对齐方式

段落的对齐方式有左对齐、右对齐、居中、分散对齐和两端对齐 5 种类型，在"格式"工具栏上有 4 个段落对齐按钮 ▤ ▤ ▤ ▤，从左到右依次为"两端对齐"、"居中"、"右对齐"、"分散对齐"，选定需要排版的文本后，单击相应的对齐按钮即可。也可以通过选择【格式】→【段落】命令，在弹出的"段落"对话框的"缩进和间距"选项卡中的"常规"选项区域中选择"对齐方式"来实现，如图 4-23 所示。下面是 5 种段落对齐方式的简单示例，如图 4-24 所示。

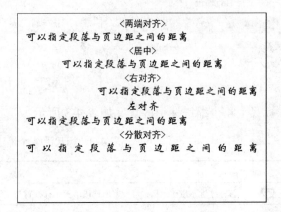

图 4-23　"段落"对话框　　　　　　　　　图 4-24　段落对齐方式的简单示例

2. 设置段落缩进

通过设置段落缩进可以指定段落与页边距之间的距离。段落的缩进包括首行缩进、左缩进、右缩进和悬挂缩进 4 种形式。Word 提供了 4 种实现段落缩进的方法。

（1）利用菜单方式。选择【格式】→【段落】命令，在弹出的"段落"对话框中用数值精确地指定缩进位置，如图 4-25 所示。

（2）通过鼠标右击。右击选中的段落，在弹出的快捷菜单中选择"段落"命令，如图 4-26 所示，同样会打开"段落"对话框。左、右缩进的单位可以是厘米，也可以是字符，在"特殊格式"下拉列表框里可以用来设置首行缩进与悬挂缩进。例如，希望文档文字最左边与页边距距离是 2 字符，则只要在"左（L）"文本框中输入"2 字符"，然后单击【确定】按钮即可；若要求文档文字最左边与页边距距离是 2 厘米，则在"左（L）"文本框中输入"2 厘米"，然后单击【确定】按钮即可。

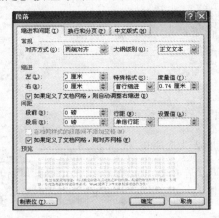

图 4-25　"段落"对话框　　　　　　　　　图 4-26　选择"段落"命令

（3）通过工具栏。单击"格式"工具栏上的【增加缩进量】按钮 或【减少缩进量】按钮 来调节缩进量。

（4）在水平标尺上拖动各种缩进标记，这是最直观的操作方法，如图 4-27 所示。可直接把鼠标定位到对应标尺上，然后拖动鼠标即可调节各种缩进。如果按住"Alt"键的同时拖动缩进标记，可在水平标尺上显示缩进的距离。

图 4-27　水平标尺

标尺上 4 个缩进标记的含义如表 4-3 所示。

表 4-3　标尺上 4 个缩进标记的含义

标　记	含　义
▽	首行缩进，拖动此标记可设置所选段落第 1 行行首与左边界的距离
△	悬挂缩进，拖动此标记可设置所选段落中除首行以外的其他各行的起始位置
▢	左缩进，拖动此标记可设置所选段落的左边界
△	右缩进，拖动此标记可设置所选段落的右边界

3.　设置行间距与段间距

用户利用如图 4-28 所示的"段落"对话框中的"缩进和间距"选项卡，还可以设定段落的行间距、段间距等。

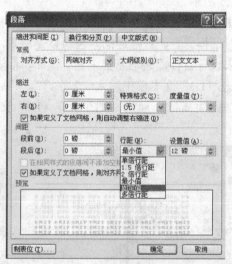

图 4-28　"缩进和间距"选项卡

行间距是指文档中行和行之间的距离。在"行距"下拉列表框中可以选择"单倍行距"、"1.5 倍行距"、"固定值"、"最小值"及"多倍行距"选项。当选择"固定值"或"多倍行距"选项时，要输入一个具体的数值来确定行间距大小。

　　段间距是指段落与段落之间的距离，包含了段前与段后的距离，可以在"段前"、"段后"文本框中输入确定的值来调节段落之间的距离。

　　把样文设置为各段落段前 12 磅，段后 12 磅，行距固定值 25 磅，设置段落格式后的效果如图 4-29 所示。

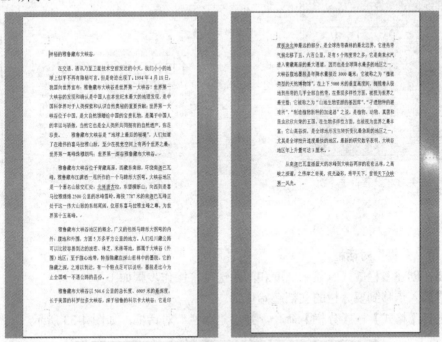

图 4-29　设置段落格式后的效果

4.3.3　首字下沉

　　首字下沉是指将段落的第一个字的位置及大小进行特殊的设定，使它能占据几行文字的位置。被设置为首字下沉的文字实际已经成为文本框中的一个独立段落，可以加上边框和底纹，还可以设置动态效果等。

　　设置首字下沉的方法如下：

　　将光标定位在需要设置首字下沉段落的任意处，选择【格式】→【首字下沉】命令，弹出"首字下沉"对话框，如图 4-30 所示。

　　在"位置"选项区域中选择下沉方式，在"选项"选项区域中设置字体、下沉行数及与正文的距离。

　　将章节、段落的开头字符设置为醒目的大字或使正文首字悬挂，以达到引人注目的特殊艺术效果，操作步骤如下：

图 4-30　"首字下沉"对话框

（1）选定要设置首字下沉的段落。

（2）选择【格式】→【首字下沉】命令，弹出"首字下沉"对话框。

（3）在"位置"栏中选择"下沉"，单击相应的图标。

（4）在“下沉行数”框中选择首字占据的行数“2”，在“距正文”框中选择“1 厘米”，在“字体”列表中选择“隶书”，如图 4-31 所示。

（5）单击【确定】按钮，效果如图 4-32 所示。

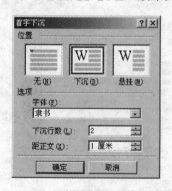

图 4-31　设置首字下沉

神秘的雅鲁藏布大峡谷。

在交通、通讯乃至卫星技术空前发达的今天，我们小小的地球上似乎不再有隐秘可言。但是奇迹出现了，1994 年 4 月 18 日，我国向世界宣布：雅鲁藏布大峡谷是世界第一大峡谷！世界第一大峡谷的发现和确认是中国人在本世纪末最大的地理发现，是中国科学界对于人类探索和认识自然奥秘的重要贡献；世界第一大峡谷位于中国，是大自然馈赠给中国的宝贵礼物，是属于中国人的幸运与骄傲，当然它也是全人类所共同拥有的自然遗产，弥足珍贵。雅鲁藏布大峡谷是“地球上最后的秘境”，人们知道了在雄伟的喜马拉雅山脉，至少在视觉空间上有两个世界之最：世界第一高峰珠穆朗玛；世界第一深谷雅鲁藏布大峡谷。

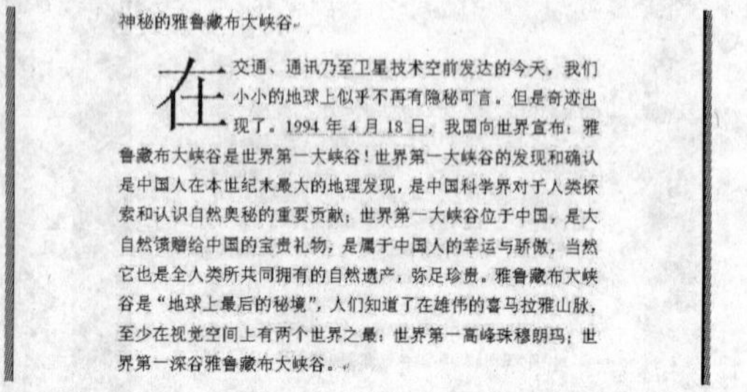

图 4-32　首字下沉效果

4.3.4　分栏

1．使用“分栏”对话框

如果要在创建多栏版式时显示宽度和间距选项，操作步骤如下：

（1）将插入点移到要分栏的文档起始位置。

（2）选择【格式】→【分栏】命令，弹出“分栏”对话框，如图 4-33 所示。

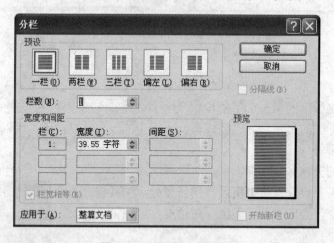

图 4-33　“分栏”对话框

（3）在“栏数”框中选择栏数，在“应用于”下拉菜单选择应用范围。

（4）单击【确定】按钮完成设置。

2．调整栏宽和间距

设置多栏版式时，标尺会显示每栏宽度和间距，如图 4-34 所示，可以通过拖动标尺上的页边距标记或改变工具栏上“分栏”的数值进行调整。

将样文中正文第四段分成 3 栏，栏宽相等，加分隔线，如图 4-35 所示。

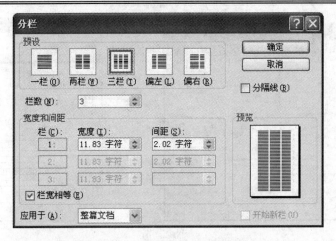

图 4-34　显示每栏宽度和间距

图 4-35　样文分栏

4.3.5　项目符号与编号

为了使文档层次分明，便于阅读和理解，通常可以通过对一些并列的段落进行统一编号或在段落前加注项目符号来实现。可单击"格式"工具栏中的按钮 ≣ ≣ 为段落添加默认的编号和项目符号，还可通过下列方法设置特殊的编号和项目符号。

1. 编号

选定需要编号的段落，选择【格式】→【项目符号和编号】命令，弹出"项目符号和编号"对话框，选择"编号"选项卡，如图 4-36 所示，选择其中一种编号。若对 Word 提供的 7 种编号预设样式不满意，则可以通过单击【自定义】按钮，打开如图 4-37 所示的"自定义编号列表"对话框设置新的编号。

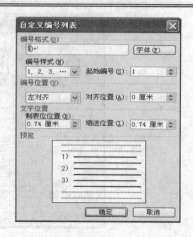

　　图4-36　"编号"选项卡　　　　　　　图4-37　"自定义编号列表"对话框

2. 项目符号

　　在"项目符号和编号"对话框中选择"项目符号"选项卡，如图 4-38 所示。在该对话框中可任意选择一种项目符号样式，也可单击【自定义】按钮，在弹出的如图 4-39 所示的"自定义项目符号列表"对话框中选择合适的项目符号。

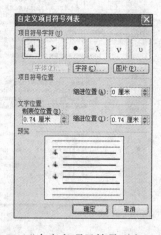

　　图4-38　"项目符号"选项卡　　　　　图4-39　"自定义项目符号列表"对话框

为样文正文中第二、三段添加项目符号，如图 4-40 所示。

> ◇雅鲁藏布大峡谷位于青藏高原，西藏东南部，环绕南迦巴瓦峰，雅鲁藏布江潇洒一甩所作的一个马蹄形大拐弯。大峡谷地区是一个著名山脉交汇处：北倚唐古拉，东望横断山，向西则是喜马拉雅绵延 2500 公里的冰峰雪岭。海拔 7787 米的南迦巴瓦峰正处于这一伟大山脉的东部尾闾，位居东喜马拉雅主峰之尊，为世界第十五高峰。
>
> ◇雅鲁藏布大峡谷地区的概念，广义的包括马蹄形大拐弯的内外；腹地和外围，方圆 5 万多平方公里的地方。人们沿川藏公路可以比较容易到达的波密、林芝、米林等地，都属于大峡谷（外围）地区；至于腹心地带，特指隐藏在深山密林中的墨脱。它的隐藏之深，之难以到达，有一个特点可以说明：墨脱是迄今为止全国唯一不通公路的县份。

　　　　　　　　　　　图4-40　添加项目符号

4.3.6　边框与底纹

在实际应用中，有时为了使某些段落更加突出和美观，还可以通过选择【格式】→【边框和底纹】命令，为选定的段落增添一些边框和底纹。在"边框和底纹"对话框的"页面边框"选项卡中，可以对页面边框设置阴影、三维效果，选择不同的线型及宽度，还可以在"艺术型"下拉列表框中选择不同的艺术图形，设置漂亮的页面边框，如图 4-41 所示。

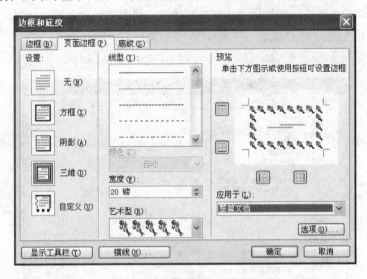

图 4-41　"边框和底纹"对话框

在"边框"选项卡中可以为文字或段落设置各种类型、各种颜色的边框，在"底纹"选项卡中可以为文字或段落设置各种颜色、各种样式的底纹。如图 4-42 所示为设置边框、底纹和页面边框的示例。

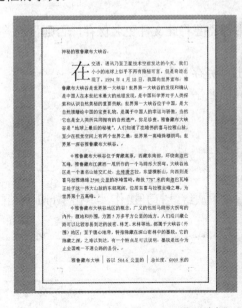
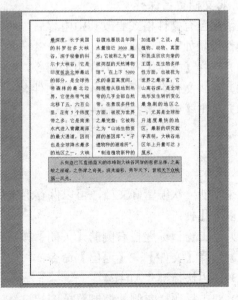

图 4-42　设置边框、底纹和页面边框的示例

4.4　保　存　文　档

输入的文档应及时保存，以免信息丢失，且有利于后续修改。

1．保存新文档

操作步骤如下：

（1）用鼠标单击"格式"工具栏上【保存】按钮，弹出"另存为"对话框，如图4-43所示。

（2）在对话框中确定保存位置、文件名和保存类型。

（3）单击【确定】按钮完成保存。

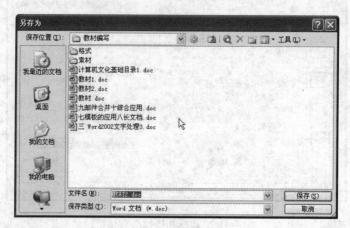

图4-43　"另存为"对话框

注意：通过快捷键"Ctrl+S"也可打开"另存为"对话框，选中"备份保存"复选框后，单击【确定】按钮即可。

2．将文档更名保存

在借用已有文件格式更改其中内容后，通常都需要将此文件更名保存，否则将覆盖原文。

操作步骤如下：

（1）选择【文件】→【另存为】命令，弹出"另存为"对话框。

（2）在"文件名"框中输入和原文件名不同的名字。

（3）单击【确定】按钮后完成保存。

4.5　退　出　文　档

如果不能一次编辑好文档，可以保存退出后，下次继续打开操作，退出Word文档的基本方法有以下几种：

（1）单击窗口标题栏右侧的【关闭】按钮；

（2）选择【文件】→【退出】命令；

（3）使用快捷键"Alt+F4"；

（4）双击标题栏左侧的控制菜单图标；

（5）单击标题栏左侧的控制菜单图标，在弹出的菜单中选择"退出"命令。

4.6　打印预览及打印文档

4.6.1　打印预览

在编辑排版之后，常要查看排版效果，可以使用打印预览来查看文档的一页、部分或全部，同时还能回到编辑状态进行必要的修改或调整。

单击【打印预览】按钮，将进入打印预览窗口，屏幕上会弹出"打印预览"工具栏，如图 4-44 所示。

图 4-44　"打印预览"工具栏

"打印预览"工具栏上各命令按钮的主要功能如下：

单击【多页显示】命令按钮，可以选择在窗口中同时显示的页面数，鼠标拖过几个框，窗口中便显示几页文本，在一个窗口内最多可同时显示 36 个页面。

单击【单页】命令按钮，在打印预览窗口将只显示一个页面。

打开"显示比例"列表框，可以选择文档在打印预览窗口的显示比例。

如果文本的最后一页只含几行文字，可单击【缩至整页】命令按钮，Word 将进行自动进行调整，将最后一页文字调到前面几页文本中。

单击【放大镜】命令按钮，可让用户在编辑与非编辑状态间切换。

单击【标尺】命令按钮，可打开或关闭用于查看和修改边距的标尺。

单击【全屏显示】命令按钮，在打印预览窗口将不显示菜单。

4.6.2　打印文档

1. 常规打印

通过单击"常用"工具栏上的【打印】按钮，将当前文档全部打印一遍。

2. 选择打印

有选择地控制打印输出内容，操作步骤如下：

（1）选择【文件】→【打印】命令，弹出"打印"对话框，如图 4-45 所示。

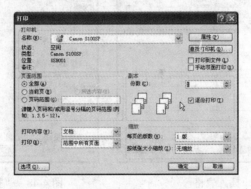

图 4-45　"打印"对话框

（2）在"页码范围"区输入打印号，连续页使用"-"号连接，间隔页使用","号分隔。

（3）设置完成后单击【确定】按钮即可。

4.7　Word 版式设计

4.7.1　表格制作

1. 通过【插入表格】按钮

操作步骤如下：

（1）将插入点放在要插入表格的位置。

（2）单击"常用"工具栏中的【插入表格】命令按钮，屏幕上将出现一个 4×5 的网格。

（3）用鼠标拖动网格到 5 行 6 列，鼠标拖过的方格会变成蓝色，用此方式选定表的行、列数，如图 4-46 所示。

图 4-46　选定表的行、列数

（4）松开鼠标，在插入点即可插入一个表格，如图 4-47 所示。

2. 通过菜单命令

选择【表格】→【插入表格】命令，弹出"插入表格"对话框，确定好列数与行数，可在文档中插入表格，如图 4-48 所示。

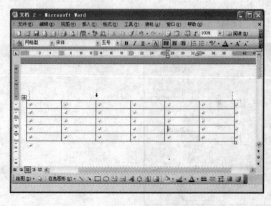

图 4-47　插入表格

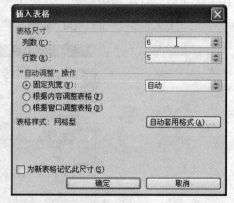

图 4-48　"插入表格"对话框

3．将列表式内容转换为表格

如果输入的文档是列表式，可以将其转换为带表格边框的形式。

操作步骤如下：

（1）选定如图 4-49 所示的表格内容。

雅鲁藏布大峡谷长度　　　　　　　　504.6 公里
雅鲁藏布大峡谷深度　　　　　　　　6009 米
降水量　　　　　　　　　　　　　　全球降水最多的地区之一，墨脱县年降水量
接近 3000 毫米

图 4-49　表格内容

（2）选择【表格】→【转换】→【将文字转换为表格】命令，弹出"将文字转换成表格"对话框，如图 4-50 所示。

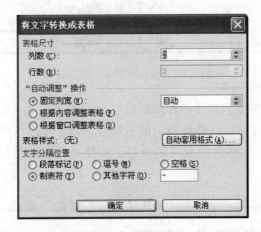

图 4-50　"将文字转换成表格"对话框

（3）在"文字分隔位置"选项中选中"制表符"单选按钮，则"列数"框中的数字变为"2"。

（4）单击【确定】按钮后文字会转换为真正的表格，如图 4-51 所示。

雅鲁藏布大峡谷长度	504.6 公里
雅鲁藏布大峡谷深度	6009 米
降水量	全球降水最多的地区之一，墨脱县年降水量 接近 3000 毫米

图 4-51　转换后的表格

4.7.2　调整表格

表格的列通常为表格管理各个项目的序列，行一般记录一组相关的信息，通过编辑表格结构，可以使表格信息更容易阅读。

1．表格中鼠标指针的形状

鼠标指针在表格中的位置不同，其显示的形态和功能就不同，表格中的鼠标指针如表 4-4 所示。

表 4-4　　表格中的鼠标指针

形　状	用　途	位　置
 ↖	选择整个表格	显示于表格区域左上角外侧
↗	选择整行	显示于表格区域左侧线外
↱	选择单元格	显示于当前单元格左侧线内部
 ←‖→	改变列宽	显示于当前列右侧列线上
⇕	改变行高	显示于当前行底部行线上
↓	选择整列	显示于当前列顶部横线外

2．调整列宽和行高

● 通过鼠标调整行高和列宽

通过鼠标调整行高和列宽的具体操作步骤如下。

（1）若调整列宽，将鼠标指针移到表内的表格线列线上（或指向标尺行中的列标记符），如图 4-52 所示，当鼠标变为横向的双向箭头后，按住鼠标左键不放，左右拖动鼠标即可改变列宽。

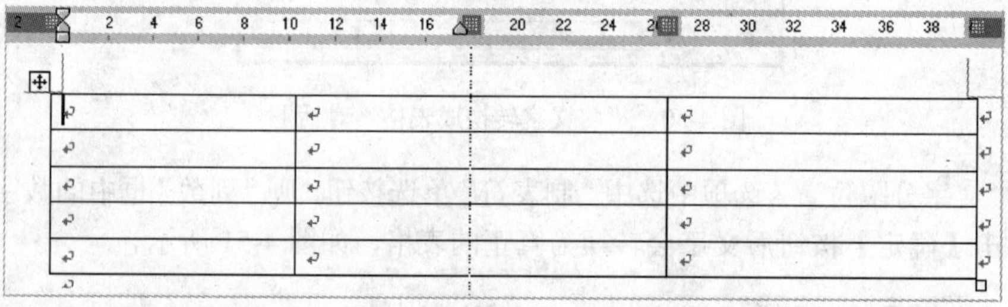

图 4-52　移动鼠标调整列宽

（2）若要调整行高，将鼠标指针移到表内的表格线行线上（或指向标尺行中的行标记符），当鼠标变为纵向的双向箭头后，按住鼠标左键不放，上下拖动鼠标即可改变行高。

● 通过对话框控制表格属性

通过对话框可以处理复杂的表格格式，包括列、行、单元格的结构状态，表格在版面中的排版格式等，具体操作步骤如下。

（1）将光标移到表格内。

（2）选择【表格】→【表格属性】命令，弹出"表格属性"对话框，如图 4-53 所示，可以分别通过表格、行、列和单元格 4 个选项卡设置表格相应的属性。

3．调整表格结构

● 插入行、列和单元格

1）在表格中间插入新行（列）

在表格的中间部分插入新行（列）的具体操作步骤如下。

图 4-53　"表格属性"对话框

（1）选定一行（列），被选定的行（列）会变成黑色，如图 4-54 所示。

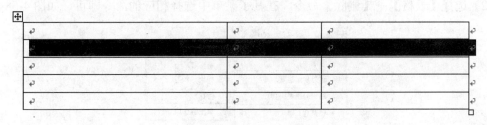

图 4-54　选定表的一行

（2）单击"常用"工具栏中的【插入行（列）】按钮，即可插入一行（列）。

2）在尾部插入新行

在表格的尾部插入新行的具体操作步骤如下。

（1）将插入点放在表格右下角最后一个单元格内，如图 4-55 所示。

（2）按"Tab"键可快速插入新行。

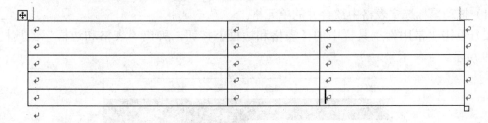

图 4-55　确定插入点

3）在单元格中插入表格

在单元格中也可以插入表格，具体操作步骤如下。

（1）选中要插入表格的单元格。

（2）选择【表格】→【插入】→【单元格】命令，如图 4-56 所示，弹出"插入单元格"对话框，如图 4-57 所示。

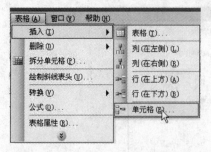

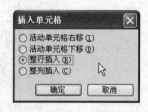

<table>
<tr><td>图 4-56　选择 "插入单元格" 命令</td><td>图 4-57　"插入单元格" 对话框</td></tr>
</table>

（3）如果选中"整行插入"单选按钮，单击【确定】按钮后表格将会增加一行。

● 删除行、列或单元格

删除行、列或单元格的具体操作步骤如下。

（1）将光标放入要删除的行、列或单元格中。

（2）选择【表格】→【删除】命令，在其子菜单中选择相应的命令即可，如图 4-58 所示。

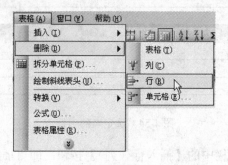

图 4-58　选择"删除行"命令

● 合并与拆分单元格

1）合并单元格

在编辑表格时，经常会将一组单元格合并为一个单元格。合并单元格的操作步骤如下。

（1）拖动鼠标选定表格中欲合并的单元格。

（2）单击"常用"工具栏中的【表格和边框】按钮，弹出"表格和边框"工具栏，如图 4-59 所示。

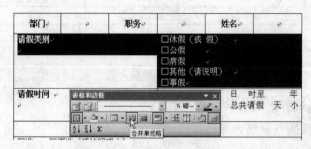

图 4-59　"表格和边框"工具栏

（3）单击"表格和边框"工具栏中的【合并单元格】按钮即可合并选定的单元格。

2）拆分单元格

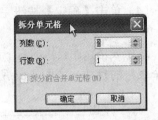

图 4-60 "拆分单元格"对话框

可以将一个单元格拆分为多个单元格，从而改变当前单元格的结构。拆分单元格的操作步骤如下。

（1）将插入点放在欲拆分的单元格中。

（2）选择【表格】→【拆分单元格】命令，弹出"拆分单元格"对话框，如图 4-60 所示。

（3）设置行数和列数后单击【确定】按钮，此时选定的单元格将被拆分为指定的行数和列数。

● 移动和复制表格内容

可以将表格内的部分内容在表格区域内进行移动，如要移动文本，选定文本后拖动到指定位置后放开即可；如要复制文本，拖动过程中按住"Ctrl"键即可。另外，还可通过剪切、复制和粘贴命令来完成。

● 添加斜线

有些表格需要添加斜线及说明文字，使结构更加明晰，如表 4-5 所示的教学课程表。

表 4-5　教学课程表

星期 课 程 节	星期一	星期二	星期三	星期四	星期五
上 午　第 1 节	计算机基础	软件工程			计算机基础
第 2 节					
第 3 节			计算机基础	计算机基础	
第 4 节					
下 午　第 5 节		计算机基础	软件工程		
第 6 节					

为表格添加斜线的具体操作步骤如下。

（1）选定要添加斜线的单元格。

（2）选择【表格】→【绘制斜线表头】命令，如图 4-61 所示，弹出"插入斜线表头"对话框，如图 4-62 所示。

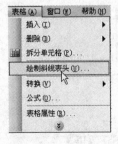

图 4-61 选择"绘制斜线表头"命令

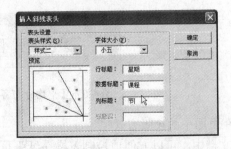

图 4-62 "插入斜线表头"对话框

（3）在对话框中的"表头样式"下拉列表框中选择"样式二"，在"行标题"文本框中输入表头名称"星期"，在"数据标题"文本框中输入"课程"，在"列标题"文本框中输入"节"。

（4）单击【确定】按钮完成操作。

● 调整表格大小

选中表格，在表格的右下角会出现尺寸控制点，通过鼠标左键拖动尺寸控制点，可以改变整个表格的尺寸，如图 4-63 所示。

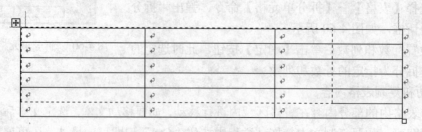

图 4-63　拖动尺寸控制点改变表格尺寸

● 调整表格的位置

1）调整表格的文字对齐方式

调整表格文字对齐方式的具体操作步骤如下。

（1）在表格中选定要设置对齐方式的文本。

（2）通过单击格式工具栏中的一组对齐按钮可以调整单元格内的文字在水平方向上"居左"、"居中"、"居右"或"分散"对齐。

（3）单击工具栏中的【表格和边框】按钮，弹出"表格和边框"工具栏，通过单击其中的对齐按钮，可以控制单元格内容的"居左"、"居中"、"居右"等9种排列方式，如图 4-64 所示。

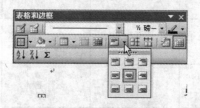

图 4-64　"表格和边框"工具栏中的对齐按钮

2）表格结构的均匀分布

选定要平均分布的行或列，单击"常用"工具栏上的【表格和边框】按钮，在弹出的"表格和边框"工具栏中单击【平均分布各行】或【平均分布各列】按钮即可，如图 4-65 所示。

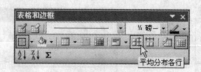

图 4-65　【平均分布各行】按钮

3）表格在页面中的排版方式

在 Word 文档中，可以方便地控制表格在纸张页面内的排版效果。

（1）调整表格在页面中的位置。将光标放在表格中，选择【表格】→【表格属性】命令，弹出"表格属性"对话框，如图 4-66 所示。在对话框中选择"表格"选项卡，在其中的"对齐方式"栏设置表格的对齐方式。

（2）调整表格占用页面的方式。将鼠标指针移至表格左上角，当鼠标指针变为方形后单击，选择整张表。选择【表格】→【自动调整】命令，弹出如图 4-67 所示的子菜单。

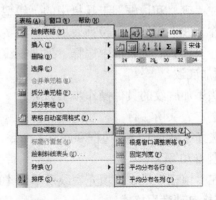

图 4-66　"表格属性"对话框　　　　　　　　图 4-67　"自动调整"子菜单

"自动调整"子菜单中各命令的功能如下。

- 根据内容调整表格：重新设置表格尺寸，使各列按内容进行调整。
- 根据窗口调整表格：重新设置表格尺寸，使各列按窗口的尺寸进行调整。
- 固定列宽：设置表格，使表格不能加宽至超出当前的文字栏宽度。
- 平均分布各行：使表格中的各行均匀分布。
- 平均分布各列：使表格中的各列均匀分布。
- 表格中数据的排序

将表格中的数据按某一列进行排序的方法有以下两种。

（1）使用工具栏。选定要排序的文本，单击"表格和边框"工具栏上的【升序排序】或【降序排序】按钮即可进行排序，如图 4-68 所示。

（2）使用"排序"对话框。选定要排序的文本，选择【表格】→【排序】命令，弹出"排序"对话框，如图 4-69 所示，选择关键字及排序方式后单击【确定】按钮。

图 4-68　【升序排序】按钮　　　　　　　　图 4-69　"排序"对话框

4.7.3　修饰表格

1．设置边框

设置表格边框的具体操作步骤如下。

（1）将插入点定位在表格中。

（2）选择【表格】→【选定表格】命令，选定表格。

（3）单击【表格和边框】按钮，打开"表格和边框"工具栏。

（4）在"表格和边框"工具栏中的"线型"下拉列表框选择线型。

（5）在"线条粗细"下拉列表框选择线条粗细。

（6）在"样式"列表框中选择"外围框线"即可为表格设置边框。

2．添加底纹

给表头添加底纹的具体操作步骤如下。

（1）选定表头所在行。

（2）选择【格式】→【边框和底纹】命令，弹出"边框和底纹"对话框，选择"底纹"选项卡，如图 4-70 所示。

（3）在"填充"栏设置填充底纹后单击【确定】按钮即可。

3．表格自动套用格式

表格自动套用格式用于快速修饰表格，突出表格的结构，设置表格自动套用格式的具体操作步骤如下。

（1）选定表格。

（2）选择【表格】→【自动套用格式】命令，弹出"表格自动套用格式"对话框。

（3）在"表格样式"栏中选择一种合适的样式，如图 4-71 所示，还可选中"将特殊格式应用于"栏中相应的复选框。

（4）单击【应用】按钮完成设置。

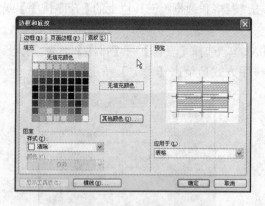

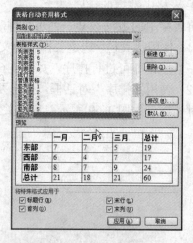

图 4-70 "底纹"选项卡　　　　　　　图 4-71 "表格自动套用格式"对话框

4.7.4 插入艺术字

1．创建艺术字

（1）选择【插入】→【图片】→【艺术字】命令，弹出"艺术字库"对话框，如图 4-72 所示。

（2）双击对话框中的艺术字样式，弹出"编辑艺术字文字"对话框。

图 4-72　"艺术字库"对话框

（3）输入要插入的文字，并设置字号、字体、颜色等。

（4）单击【确定】按钮插入艺术字，如图 4-73 所示。

图 4-73　插入艺术字

2．艺术字的修饰

（1）排列方式。

① 单击【艺术字字母高度相同】按钮，使艺术字所有文字等高。

② 单击【艺术字竖排文字】按钮，垂直排列文字。

③ 单击【艺术字对齐方式】按钮，可选择艺术字不同的对齐方式，如图 4-74 所示，也可选择调整单词、字母间距。

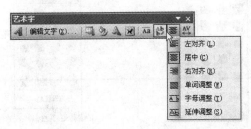

图 4-74　艺术字对齐方式

④ 单击【艺术字字符间距】按钮，可设置字符间距选项，如图 4-75 所示。

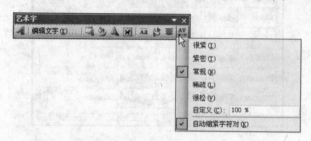

图 4-75　艺术字字符间距

（2）改变艺术字的线条与填充色。

① 选定艺术字，单击"艺术字"工具栏上的【设置艺术字格式】按钮。

② 在弹出的"设置艺术字格式"对话框中进行设置，如图 4-76 所示。

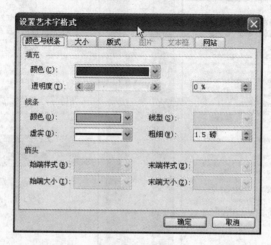

图 4-76　"设置艺术字格式"对话框

（3）设置阴影和三维效果。

① 选中待设置艺术字。

② 通过单击"绘图"工具栏上的【阴影样式】按钮调出阴影选项板，选择后单击可添加相应阴影效果，如图 4-77 所示。

③ 通过单击"绘图"工具栏上的【三维效果样式】按钮调出三维效果选项板，选择后单击可添加相应三维效果，如图 4-78 所示。

图 4-77　设置阴影效果　　　　图 4-78　设置三维效果

（4）改变艺术字形状。单击"艺术字"工具栏上的【艺术字形状】按钮，可选择艺术字不同的形状，如图 4-79 所示。

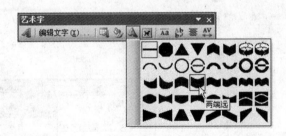

图 4-79　设置艺术字形状

4.7.5　插入图片

1．查找剪辑内容并插入剪贴画

在旧版本的 Office 中，剪辑内容繁多很难找到，为此，新的 Office 提供了剪辑库管理器，能快速找到资料，如添加一幅剪贴画作为制作贺卡的背景图。

（1）将光标定位在文档中要插入图片的位置，选择【插入】→【图片】→【剪贴画】命令，如图 4-80 所示，屏幕右侧会显示"剪贴画"任务窗格。

（2）在"剪贴画"任务窗格的"搜索文字"框内输入关键词"卡通"，如图 4-81 所示，单击【搜索】按钮后，相关剪辑将显示于结果区，如图 4-82 所示。

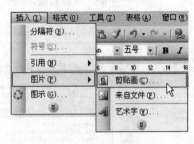

图 4-80　选择"剪贴画"命令

图 4-81　"剪贴画"任务窗格

图 4-82　搜索结果

（3）通过结果区右侧的滚动条，可以查询合适的剪辑。找到后，单击相应剪辑右侧的选择按钮，弹出快捷菜单，如图 4-83 所示，选择"插入"命令即可。

2．插入来自文件的图片

很多情况下，我们的文档需要添加更加合适的图片，在 Office 自带的剪贴画不能完全满足要求时，我们就从计算机上选择图片插入，如我们项目需求样文中的系统构架图。

将光标定位在合适位置，选择【插入】→【图片】→【来自文件】命令，如图 4-84 所示，在"插入图片"对话框中选择所需要的图片单击【确定】按钮即可，如图 4-85 所示。

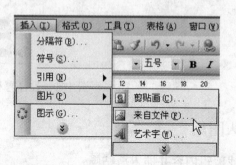

图 4-83　选择对剪贴画的操作　　　　图 4-84　选择"来自文件"命令

图 4-85　插入图片

4.7.6　图片版式设置

通常，在页面中添加的剪辑（不论图片或剪贴画），均附着一个"框"对象中，框的作用就是帮助剪辑内容参与排版。"框"对象在屏幕中基本显示为四周黑色的边框线，且边框线周围显示 8 个控制点，如图 4-86 所示。

但是，根据图形排版的要求，Word 在框的定位标志上，通过两种形态加以区别，即实心框和空心框。图 4-86 中显示的实心尺寸控制点，表示此框为文本格式，可以使图形尾随段落文字进行排版（插入剪贴画的默认状态），较适合科技类书籍插图，有相应说明性文字段落。对于文学书刊版式，需要灵活多样的格式，这就需要周围控制点是空心的图框，如图 4-87 所示。

图 4-86　选定的图片　　　　　　　　　　图 4-87　控制点是空心的图框

图框调整步骤如下：

（1）在添加图片的页面，用鼠标右键单击图片框。

（2）在弹出的快捷菜单中选择"设置图片格式"命令，弹出"设置图片格式"对话框。

（3）选择"版式"选项卡，显示 5 种排版格式选项，任选一种后单击【确定】按钮，如图 4-88 所示。

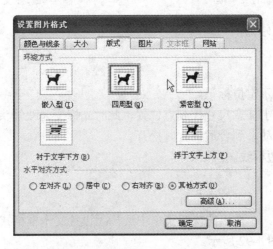

图 4-88　"设置图片格式"对话框

（4）单击【高级】按钮，可以设置更多文字环绕方式。

4.7.7　使用文本框

1．插入文本框

在图形周围常常需要一些文字说明，如给图形添加标注，可以用插入文本框的方式为图形创建文本，操作步骤如下：

（1）单击"绘图"工具栏中的【文本框】或【竖排文本框】命令按钮，或选择【插入】→【文本框】→【竖排】命令，如图 4-89 所示。

（2）此后，画布框显示于新增页面中，如果不希望将文本框添加到新页中，可按"Esc"键，在页面指定位置拖动形成文本框，如图 4-90 所示。

（3）生成文本框后，当插入点在框线内时即可输入文字，如图 4-91 所示。

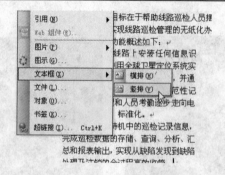

图 4-89　通过插入菜单插入文本框

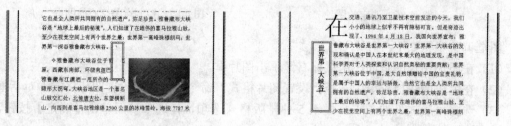

图 4-90　生成的文本框　　　　　　　　　图 4-91　在文本框中输入文本

2. 文本框的编辑与修饰

（1）调整大小和位置。

操作步骤如下：

① 单击文本框，显示定位标记。

② 移动鼠标至框线上任意尺寸控制点位置，此时光标变为双箭头形状。

③ 按住鼠标左键拖动，到合适位置时松开。

（2）设置背景色和边框线。

操作步骤如下：

① 单击文本框边线，显示框定位标记。

② 右键单击文本框，在弹出的快捷菜单中选择"设置文本框格式"命令，弹出"设置文本框格式"对话框，如图 4-92 所示。

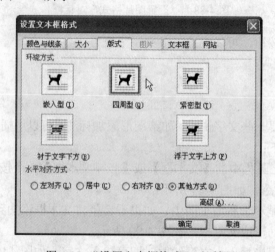

图 4-92　"设置文本框格式"对话框

③ 通过"填充"和"线条"可以设置文本框的背景色和框线色。

④ 若将文本框的填充色和线条色设为"无"则只显示文本。

（3）设置版式。在"设置文本框格式"对话框中，还可以设置文本框的环绕方式，将其放在文本中间。

4.7.8　使用样式

将修饰某一段落的参数（包括字体、字号、对齐方式等）组合，赋予一个特定的段落样式名称，就称为样式。所以，样式其实就是段落样式。样式的内容如表 4-6 所示。

表 4-6　样式的内容

类　　别	格 式 参 数
字体格式	字体、字号、字形、下画线、效果、颜色、字符间距和文字效果
语言	控制拼写和语法检查器将使用何种词典更正文字
常规段落格式	段落缩进、段间距、段落行距、对齐方式、大纲级别和分页控制
制表位	段落内有效制表位的位置和类型
边框与底纹	环绕文字的边框和背景底纹
项目符号和编号	自动显示用于列表中段落的项目字符和编号

4.7.9　利用样式统一同类段落的格式

1．"样式和格式"任务窗格

通过该窗格，可以直接对段落样式进行编辑，并且其中提供了样式列表的显示状态。

操作步骤如下：

（1）进入文档后，选择【格式】→【样式和格式】命令，"样式和格式"任务窗格将显示于屏幕右侧，如图 4-93 所示。

（2）在"所选文字的格式"和"请选择要应用的格式"两个框内将显示或标记当前插入点的段落样式名称。

2．应用样式

（1）通过"点名"方式修改段落样式，假如将默认的正文修改为一级标题样式，操作步骤如下：

① 将光标放在要修改的段落中。

图 4-93　"样式和格式"任务窗格

② 在任务窗格中找到合适的样式名，单击后该段落即可修饰为一级标题样式，如图 4-94 所示。

（2）通过常用方式修改段落样式，原样式名称不变，但其中的一组修改参数不同，操作步骤如下：

① 打开文档，选定二级标题。

② 在"样式和格式"任务窗格中选择并单击"标题 2"，然后设置样式，如三号、楷体、居左，如图 4-95 所示。

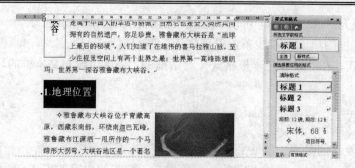

图 4-94　通过"点名"方式修改段落样式

③ 在"样式和格式"任务窗格上的原样式名（如标题 2）右侧单击，弹出下拉菜单，如图 4-96 所示。

图 4-95　通过常用方式修改段落样式　　　　　　　图 4-96　弹出下拉菜单

④ 在下拉菜单中选择"更新以匹配选择"命令，将设置的格式添加到原样式名称中。

3．删除旧的样式

（1）在"请选择要应用的格式"区中，单击某一样式旁的箭头，在弹出的下拉表中选择"删除"命令，如图 4-97 所示。

（2）在弹出的确认对话框中单击【是】按钮，如图 4-98 所示。

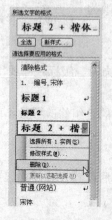

图 4-97　选择"删除"命令　　　　　　　　　　图 4-98　确认对话框

注意：删除了使用的样式后，将恢复标准格式，Word 不允许删除正文和标题的样式。

4．建立新样式

操作步骤如下：

（1）在"样式和格式"任务栏窗格中，单击【新样式】按钮，弹出"新建样式"对话框，如图 4-99 所示。

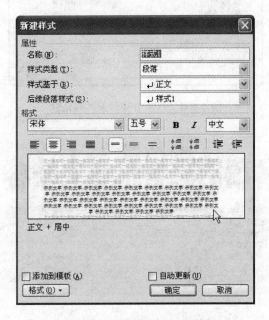

图 4-99　"新建样式"对话框

（2）在"名称"框中输入样式名，如"新样式"。

（3）选中"添加到模板"复选框，将样式添加到模板，这样所有新建文档都会应用新样式。

（4）选中"自动更新"复选框，Word 会自动更新被修改的样式。

（5）单击【格式】按钮，可以进行更详细的设置。

（6）单击【确定】按钮，保存新样式。

4.7.10　插入引用

1．索引和目录

在编写项目需求文档或其他长文档时，如果内容较多，通常会在前面加上目录，甚至在后面加上索引，方便浏览。建立索引或目录前，首先要对文章的标题设置好样式。

（1）把光标移到要插入目录的位置。

（2）选择【插入】→【索引和目录】命令，并在弹出的"索引和目录"对话框中选择"目录"选项卡，如图 4-100 所示。

（3）在"格式"列表框中选择目录的风格，选择的结果可以通过"打印预览"框来查看。如果选择"来自模板"，表示使用内置的目录样式（目录 1～9）来格式化目录。如果要改变目录的样式，可以单击【修改】按钮，按更改样式的方法修改相应的目录样式。设置好目录后的文档如图 4-101 所示。

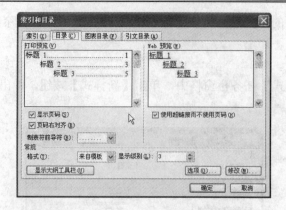

图 4-100　"索引和目录"对话框

图 4-101　设置好目录后的文档

2. 脚注和尾注

脚注和尾注是对文本的补充说明。脚注一般位于页面的底部，可以作为文档某处内容的注释；尾注一般位于文档的末尾，用来列出引文的出处等。脚注和尾注由两个关联的部分组成，包括注释引用标记和其对应的注释文本。插入脚注和尾注的操作步骤如下：

（1）将插入点移到要插入脚注和尾注的位置。

（2）选择【插入】→【脚注和尾注】命令，弹出如图 4-102 所示的"脚注和尾注"对话框。

图 4-102　"脚注和尾注"对话框

（3）选中"脚注"单选按钮，可以插入脚注；如果要插入尾注，则选中"尾注"单选按钮。

（4）如果选择了"自动编号"的编号方式，Word 就会给所有脚注或尾注进行编号，当添加、删除、移动脚注或尾注引用标记时会重新编号。

（5）如果要自定义脚注或尾注的引用标记，可以在"自定义标记"文本框中输入作为脚注或尾注的引用符号。如果键盘上没有这种符号，可以单击【符号】按钮，从弹出的"符号"对话框中选择一个合适的符号作为脚注或尾注。

（6）单击【确定】按钮后，就可以开始输入脚注或尾注文本。

3．题注

题注就是给图片、表格、图表、公式等项目添加的名称和编号。例如，在一本书的图片中，就在图片下面输入了图编号和图题，这可以方便读者的查找和阅读。使用题注功能可以保证长文档中的图片、表格、图表等项目能够顺序地自动编号。如果移动、插入或删除带题注的项目时，Word 可以自动更新题注的编号，而且一旦某一项目带有题注，还可以对其进行交叉引用。给文档中已有的图片、表格、公式加上题注的操作步骤如下：

（1）选定要添加题注的项目。

（2）选择【插入】→【题注】命令，弹出如图 4-103 所示的"题注"对话框。

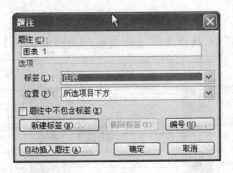

图 4-103　"题注"对话框

（3）在"题注"对话框中显示用于所选项的题注标签和编号，用户只要直接输入题注即可。

（4）如果要选择其他标签，如对象是表格，就应该在"标签"下拉列表框中选择合适的标签。如果没有合适的标签，可以单击【新建标签】按钮，在弹出的"新建标签"对话框中输入新的标签名，如图 4-104 所示。

（5）单击【确定】按钮后即可为对象添加题注，如图 4-105 所示。

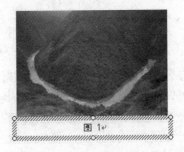

图 4-104　"新建标签"对话框　　　图 4-105　添加题注

4.7.11　设置页眉和页脚

1．添加页眉

（1）选择【视图】→【页眉和页脚】命令，此时出现"页眉和页脚"工具栏，如图 4-106 所示。

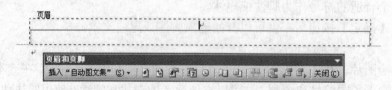

图 4-106　"页眉和页脚"工具栏

（2）输入在页眉上显示的文字。

（3）使用"格式"菜单或工具栏设置文字格式。

（4）单击"页眉和页脚"工具栏上的【关闭】按钮，返回正文编辑状态。

2．页眉和页脚间的切换

（1）激活页眉和页脚。

（2）单击"页眉和页脚"工具栏上的【在页眉和页脚间切换】按钮。

添加页眉和页脚后的样文如图 4-107 所示。

图 4-107　添加页眉和页脚后的样文

4.8　邮件合并

在日常的办公过程中，可能遇到很多数据表，面对如此繁杂的数据，难道我们只能一个一个地复制粘贴吗？能保证过程中不出错吗？其实，借助 Word 提供的一项功能强大的数据管理功能——邮件合并，我们完全可以轻松、准确、快速地完成诸如标签、学生成绩单、准考证、工资条等任务。

利用邮件合并制作"通知"的具体操作步骤如下：

（1）打开"通知"主文档，如图 4-108 所示。

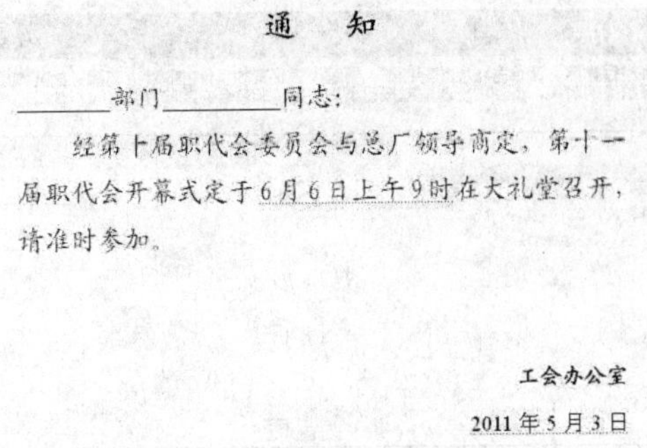

通　知

_____部门_____同志:

　　经第十届职代会委员会与总厂领导商定，第十一届职代会开幕式定于6月6日上午9时在大礼堂召开，请准时参加。

工会办公室
2011 年 5 月 3 日

图 4-108　"通知"主文档

（2）选择【工具】→【信函与邮件】→【邮件合并】命令，打开"邮件合并"任务窗格，如图 4-109 所示。

（3）选择文档类型，这里选择信函。

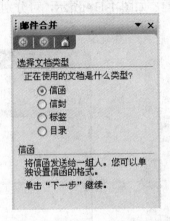

图 4-109　"邮件合并"任务窗格

（4）选择开始文档，如图 4-110 所示，已经打开了"通知"主文档，所以选中"使用当前文档"单选按钮。

（5）选择收件人，如图 4-111 所示，也就是确定数据源，我们已经创建了 1 组数据，所以可以直接单击"浏览"链接，在弹出的"邮件合并收件人"对话框中进行选择，如图 4-112 所示。

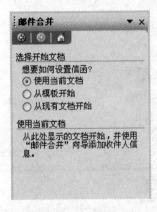

图 4-110　选择开始文档

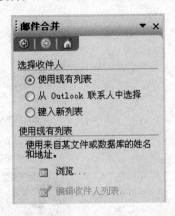

图 4-111　选择收件人

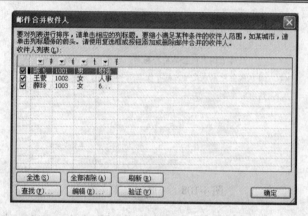

图 4-112　"邮件合并收件人" 对话框

（6）撰写信函，如图 4-113 所示，主要为了将数据源与主文档进行链接，单击"其他项目"链接，弹出"插入合并域"对话框，如图 4-114 所示，可分别将所需要的字段插入主文档中合适的位置。

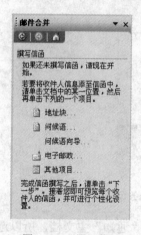

图 4-113　撰写信函

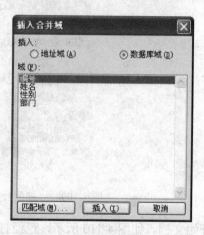

图 4-114　"插入合并域" 对话框

（7）预览信函，如图 4-115 所示，单击【预览信函】按钮后可以查看邮件合并后的效果，如图 4-116 所示。

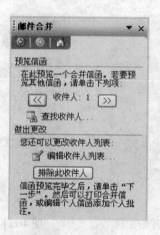

图 4-115　预览信函

通　知

　　　财务　　部门　　陈飞　　同志：
　　　经第十届职代会委员会与总厂领导商定，第十一届职代会开幕式定于6月6日上午9时在大礼堂召开，请准时参加。

工会办公室
2011 年 5 月 3 日

图 4-116　邮件合并后的效果

（8）完成合并，如图 4-117 所示。完成后，可单击"编辑个人信函"链接，弹出"合并到新文档"对话框，如图 4-118 所示，单击【确定】按钮后会生成包含合并结果的一个新文档。

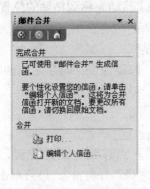
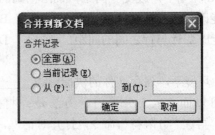

图 4-117　完成合并　　　　　图 4-118　"合并到新文档"对话框

练　习　题

一、选择题

1. 第一次保存文件，将出现（　　）对话框。
　　A."保存"　　　　B."全部保存"　　　　C."另存为"　　　　D."保存为"
2. 在（　　）菜单中，选择"项目符号和编号"命令，屏幕中将弹出"项目符号和编号"对话框。
　　A. 编辑　　　　B. 插入　　　　C. 格式　　　　D. 工具
3. 在（　　）菜单中选择"打印"命令，屏幕中将弹出"打印"对话框。
　　A. 文件　　　　B. 编辑　　　　C. 视图　　　　D. 工具
4. 在 Word 中，可以利用（　　）很直观地改变段落缩进方式，调整左右边界。
　　A. 菜单栏　　　　B. 工具栏　　　　C. 格式栏　　　　D. 标尺
5. 在 Word 环境下，为了处理中文文档，可以使用（　　）组合键在英文和各种中文输入法之间进行切换。
　　A. Ctrl+Alt　　　　B. Shift+W　　　　C. Ctrl+Shift　　　　D. Ctrl+Space
6. 在 Word 环境下，在设置字体时说法不正确的是（　　）。
　　A. 可以设置字体的大小　　　　　　B. 可以设置字体的颜色

　　C．可以设置字体的方向　　　　　　　　D．只能使用一种字体

7．在 Word 环境下，在文本中插入文本框（　　　）。

　　A．是竖排的　　　　　　　　　　　　B．是横排的

　　C．既可以竖排，也可以横排　　　　　　D．可以任意角度排版

8．在 Word 环境下，在文件中插入图片（　　　）。

　　A．会覆盖原来的文本信息　　　　　　　B．不会覆盖原来的文本信息

　　C．文本文件不会重新排版　　　　　　　D．图片会单独占一行位置

9．在 Word 环境下，粘贴正文的一部分到另一个位置时，说法正确的是（　　　）。

　　A．选择要移动的正文，再用"Ctrl+X"组合键

　　B．选择要移动的正文，再用"Ctrl+V"组合键

　　C．选择要移动的正文，再用"Ctrl+C"组合键

　　D．选择要移动的正文，用"Ctrl+X"组合键，移动光标到粘贴的位置再用"Ctrl+V"组合键

10．在 Word 环境下，改变"间距"说法正确的是（　　　）。

　　A．只能改变段与段之间的间距　　　　B．只能改变字与字之间的间距

　　C．只能改变行与行之间的间距　　　　D．以上说法都不成立

二、填空

1．在 Word 环境下，保存文件的快捷键为_____。

2．Word 可以插入人工分页符，方法是：将插入点移到分页的位置，选择菜单栏中的_____，再选"分隔符"命令，打开对话框，选择"分页符"，最后单击【确认】按钮。

3．在 Word 环境下，文件中用于删除功能的按键为_____。

4．新建 Word 文档的快捷键是"Ctrl+_____"。

5．在默认情况下，"打开"对话框的"文件类型"框中显示为_____（如有英文请写大写字母）。

6．在 Word 环境下，图片中的 75%表示页面的_____为 75%。

7．按"Ctrl+_____"组合键可以把插入点移到文档尾部（如有英文请写大写字母）。

8．要删除图文框，先选定图文框，然后按"_____"键（如有英文请写大写字母）。

9．Word 文字处理中，"格式"工具栏中最大磅值是_____。

第 5 章　Excel 电子表格的使用

Excel 2003 是微软公司出品的 Office 系列办公软件中的一个组件，确切地说，是一个电子表格软件。它除了可以对数据进行输入、编辑、打印等基本操作外，还具有丰富的函数和强有力的数据管理功能，极大地提高了工作效率，广泛应用于财务、行政、金融、经济、审计、统计等众多办公领域。

本章将详细介绍如何利用 Excel 2003 来创建和管理"学生成绩簿"。

5.1　认识 Excel

5.1.1　Excel 的主要特点

Excel 是 Microsoft Office 的主要组件之一，是 Windows 环境下的电子表格软件，具有很强的图形、图表处理功能，它可用于财务数据处理、科学分析计算，并能用图表显示数据之间的关系，对数据进行组织。Excel 2003 的主要功能可归纳为以下几点。

1. 快速制作表格

在 Excel 2003 中，使用工作表能快速制作表格。系统提供了丰富的格式化命令，可以利用这些命令完成数字显示、格式设计、图表美化等操作。

2. 强大的计算功能

Excel 2003 增强了处理大型工作表的能力，提供了 11 大类函数，使用这些函数和公式，用户可以完成各种复杂的运算。

3. 丰富的图表

在 Excel 2003 中，系统有 100 多种不同格式的图表可供选用。用户只需通过几步简单的操作，就可以制作出精美的图表，可以把图表作为独立的文档打印，也可以与工作表中的数据一起打印。

4. 数据库管理

Excel 2003 中的数据都是按照行和列进行存储的。这种数据结构再加上 Excel 2003 提供的有关处理数据库的函数和命令，可以很方便地对数据进行排序、查询、分类汇总等操作，使得 Excel 2003 具备了组织和管理大量数据的能力，因而使 Excel 2003 的用途更加广泛。

5. 数据共享与 Internet

利用数据共享功能，可以方便地通过 Internet 实现多个用户同时使用一个工作簿文件，最后再完成共享工作簿的合并操作。通过超链接功能，用户可以将工作表的单元格链接到 Internet 上的其他资源。Excel 2003 还提供了将工作簿文件保存为网页的功能，这样用户可以直接在网上浏览这些数据。

5.1.2　Excel 的启动与退出

1. 启动 Excel 2003

启动 Excel 2003 一般有以下几种方法。

（1）选择【开始】→【程序】→【Office 2003】→【Excel 2003】命令。

（2）若桌面上有 Excel 2003 的快捷图标，双击该图标即可。

（3）在"资源管理器"或"我的电脑"窗口中，双击扩展名为.xls 的文件图标，将启动 Excel 2003，并将该文件打开。

启动 Excel 2003 后，屏幕上将显示 Microsoft Excel 窗口，表明已进入 Excel 2003 的工作界面。

2. 退出 Excel 2003

完成工作簿的操作后，可采用以下方法退出 Excel 2003。

（1）选择【文件】→【退出】命令。

（2）单击标题栏中的【关闭】按钮。

如果没有对当前工作簿进行保存，则会出现如图 5-1 所示的对话框，用户根据提示进行相应的操作后，Excel 2003 窗口将会被关闭。

图 5-1　"Microsoft Excel"对话框

5.1.3　Excel 的工作界面

Excel 2003 的工作界面由标题栏、菜单栏、工具栏、编辑栏、工作表区、工作表标签、任务窗格、状态栏、滚动条等部分组成，如图 5-2 所示。

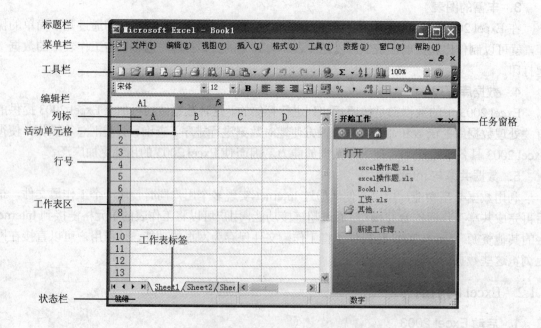

图 5-2　Excel 2003 的工作界面

1．标题栏

标题栏位于窗口顶部，显示应用程序的名称。在工作簿窗口最大化的情况下，还将显示当前工作簿的名称。在默认的情况下，Excel 自动建立的工作簿名为 Book1。

2．菜单栏

菜单栏位于标题栏的下方，它包含了 Excel 操作所必需的各个命令群组。在下拉菜单中，如果有扩展符号　，用鼠标单击它就会显示该菜单中所有的选项。

3．工具栏

工具栏是将菜单中常用的命令设计成按钮的形式，通过用鼠标单击按钮来快速执行相应的命令。"常用"工具栏和"格式"工具栏通常位于菜单栏的下方。因为窗口的限制，还有很多其他的工具栏被隐藏了起来，通过选择【视图】→【工具栏】命令，可以显示或隐藏工具栏。

4．编辑栏

编辑栏的左端是名称框，用来显示当前活动单元格的名称；右端的文本框用来显示、输入、编辑单元格中的数据或公式。

5．工作表区

工作表区指的是工作表的整体及其中的所有元素，它由许多方格组成，是存储和处理数据的基本单元。

6．任务窗格

任务窗格是 Excel 2003 的一个新增功能，用户能够通过与任务窗格的交互来快速启动一些操作和任务。

7．状态栏

状态栏位于窗口的底部，显示当前工作区的状态信息。在大多数情况下，状态栏中显示"就绪"状态，表明工作表正准备接收信息。

5.2　Excel 的基本操作

5.2.1　工作簿的操作

工作簿是 Excel 2003 所产生文件的统称，工作簿的基本操作主要有创建工作簿、保存工作簿、打开工作簿、关闭工作簿等。

1．创建工作簿

启动 Excel 2003 后，会自动建立一个名为 Book1 的工作簿，还可以采用下面 3 种方法新建工作簿。

（1）工具栏方式。单击"常用"工具栏中的【新建】按钮 ▢，可建立一个新的空白工作簿。

（2）菜单方式。选择【文件】→【新建】命令，弹出如图 5-3 所示的"新建工作簿"任务窗格，单击"空白工作簿"项，即可建立一个新的空白工作簿。

（3）模板方式。Excel 2003 中的模板是预先定义好格式和公式的工作簿。当用模板方式建立了一个新工作簿后，新工作簿就会具有模板的所有特征。在"新建工作簿"任务窗格中，单击"本机上的模板"项，弹出"模板"对话框，如图 5-4 所示，选择"电子方案表格"选项卡，选择所需要的模板，单击【确定】按钮，即可按选定模板建立新工作簿。

图 5-3　"新建工作簿"任务窗格

图 5-4　"模板"对话框

2．保存工作簿

保存工作簿有 3 种方法，一是单击"常用"工具栏中的【保存】按钮 💾；二是选择【文件】→【保存】或【文件】→【另存为】命令；三是使用快捷键"Ctrl+S"。

（1）保存新文件。新创建的工作簿第一次按上述 3 种方法保存时，会弹出"另存为"对话框，如图 5-5 所示。在该对话框中选择保存位置并输入文件名，单击【保存】按钮即可保存新文件。

（2）保存已有工作簿。对已经命名的工作簿的修改进行保存，可单击"常用"工具栏中的【保存】按钮或使用快捷键"Ctrl+S"。如果希望对工作簿备份或者更名，可通过选择【文件】→【另存为】命令，在"另存为"对话框中输入新文件名或选择新的保存位置，从而实现工作簿的备份。

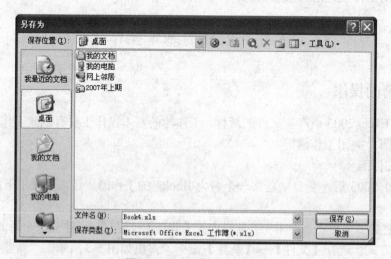

图 5-5　"另存为"对话框

（3）自动保存工作簿。为防止死机、断电等意外情况出现时数据因未及时存盘而丢失，Excel 2003 提供了"自动保存"功能。选择【工具】→【选项】菜单命令，弹出"选项"对话框，选择"保存"选项卡，可设置自动保存工作簿的间隔时间，如图 5-6 所示。

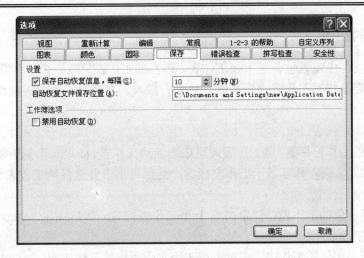

图 5-6　"保存"选项卡

3．打开工作簿

在 Excel 2003 中打开一个工作簿有 3 种方法，一是选择【文件】→【打开】命令；二是单击"常用"工具栏中的【打开】按钮 📂；三是使用快捷键"Ctrl+O"。

此外，在 Excel 2003 中，系统会将最近使用过的文件名列在"文件"菜单的最下面，可以直接单击相应的文件名打开文件。用户可以对是否显示这一清单进行设置，也可设置最近使用的文件列表项数。选择【工具】→【选项】菜单命令，弹出"选项"对话框，选择"常规"选项卡并做相应的修改即可，如图 5-7 所示。

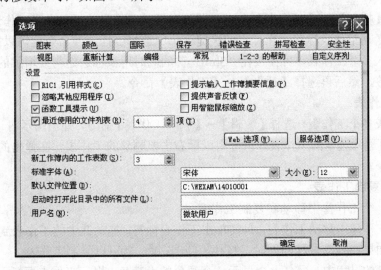

图 5-7　"常规"选项卡

4．关闭工作簿

当完成对某个工作簿的编辑后，如需关闭，可选择【文件】→【关闭】命令。如果尚未保存，则会弹出对话框询问是否保存所做的修改。如果要关闭当前打开的所有工作簿，则按住"Shift"键，再选择【文件】→【全部关闭】命令。另外，退出 Excel 2003 也可关闭所有打开的工作簿。

5.2.2　工作表的操作

一个工作簿文件中可以包含若干张工作表，但当前工作表只有一个，称为活动工作表。对工作表的管理主要是指对工作表进行复制、移动、插入、重命名、删除等操作。

1．选择工作表

（1）选择单个工作表。

单击要使用的工作表标签，该工作表即可成为活动工作表。如果看不到所需的工作表标签，单击标签滚动按钮 ｜◀ ◀ ▶ ▶｜ 可显示工作表标签，然后可单击要选择的工作表标签。

（2）选择多个工作表。

① 选择一组相邻的工作表：先单击第 1 个工作表标签，然后按住"Shift"键，再单击最后一个工作表标签。

② 选择一组不相邻的工作表：先单击第 1 个工作表标签，然后按住"Ctrl"键，再依次单击要选定的工作表标签。

③ 选定工作簿中的全部工作表：右击工作表标签，然后在弹出的快捷菜单中选择"选定全部工作表"命令。

选定多个工作表后，标题栏中会出现"工作组"，这时对当前工作表内容的改动，也将同时替换其他工作表中的相应数据。

2．插入工作表

新建工作簿时，默认的工作表只有 3 个。如果需要更多的工作表时，可采用以下两种操作方法进行插入。

（1）选择【插入】→【工作表】命令，即可在活动工作表前插入一张工作表。

（2）右击活动工作表标签，在弹出的快捷菜单中选择"插入"命令也可以插入工作表。

如果要插入多个工作表，可在按住"Shift"键的同时用鼠标选定与要增加的工作表数目相同的工作表标签，然后再选择【插入】→【工作表】命令。

3．删除工作表

选择一个或多个工作表，选择【编辑】→【删除工作表】命令，弹出提示对话框，单击【确定】按钮，即可删除选定的工作表。也可用鼠标右击要删除的工作表，在弹出的快捷菜单中选择"删除"命令。

4．移动或复制工作表

（1）在同一个工作簿中移动和复制工作表。

要在一个工作簿中移动工作表，只需单击工作表标签，拖动选中的工作表到新的位置后松开鼠标即可；如果在拖动鼠标的同时，按住"Ctrl"键，就可以复制工作表。

在拖动鼠标的过程中，屏幕上会显示一个黑色的小三角，提示工作表要插入的位置。如果是移动工作表，鼠标箭头所指是一个空白的页面；如果是复制工作表，鼠标箭头所指的页面上有一个"+"号。

（2）在不同的工作簿之间移动和复制工作表。

① 选择工作表后，选择【编辑】→【移动或复制工作表】命令，弹出"移动或复制工作表"对话框（右击后在弹出的快捷菜单中选择"移动或复制工作表"命令也可弹出该对话框），如图 5-8 所示。

图 5-8　"移动或复制工作表"对话框

② 在"工作簿"下拉列表框中选择新工作簿，确定目标位置。

③ 若选中"建立副本"复选框，则为复制操作，否则为移动操作。

④ 单击【确定】按钮。

5．重命名工作表

Excel 2003 在建立新的工作簿时，自动为工作表命名为 Sheet1、Sheet2、Sheet3 等，不便于记忆和管理，用户可以改变工作表的名称以便进行有效的管理。

要重命名工作表，可双击工作表标签，工作表名会反白显示，输入新的名称，再按"Enter"键确认。或用鼠标右击工作表标签，在弹出的快捷菜单中选择"重命名"命令，也可完成工作表的重命名操作。

5.2.3　输入与编辑数据

1．输入数据

Excel 2003 有两种形式的输入数据，即常量和公式。常量是不以等号开头的数据，包括文本、数字及日期和时间。公式是以等号开头的数据，中间包含了常量、函数、单元格名称、运算符等。如果改变了公式中所涉及的单元格中的值，则公式的计算结果也会相应的改变。

输入数据有两种方式，即直接在单元格中输入数据和在编辑栏中输入数据。一般情况下，常量直接在单元格中输入，而公式在编辑栏中输入。无论哪种方法都有两种输入状态，即插入状态和改写状态。如果活动单元格以黑粗线框表示，则处在改写状态，输入的字符会代替原有的字符；如果活动单元格以细实线框表示，则处在插入状态，这时输入的字符会插入光标的后面。

（1）输入文本。在 Excel 2003 中，文本包括汉字、英文字母、数字、空格及所有键盘能输入的符号。文本输入后默认的对齐方式为左对齐。

输入的文本超过单元格列宽时，如果右边单元格没有数据，则超过宽度的数据会在右边单元格中显示，如图 5-9 所示的学生基本情况表 G2 单元格中的"入学总成绩"；如果右边单元格中有数据，则超过部分在单元格中被隐藏起来，但文本仍然存在，只要改变单元格的列宽，即可显示。

有时为了将学号、电话号码、邮政编码等数字作为文本处理，输入时在数字前加一个单引号，即可变为文本类型。在如图 5-9 所示工作表中的 B3 单元格输入学号时，输入"'0501101"便可得到用户想要的结果。

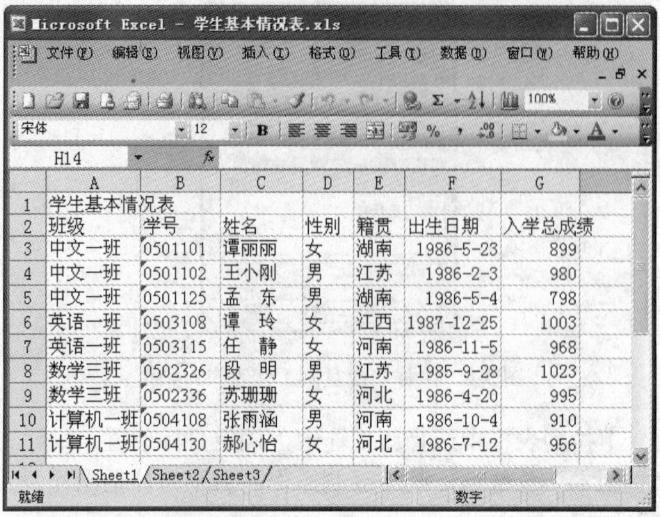

图 5-9　学生基本情况表

（2）输入数字。在 Excel 2003 中，数字只可以为下列字符或其组合。

0　1　2　3　4　5　6　7　8　9　+　-　（　），　/　$　%　.　E　e

在默认情况下，单元格中数字的对齐方式为右对齐。若单元格中的数较长，则以科学计数法显示。在 Excel 2003 中，默认数字有效位为 15 位，若数字长度超过 15 位，输入后自动将多余的数字位转换为零。如输入 "12345678901234567"，则在编辑栏的文本框中显示为 "12345678901234500"，也就是说，Excel 2003 中数字超过 15 位以后就不精确了。

输入数值时，Excel 2003 将忽略数字前面的正号 "+"，即输入 "+63" 和 "63" 是等价的。而负数可以在数字前加 "-" 或将数字放在圆括号中，如-85 也可以输入（85）。

分数采用 "/" 字符，在整数与后面的分数之间要用空格分隔。例如，输入 "12 1/5"，编辑栏中将显示为 12.2。对于小于 1 的分数，应在分数前先输入一个 0 和一个空格，否则 Excel 2003 将会把该数据作为日期处理。例如，要在单元格中显示 1/2，应输入 "0 1/2"，否则，Excel 2003 会理解为 "1 月 2 日" 的日期格式。

（3）输入日期和时间。在输入了 Excel 2003 可以识别的日期或时间数据后，如图 5-9 所示的 "出生日期" 列中的数据，单元格格式会从 "常规" 数字格式改为某种内置的日期或时间格式。这种内置的日期或时间格式是指在控制面板的 "区域选项" 中设置的日期或时间格式。

如果要在同一个单元格中同时输入日期和时间，则需要在中间用空格分隔。如果要基于 12 小时制输入时间，需在时间后输入一个空格，然后输入 "AM" 或 "PM"（也可以输入 "A" 或 "P"），用来表示上午或下午；否则，Excel 2003 将默认为基于 24 小时制计算时间。例如，输入 "3:00" 将不被认为是 3:00PM，而将被视为 3:00 AM 保存。

如果要输入系统当前的日期，则按 "Ctrl+;" 组合键；如果要输入系统当前的时间，则按 "Ctrl+Shift+;" 组合键。

在默认状态下，日期和时间在单元格中右对齐。如果 Excel 2003 不能识别输入的日期或时间格式，输入的内容将被视为文本，并在单元格中左对齐。

（4）输入逻辑型数据。Excel 2003 中的逻辑型数据只有 TRUE 和 FALSE 两个，选择单元格后直接输入即可。

2．数据输入技巧

（1）改变"Enter"键的移动方向。在默认情况下，数据输入完成后按"Enter"键，活动单元格会自动下移。如果希望按"Enter"键后活动单元格往右或往其他方向移动，可以执行如下操作进行修改。

① 选择【工具】→【选项】命令，弹出"选项"对话框，选择"编辑"选项卡。

② 选中"按 Enter 键后移动"复选框，然后在"方向"下拉列表框中选定移动方向。

③ 如果要在按"Enter"键后保持当前单元格为活动单元格，则取消对"按 Enter 键后移动"复选框的选择。

（2）在同一个单元格中输入多行文本。选择【格式】→【单元格】命令，弹出"单元格格式"对话框，选择"对齐"选项卡并选中"自动换行"复选框。如果要在单元格中强制换行，可按"Alt+Enter"组合键。

（3）在多个单元格中输入相同数据。先选定需要输入数据的多个单元格，再输入相应的数据，然后按"Ctrl+Enter"组合键即可将数据输入所有选定的单元格中。

（4）灵活运用记忆式输入功能。如果在单元格中输入的起始字符与该列已有的输入项相同（如图 5-9 所示的"籍贯"列中的数据），Excel 2003 可以自动填写其余的字符。但 Excel 2003 只能自动完成包含文字的输入项或包含文字与数字的输入项。按"Enter"键接受建议的输入项，如果不想采用自动提供的字符，则继续输入。如果要删除自动提供的字符，则按"Backspace"键。还可以从当前数据列输入项列表中选择所需输入项，在输入时，按"Alt+↓"组合键即显示已有输入项列表，或者右击相应的单元格，在弹出的快捷菜单中选择"选择列表"命令。

如果要关闭按列输入时的记忆式填充功能，选择【工具】→【选项】命令，弹出"选项"对话框，选择"编辑"选项卡，取消对"记忆式键输入"复选框的选择即可。

（5）快速填充数据。

① 使用填充柄。如果需要在同一行或同一列的多个连续单元格中输入相同的数据，可以利用填充柄实现快速填充。如图 5-9 所示的工作表中，"班级"中有多处连续的单元格是相同的数据。在 A3 单元格中输入"中文一班"后，用鼠标拖动该单元格右下角的填充柄至 A5 单元格，就可以将 A3 单元格中的数据复制到 A4、A5 单元格中。

② 使用自定义序列。类似序列 Sunday、Monday、Tuesday、Wednesday……和甲、乙、丙、丁……，都是 Excel 2003 已经定义好的序列，只要在某个单元格中输入该序列的某个值，再拖动填充柄就可自动以该序列填充。

选择【工具】→【选项】命令，弹出"选项"对话框，选择"自定义序列"选项卡，在左边的"自定义序列"列表中显示了已定义好的序列，如图 5-10 所示。

用户还可以自定义序列，在某单元格区域中输入将要用来填充序列的数据，选定数据区域。在"自定义序列"选项卡中，单击【导入】按钮，即可使用选定的数据作为填充序列。

如果要输入新的序列列表，可单击"自定义序列"列表框中的"新序列"选项，然后在"输入序列"列表框中，从第 1 个序列元素开始，输入新的序列。在输入每个元素后，按"Enter"键换行。整个序列输入完毕后，再单击【添加】按钮。若要删除自定义序列，则单击【删除】按钮即可。

③ 使用序列生成器。如 1、3、9、27……和 2002-01-01、2002-02-01、2002-03-01……一些有规律的数据序列，可以采用序列生成器来输入。

　　首先在某单元格中输入序列的初始值，然后选择包含该单元格的单元格区域，再选择【编辑】→【填充】→【序列】命令，弹出如图 5-11 所示的"序列"对话框，根据需要设置序列的属性。

- 序列产生在：选中"行"单选按钮表示生成的序列将填入活动单元格所在的行，选中"列"单选按钮表示生成的序列将填入活动单元格所在的列。
- 类型："等差序列"、"等比序列"是指按等差或等比序列进行填充，"日期"是指按右边的日期单位进行填充，"自动填充"则依据当前单元格中的数据来进行填充（自定义序列、等差序列等）。
- 步长值：在"步长值"文本框中，输入序列的递增值。在等差序列中，初始值与步长值的和为第 2 个值，而其他后续值是当前值与步长值的和；在等比序列中，初始值与步长值的乘积为第 2 个值，而其他后续值为当前值与步长值的乘积。
- 终止值：在"终止值"文本框中，输入希望停止序列的限制值，也可以省略不写。

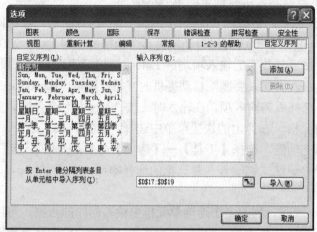

图 5-10　"自定义序列"选项卡　　　　　　图 5-11　"序列"对话框

　　④ 使用示范方式。在起始单元格中输入序列的初始值，再在相邻单元格中输入序列的第 2 个数值，前两个单元格中数值的差额将决定该序列的增长步长。同时选定这两个单元格，用鼠标拖动填充柄经过待填充区域，松开鼠标后便按"等差序列"填充数据。若从上向下或从左到右填充，则填充后的序列按升序排列；如果要按降序排列，则从下向上或从右到左填充。

　　如果先右击再拖动填充柄，到指定单元格后松开鼠标，弹出如图 5-12 所示的快捷菜单。

- 复制单元格：将选定单元格中的数据复制到鼠标经过的单元格区域。
- 以序列方式填充：以 Excel 2003 已定义的序列方式、自定义序列或等差序列进行填充。
- 仅填充格式：只复制选定单元格的格式，而不进行其他填充。
- 不带格式填充：将选定单元格的值复制到鼠标经过的单元格区域，而不复制单元格格式。
- 等差序列、等比序列：以等差序列、等比序列方式进行填充。
- 序列：选择后将弹出"序列"对话框。

图 5-12　序列填充快捷菜单

3．编辑工作表数据

（1）选择单元格或区域。

● 选择一个单元格：单击单元格。
● 选择整行或整列：单击行号或列标。
● 选择矩形区域：单击区域左上角单元格并向右下角拖动，到适当位置后松开鼠标即可。
● 选择相邻行/列：选择一行/列，按住"Shift"键，再单击最后一行/列。
● 选择不相邻的单元格/行/列：按住"Ctrl"键，再依次单击其他单元格/行/列。
● 选择整个工作表：单击【全选】按钮。
● 取消选择：用鼠标单击任意单元格。

（2）编辑单元格数据。

● 若单元格中的数据全部需要进行修改，只要单击单元格，输入数据后再按"Enter"键即可。
● 若只修改单元格中的部分数据，先选中单元格，按"F2"键或双击单元格，出现插入点，即 I 形光标，就可以修改数据了。

（3）复制、移动单元格数据。可以用下列方法之一实现单元格数据的复制或移动。

● 选择要复制（或移动）的单元格或区域，按"Ctrl+C"组合键（或按"Ctrl+X"组合键），再单击目标区域，按"Ctrl+V"组合键即可将单元格数据复制（或移动）到指定区域。
● 选择【编辑】→【复制】（或【编辑】→【剪切】）命令，再选择【编辑】→【粘贴】命令。
● 单击"常用"工具栏中的【剪切】、【复制】和【粘贴】按钮。
● 使用鼠标拖动实现：选择要复制的单元格区域，按住"Ctrl"键，用鼠标拖动选择区域的黑线框到目标位置，松开鼠标即可实现复制操作；直接用鼠标拖动选择区域的黑边框到目标位置即可实现移动操作。

（4）选择性粘贴。Excel 2003 中的数据除了值以外，还包含了公式、格式等特征。上面所讲的是将单元格中的数值连同公式、格式一起复制，但有时只需要单纯复制其中的值、公式、格式等，因此就必须用到"选择性粘贴"命令。

首先选择要复制的单元格或区域，按"Ctrl+C"组合键或单击"常用"工具栏中的【复制】按钮，再选择目标位置，选择【编辑】→【选择性粘贴】命令，弹出"选择性粘贴"对话框，如图 5-13 所示。

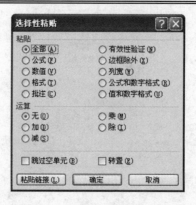

图 5-13   "选择性粘贴"对话框

如果选中"粘贴"栏中的"全部"单选按钮，那么它和工具栏中【粘贴】按钮所实现的功能一样；如果选中"公式"、"数值"、"格式"、"批注"单选按钮，则表示只单纯复制指定的某项内容；如果选中"运算"选项区域中的"加"、"减"、"乘"、"除"单选按钮，则所复制的内容将自动与目标区域中的数据进行相应运算。

（5）清除单元格数据。选择要清除数据的单元格，选择【编辑】→【清除】命令，从其子菜单中选择相应的命令即可，如图 5-14 所示。其中，"全部"指清除格式、内容和批注；"格式"指保留数据而将所选单元格中设置的格式清除，恢复默认格式；"内容"指清除所选单元格中的数据，保留设置的格式，按"Delete"键也可清除内容；"批注"指清除为单元格添加的批注。

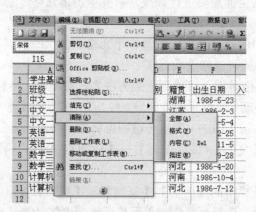

图 5-14   "清除"子菜单

（6）插入行、列和单元格。

● 插入行：定位到要插入新行的位置，选择【插入】→【行】命令。

● 插入列：定位到要插入新列的位置，选择【插入】→【列】命令。

● 插入单元格：首先在要插入的位置选择好单元格区域，选择【插入】→【单元格】命令，弹出如图 5-15 所示的"插入"对话框，选择插入后活动单元格的移动情况，单击【确定】按钮。

（7）删除行、列和单元格。

● 删除整行或整列：单击要删除行或列的行号或列标，选择【编辑】→【删除】命令（或右击后在弹出的快捷菜单中选择"删除"命令）。删除了行或列后，下方的行或右侧的列将重新编号。

- 删除单元格：选择要删除的单元格区域，选择【编辑】→【删除】命令，弹出如图 5-16 所示的 "删除" 对话框，选择删除后其他单元格的移动情况，单击【确定】按钮。
- 如果误删除了不应该删除的单元格，可选择【编辑】→【恢复删除】命令取消删除操作，回到原来的状态，也可使用 "Ctrl+Z" 组合键或单击 "常用" 工具栏中的【撤销】按钮 撤销所做操作。

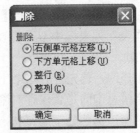

图 5-15　"插入" 对话框　　　　　　　　图 5-16　"删除" 对话框

（8）插入、编辑批注。在对工作表中的数据进行编辑修改时，有时需要在数据旁添加注释，注明与该数据有关的内容，Excel 2003 提供了为单元格添加批注的功能。

- 插入批注：首先单击要添加批注的单元格，选择【插入】→【批注】命令，在弹出的 "批注" 框中输入文本。输入完后在 "批注" 框外的单元格中单击，这时可以看到添加了批注的单元格右上角有红色的三角形标志。
- 编辑批注：选择【插入】→【编辑批注】命令或右击后在弹出的快捷菜单中选择 "编辑批注" 命令，对批注进行修改。
- 删除批注：右击单元格，在弹出的快捷菜单中选择 "删除批注" 命令即可。选择【插入】→【清除】→【批注】命令也可以删除批注。
- 显示或隐藏批注：右击单元格，在弹出的快捷菜单中选择 "显示批注" 或 "隐藏批注" 命令。

5.3　保 护 数 据

5.3.1　隐藏工作簿和工作表

为了突出某些行或列，可将其他行或列隐藏；为避免屏幕上的窗口和工作表数量太多，并防止不必要的修改，可以隐藏工作簿和工作表。如果隐藏了工作簿的一部分，数据将从视图中消失，但并没有从工作簿中删除。如果保存并关闭了工作簿，下次打开它时隐藏的数据仍然是隐藏的。打印工作簿时，不会打印隐藏部分。

1. 隐藏行或列

先选定要隐藏的行或列，选择【格式】→【行】（或【格式】→【列】）→【隐藏】命令。选定行或列后右击，在弹出的快捷菜单中选择 "隐藏" 命令也可实现行或列的隐藏。

如果要取消行的隐藏，先选择其上方和下方的行，再选择【格式】→【行】→【取消隐藏】命令，取消列隐藏的操作方法与之类似。

如果隐藏了工作表的首行或首列，选择【编辑】→【定位】命令，在 "引用位置" 编辑框中输入"A1"，然后单击【确定】按钮，再选择【格式】→【行】（或【格式】→【列】）→【取消隐藏】命令。

2．隐藏工作表

用户可隐藏不想显示的工作表，一个工作簿中至少要有一个工作表没有被隐藏。

隐藏工作表的操作方法是先选定需要隐藏的工作表，然后选择【格式】→【工作表】→【隐藏】命令。

如果要取消对工作表的隐藏，选择【格式】→【工作表】→【取消隐藏】命令，然后在"重新显示隐藏的工作表"列表框中双击需要显示的被隐藏工作表的名称。

3．隐藏工作簿

要隐藏某个工作簿，首先打开这个工作簿，然后选择【窗口】→【隐藏】命令。如果在退出 Excel 2003 时有信息询问是否保存对隐藏工作簿的改变，单击【是】按钮，那么在下次打开该工作簿时，它的窗口仍然处于隐藏状态。

如果要显示隐藏的工作簿，选择【窗口】→【取消隐藏】命令，在"重新显示被隐藏的工作簿"列表框中双击需要显示的被隐藏工作簿的名称。

5.3.2　保护工作簿和工作表

1．保护工作表

切换到需要实施保护的工作表，选择【工具】→【保护】→【保护工作表】命令，弹出如图 5-17 所示的"保护工作表"对话框。

如果要限制他人对工作表进行更改，可取消对"允许此工作表的所有用户进行"列表框中复选框的选择。如果要防止他人取消工作表保护，在密码框中输入密码，再单击【确定】按钮，然后在"重新输入密码"文本框中再次输入相同的密码。

如果要撤销工作表的保护，选择【工具】→【保护】→【撤销工作表保护】命令。如果设置了密码，则需输入工作表的保护密码才能撤销。

2．保护工作簿

选择【工具】→【保护】→【保护工作簿】命令，弹出如图 5-18 所示的"保护工作簿"对话框。

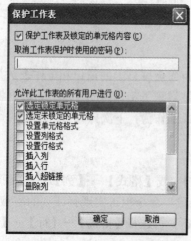

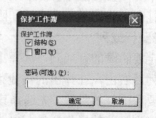

图 5-17　"保护工作表"对话框　　　　　图 5-18　"保护工作簿"对话框

如果要保护工作簿的结构，选中"结构"复选框，这样工作簿中的工作表将不能进行移动、删除、隐藏、取消隐藏或重新命名操作，而且也不能插入新的工作表。

如果要在每次打开工作簿时保持窗口的固定位置和大小，则选中"窗口"复选框。

为防止他人取消工作簿保护，还可以设置密码。

如果要撤销对工作簿的保护，先打开工作簿，然后选择【工具】→【保护】→【撤销工作簿保护】命令。如果设置了保护密码，输入密码后方可撤销对工作簿的保护。

3．为工作簿设置权限

如果想保护工作簿不被他人打开或修改，可以为工作簿设置打开权限和修改权限。

打开需要设置密码的工作簿，选择【文件】→【另存为】命令，在"另存为"对话框中，选择【工具】→【常规选项】命令，弹出如图 5-19 所示的"保存选项"对话框。"打开权限密码"是指打开工作簿时需输入正确密码，否则不能打开该工作簿；"修改权限密码"是指对该工作簿修改后保存时需输入的密码，密码不正确时任何改动将不会被保存。如果选中"建议只读"复选框，打开该工作簿时系统建议以只读方式打开。

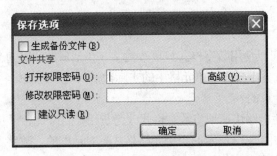

图 5-19　"保存选项"对话框

5.4　格式化工作表

在工作表中实现了所有文本、数据、公式和函数的输入后，为了使创建的工作表美观、数据醒目，可以对其进行必要的格式编排，如改变数据的格式、对齐方式、添加边框和底纹、调整行高与列宽等。

工作表的格式化一般采用 3 种方法实现，一是使用"格式"工具栏；二是使用"单元格格式"对话框；三是使用 Excel 2003 的自动套用格式功能。

如图 5-20 所示为"格式"工具栏及所有图标的功能。

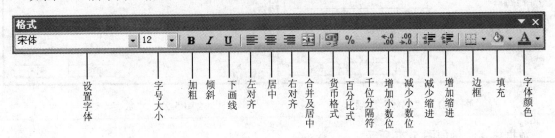

图 5-20　"格式"工具栏

5.4.1　格式化数据

1. 设置文本格式

文本格式包括工作表中文本的字体、大小、颜色等。

（1）更改文本字体或大小。选定单元格或单元格区域，在"格式"工具栏中的"字体" 宋体 ▼ 下拉列表框中选择所需的字体，在"字号" 五号 ▼ 下拉列表框中选择所需的字号。

（2）更改文本颜色。要应用最近所选的颜色，可单击"格式"工具栏中的【字体颜色】按钮 A▾ ；要应用其他颜色，可单击【字体颜色】按钮 A▾ 旁的下三角按钮，然后单击调色板上的某种颜色。

（3）设置为粗体、斜体或带下画线格式。在"格式"工具栏中，单击所需的格式按钮。

除了通过"格式"工具栏进行设置以外，还可以选定单元格或单元格区域，选择【格式】→【单元格】命令，弹出"单元格格式"对话框，选择"字体"选项卡进行相应的设置，如图 5-21 所示。

2. 设置数字格式

在 Excel 2003 中，可以使用数字格式只更改数字（包括日期和时间）的外观，而不更改数字本身。所应用的数字格式并不会影响单元格中的实际数值（显示在编辑栏中的值），而 Excel 2003 是使用该实际数值进行计算的。

利用"格式"工具栏能够快速地将数字格式改为货币、百分比、千位分隔符。如果进行其他特殊格式的设置，可在如图 5-22 所示的"单元格格式"对话框的"数字"选项卡中进行修改。为了改变计算精度，还可以通过"格式"工具栏中的【增加小数位】或【减少小数位】按钮来实现，每单击一次，数据的小数位数会增加或减少一位。

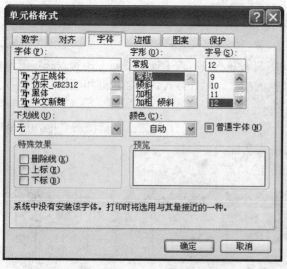

图 5-21　"字体"选项卡

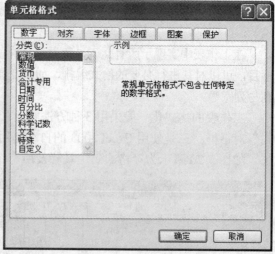

图 5-22　"数字"选项卡

数据格式实例如图 5-23 所示。

	A	B	C	D
1		对1234.56的不同格式表示		
2	货币样式	￥	1,234.56	$1,234.56
3	百分比样式		123456%	
4	千位分隔符样式		1,234.56	
5	分数样式		1234 5/9	
6	科学计数法样式		1.23E+03	
7	中文小写数字样式		一千二百三十四.五六	
8	中文大写数字样式		壹仟贰佰叁拾肆.伍陆	
9	增加小数位数		1234.560	
10	减少小数位数		1234.6	
11				

图 5-23　数据格式实例

3．设置日期、时间格式

选择要设置格式的单元格，选择【格式】→【单元格】命令，弹出"单元格格式"对话框，选择"数字"选项卡，在"分类"列表中选择"日期"或"时间"命令，然后单击所需的格式即可。

5.4.2　设置对齐方式

在 Excel 2003 中，单元格中数据的对齐方式包括水平对齐、垂直对齐和任意方向对齐 3 种。

1．水平对齐

在默认为常规格式的单元格中，文本是左对齐的，数字、日期和时间是右对齐的，逻辑型数据是水平居中对齐的。要设置水平对齐方式，首先选择要设置格式的单元格，再单击"格式"工具栏中的相应按钮即可。

2．垂直对齐

垂直对齐方式是指数据在单元格垂直方向上的对齐，包括靠上、居中、靠下等。选定要设置格式的单元格，再选择【格式】→【单元格】命令，弹出"单元格格式"对话框，选择"对齐"选项卡，如图 5-24 所示，在"垂直对齐"下拉列表框中选择需要的对齐方式，单击【确定】按钮即可。

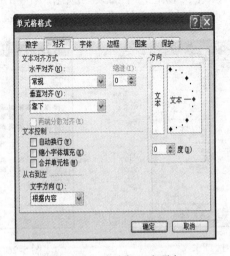

图 5-24　"对齐"选项卡

3．任意方向对齐

选择要旋转文本的单元格，在"对齐"选项卡的"方向"栏中，单击某一角度值，也可拖动指示器到所需要的角度。要垂直显示文本，可单击"方向"栏下的垂直"文本"框。

4．标题居中

设置表格的标题居中，首先选择标题及该行中按照实际表格的最大宽度的单元格区域，然后采用以下3种方法进行操作。

（1）在"对齐"选项卡中选择"水平对齐"方式为"跨列居中"。

（2）单击"格式"工具栏中的【合并及居中】按钮。

（3）在"对齐"选项卡中选择"水平对齐"方式为"居中"，再选中"合并单元格"复选框。

5.4.3　添加边框和底纹

用户可以为选定的单元格区域添加边框、背景颜色或图案，用来突出显示或区分单元格区域，使表格更具表现力。

1．边框

在默认情况下，单元格的边框是虚线，不能被打印出来。如果要在打印时加上表格线，必须为单元格加边框。

利用"格式"工具栏中的【边框】按钮可为表格加上简单的框线。若要设置较复杂的框线，则可在"单元格格式"对话框的"边框"选项卡中进行设置。如图 5-25 所示，先在"样式"栏中选择线型，然后在"颜色"下拉列表框中选择线条颜色，再在"边框"各位置上单击，设置所需的上、下、左、右框线。

2．颜色和图案

（1）用纯色设置单元格背景色。选择要设置背景色的单元格，单击"格式"工具栏中的【填充颜色】按钮或单击按钮旁向下的三角按钮，选择模板上的一种颜色。

（2）用图案设置单元格背景色。选择要设置背景色的单元格，选择【格式】→【单元格】命令，在弹出的"单元格格式"对话框中选择"图案"选项卡，如图 5-26 所示。要设置图案的背景色，单击"单元格底纹"栏"颜色"中的某一颜色，在"图案"下拉列表框选择所需的图案样式和颜色。

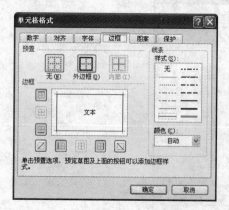

图 5-25　"边框"选项卡

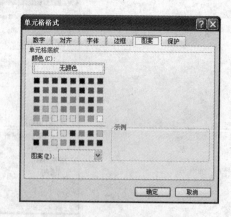

图 5-26　"图案"选项卡

5.4.4　调整行高和列宽

在 Excel 2003 中，行高和列宽是可以调整的。调整行高和列宽有两种方法，即使用鼠标拖动和执行菜单命令。

1．调整单元格行高

（1）使用鼠标。将鼠标指向要改变行高的行号下边界，此时鼠标变为一个竖直方向的双向箭头，拖动鼠标使其边界到适当的高度，松开鼠标。若要改变多行的高度，先选定这些行，然后拖动其中任意一行的行号下边界到适当位置即可。如果要更改工作表中所有行的高度，单击【全选】按钮，然后拖动任意行的行号下边界。

（2）使用菜单命令。选中一行或多行，选择【格式】→【行】→【行高】命令，在如图 5-27 所示的"行高"对话框中输入行高值，单击【确定】按钮完成操作。

注意：双击行号下方的边界可使行高适合单元格中的内容。

2．调整单元格列宽

在对工作表的编辑过程中，有时会出现单元格中显示一长串"####"的情况。如果调整单元格的列宽，使之大于数字的宽度，则会恢复显示数字。

（1）使用鼠标。将鼠标指向要改变列宽的列标右边界，此时鼠标变为一个水平方向的双向箭头，拖动其边界到适当的宽度，松开鼠标。如果要更改多列的宽度，先选定所有要更改的列，然后拖动其中某一选定列标的右边界。如果要更改工作表中所有列的列宽，单击【全选】按钮，然后拖动任意列标的边界。

（2）使用菜单命令。选中一列或多列，选择【格式】→【列】→【列宽】命令，在如图 5-28 所示的"列宽"对话框中输入列宽值，单击【确定】按钮完成操作。

图 5-27　"行高"对话框　　　　　　　图 5-28　"列宽"对话框

注意：双击列标右边的边界可使列宽适合单元格中的内容。

5.4.5　使用条件格式化

条件格式化是指当单元格中的数值达到设定的条件时的显示方式。通过条件格式化可增加工作表的可读性。

【例 5-1】　在如图 5-29 所示的学生成绩表中，将小于 60 分的各项成绩设置为红色、倾斜格式，并为所在单元格添加淡紫色底纹；90 分及以上的成绩设置为蓝色、加粗格式，并为所在单元格添加浅绿色底纹。

（1）选定学生成绩表中的所有成绩的单元格，即单元格区域 E3:G11。

（2）选择【格式】→【条件格式】命令，弹出如图 5-30 所示的"条件格式"对话框。

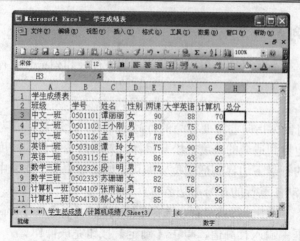

图 5-29　学生成绩表

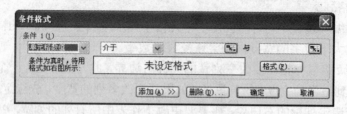

图 5-30　"条件格式"对话框

（3）在"条件1"栏中的"单元格数值"后的比较框中选择"小于"，在数值框中输入"60"。单击【格式】按钮，弹出"单元格格式"对话框，在"字体"选项卡中选择字形为"倾斜"，字体颜色为"红色"；在"图案"选项卡中选择单元格底纹颜色为"淡紫"，单击【确定】按钮，回到如图5-31所示的对话框。

（4）在对话框中加入第2个条件，单击【添加】按钮，出现第2个输入框，如图5-32所示。

图 5-31　设置第1个条件

图 5-32　设置第2个条件

（5）修改第 2 个条件的比较符为"大于或等于"，在数值框中输入"90"，单击【格式】按钮，在"单元格格式"对话框中设置字形为"加粗"，字体颜色为"蓝色"，单元格底纹颜色为"浅绿"，单击【确定】按钮。

（6）最后单击【确定】按钮完成操作。

注意：

① 如果要更改格式，单击相应条件的【格式】按钮。

② 要删除一个或多个条件，单击【删除】按钮，然后选中要删除条件的复选框。

③ 如果设定了多个条件且同时有不止一个条件为真，Excel 2003 只会使用其中为真的第 1 个条件；如果设定的所有条件都不满足，则单元格将会保持原有格式。

5.4.6　自动套用格式

Excel 2003 提供了自动套用格式的功能，它可以根据预先设定的表格格式方案，将用户的表格格式化，使得用户的编辑工作变得十分轻松。

使用自动套用格式的操作步骤如下。

（1）先选择要格式化的单元格区域。

（2）选择【格式】→【自动套用格式】命令，弹出如图 5-33 所示的"自动套用格式"对话框。

（3）选择要套用的表格格式，单击【确定】按钮，所选定的单元格区域被已选定的格式进行格式化。

自动格式化时，格式化的项目包含数字、边框、字体、图案和列宽/行高，在使用中可根据实际情况选用其中的某些项目。在对话框中，单击【选项】按钮，出现"要应用的格式"栏，如图 5-34 所示，可以选择只应用其中的几项格式。

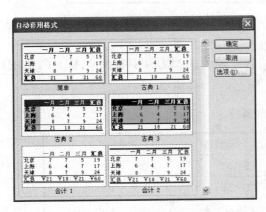
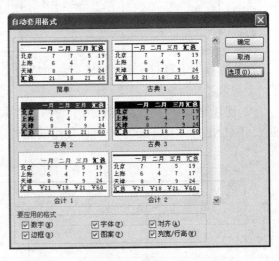

图 5-33　"自动套用格式"对话框　　　　图 5-34　"要应用的格式"栏

5.5　公式与函数

作为一个专门的电子表格系统，除了进行一般的表格处理外，最主要的还是进行数据运算。

在 Excel 2003 中，用户可以在单元格中输入公式或者使用函数来完成对工作表的各种运算。

5.5.1　使用公式

1．建立公式

公式是指在工作表中对数据进行运算的等式，它可以对工作表中的数据进行加、减、乘、除、比较等多种运算。输入一个公式时总是以 "=" 开头，然后才是公式的表达式，公式中可以包含运算符、单元格地址、常量、函数等。一些公式的示例如下：

=52*156　　　　　　　//常量运算

=E2*30%+F2*70%　　　//使用单元格地址

=INT(8.6)　　　　　　//使用函数

要在单元格中输入公式，首先要选择该单元格，然后输入公式（先输入等号），最后按 "Enter" 键或用鼠标单击编辑栏中的 ✔ 按钮，即可完成对公式的计算。如果按 "Esc" 键或单击编辑栏中的 ✕ 按钮，则取消本次输入。输入和编辑公式可在编辑栏中进行，也可在当前单元格中进行。

2．运算符

（1）算术运算符。Excel 2003 中可以使用的算术运算符如表 5-1 所示。

表 5-1　算术运算符

运　算　符	举　　例	公式计算的结果	含　　义
+	=1+5	6	加法
-	=10-2	8	减法
*	=5*5	25	乘法
/	=8/2	4	除法
%	=5%	0.05	百分数
^	=2^4	16	乘方

在执行算术运算时，通常要求有两个或两个以上的参数，但对于百分数运算来说，只要求有一个参数。

（2）比较运算符。比较运算符用于对两个数据进行比较运算，其结果只有两个，即真（TRUE）或假（FALSE）。Excel 2003 中可以使用的比较运算符如表 5-2 所示。

表 5-2　比较运算符

运　算　符	举　　例	公式计算的结果	含　　义
=	=2=1	FALSE	等于
<	=2<1	FALSE	小于
>	=2>1	TRUE	大于
<=	=2<=1	FALSE	小于等于
>=	=2>=1	TRUE	大于等于
<>	=2<>1	TRUE	不等于

（3）文本连接符。文本连接符"&"用来合并文本串，如在编辑栏中输入"="abcd"&"efg""再按"Enter"键，则在单元格中显示公式计算的结果为"abcdefg"。

（4）运算符优先级。在 Excel 2003 中，不同的运算符具有不同的优先级，同一级别的运算符依照"从左到右"的次序来运算，运算符优先级如表 5-3 所示。可以使用括号来改变表达式中的运算顺序。

表 5-3　运算符优先级

运　算　符	优　先　级	含　义
^	1	乘方
%	2	百分数
*和/	3	乘除
+和-	4	加减
=　<　>　<=　>=　<>	5	比较运算符

3．单元格的引用

（1）引用的作用。一个引用代表工作表上的一个或一组单元格，引用指明公式中所使用数据的位置。通过引用，用户可以在一个公式中使用工作表上不同部分的数据，也可以在几个公式中使用同一个单元格中的数值。

（2）引用的表示。在默认状态下，Excel 2003 使用行号和列标来表示单元格引用。如果要引用单元格，只需顺序输入列标和行号即可。例如，D6 单元格引用了 D 列第 6 行的单元格。如果要引用单元格区域，则要输入区域左上角单元格的引用、冒号（:）和区域右下角单元格的引用。例如，如果要引用从 A 列第 10 行到 E 列第 20 行的单元格区域，则可以输入"A10:E20"。

（3）相对引用。相对引用是指单元格引用会随公式所在单元格的位置的改变而改变。

【例 5-2】　在如图 5-35 所示的工作表中，计算每位同学的总分。

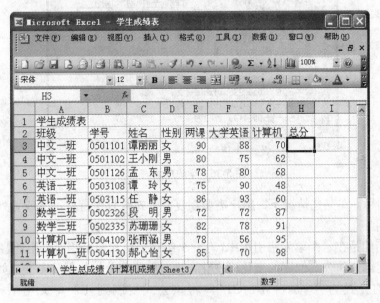

图 5-35　学生成绩表

① 单击 H3 单元格，输入"=E3+F3+G3"，并按"Enter"键。

② 对于其他各行"总分"的计算，可以采用复制公式的方法。选择 H3 单元格，拖动填充柄，往下拖至 H11 单元格再松开鼠标便可看到各单元格中出现计算结果。单击 H4 单元格，在编辑栏中可以看到其公式是"= E4+F4+G4"。对于 H5、H6……单元格，公式也相应的变为"=E5+F5+G5"、"=E6+F6+G6"……这就是相对引用。

（4）绝对引用。绝对引用是指引用的单元格地址将不随公式位置的变化而变化。创建绝对引用时只需在引用的行和列前插入一个"$"符号即可。绝对引用的形式为$A$1、$D$12 等。

【例 5-3】　在如图 5-36 所示的工作表中，计算每位同学的计算机课程的期评分（期评=平时*30%+期末*70%）。

从图 5-36 中可以看出，30%和 70%这两个数据已经存在于单元格 E2 和 F2 中。

首先计算第一位同学的期评分，在 G4 单元格中输入公式"=E4*E2+F4*F2"，按"Enter"键后可得到计算结果。其他各位同学的"期评"如果按【例 5-2】中计算"总分"的方法拖动填充柄来复制公式，将会得到错误的结果，因为这里使用的是相对引用。其他各位同学的期评分应该等于本行的平时分乘以 E2（即 30%）再加上本行的期末分乘以 F2（即 70%）。也就是说，在复制公式时，E2 和 F2 应始终保持不变，这就要用到绝对引用。双击 G4 单元格，将公式修改为"=E4*$E$2+F4*$F$2"，再使用填充柄复制公式，就可以得到正确的结果。

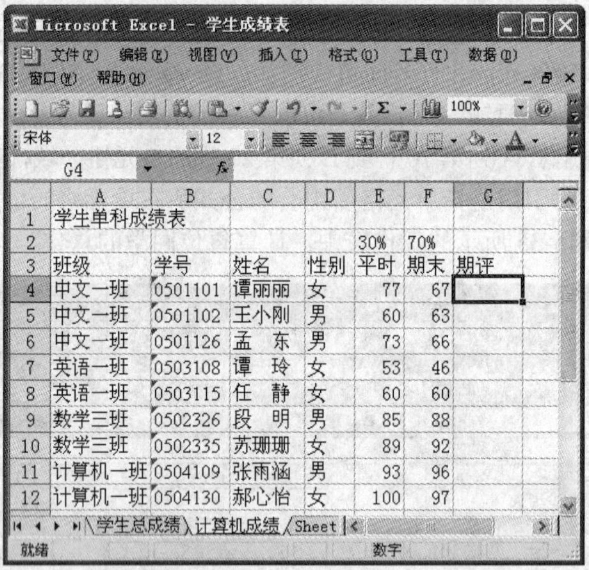

图 5-36　学生成绩表

（5）混合引用。在某些情况下，用户需要在复制公式时只保持行不变或者列不变，这时就要使用混合引用。

混合引用指的是在一个单元格引用中，有一个绝对引用和一个相对引用。复制粘贴公式后，公式中相对引用部分随公式位置的变化而变化，绝对引用部分始终保持不变。如图 5-37 所示，D1 单元格中的公式为"=$A1+$B1+C1"，将该公式复制到 E2 单元格后，其公式变为"=$A2+$B2+D2"，如图 5-38 所示。

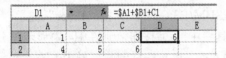

	A	B	C	D	E
D1			fx	=$A1+$B1+C1	
1	1	2	3	6	
2	4	5	6		

	A	B	C	D	E	F
E2			fx	=$A2+$B2+D2		
1	1	2	3	6		
2	4	5	6		9	

图 5-37　混合引用（复制公式前） 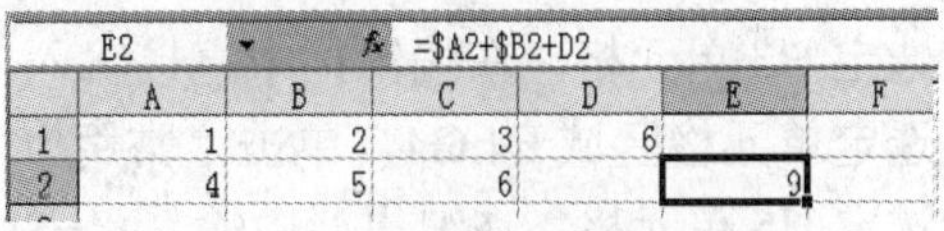　　　　图 5-38　混合引用（复制公式后）

5.5.2　使用函数

函数是预先编制好的用于数值计算和数据处理的公式。Excel 2003 提供了数百个可以满足各种计算需求的函数。

1．函数的格式

函数是以函数名开始的，后面是左圆括号、以逗号分隔的参数序列和右圆括号，即函数名（参数序列）。参数序列可以是一个或多个参数，也可以没有参数。

2．函数的输入

如果能够记住函数名，则直接从键盘输入函数是最快的方法；如果不能记住函数名，则可以用下列方法输入包含函数的公式。

单击编辑栏中的 fx 按钮，弹出"插入函数"对话框，从中选择所需函数，如图 5-39 所示。单击【确定】按钮后，将自动弹出一个对话框，要求为选定的函数指定参数。参数的设定将在常用函数中具体介绍。

此外，要在公式中插入函数，还可选择【插入】→【函数】命令，弹出"插入函数"对话框，然后进行操作。

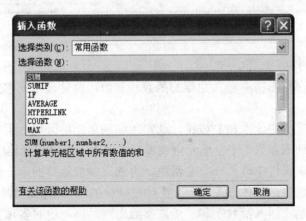

图 5-39　"插入函数"对话框

3．常用函数

（1）求和函数 SUM（）。

● 格式：

SUM(number1，number2，...)

其中"number1，number2, ..."为 1～30 个需要求和的参数。

● 功能：返回某一单元格区域中所有数字之和。

【例 5-4】　根据如图 5-35 所示的工作表，计算每位学生的总分。

可以分别采用下列 4 种方法计算总分。

① 选定 H3 单元格，在编辑栏中直接输入 "=SUM(E3:G3)"，并按 "Enter" 键。

② 选定单元格区域 E4:G4，单击 "常用" 工具栏中的 Σ 按钮，则在 H4 中显示总分值。

③ 选定 H5 单元格，在编辑栏中输入 "=SUM ( )"，将光标移到圆括号中，选定单元格区域 E5:G5，公式变为 "=SUM（E5:G5）"，按 "Enter" 键即可求出总分值。

④ 选定 H6 单元格，单击 *fx* 按钮，弹出 "插入函数" 对话框，选定 "常用函数" 中的 "SUM"，弹出如图 5-40 所示的 "函数参数" 对话框。单击 "Number1" 文本框右边的 按钮切换到 Excel 2003 的工作表界面，选定单元格区域 E6:G6，单击 按钮返回 "函数参数" 对话框，然后单击【确定】按钮。

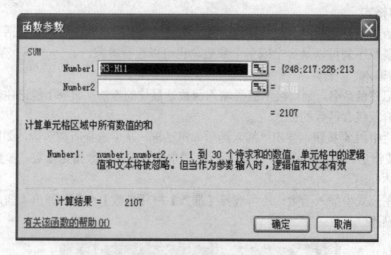

图 5-40 "函数参数" 对话框

对以上 4 种方法的说明如下。

- 方法①是直接在单元格中输入完整的函数和参数，这是最常见的方式，但要记住函数名和参数序列。
- 方法②单击的是【快速求和】按钮，选定求和的单元格区域后再单击它，自动将值及公式保存到本列下方第 1 个空单元格或本行右边第 1 个空单元格中。
- 方法③是先在编辑栏中输入一个空函数，再选定参加运算的单元格，系统自动将选定单元格填入函数中，这种方式对于非连续没规律的单元格的运算较方便。
- 方法④采用的是 "插入函数" 和 "函数参数" 对话框，这对多项数据的运算及不熟悉函数格式的用户特别有用。

（2）条件求和函数 SUMIF( )。

- 格式：

> SUMIF(条件范围，求和条件，求和范围)

"条件范围" 是指用于条件判断的单元格区域；"求和条件" 是指用于确定哪些单元格将被相加求和，其形式可以为数字、表达式或文本，例如，条件可以表示为 5、45、>=60、English；"求和范围" 是指需要求和的实际单元格或区域。只有当 "条件范围" 中的相应单元格满足条件时，才对 "求和范围" 中的单元格求和。如果省略了 "求和范围"，则直接对 "条件范围" 中的单元格求和。

- 功能：根据指定条件对若干单元格求和。

【例 5-5】　用 SUMIF( )函数计算如图 5-41 所示的学生成绩表中男女生期评分的合计。

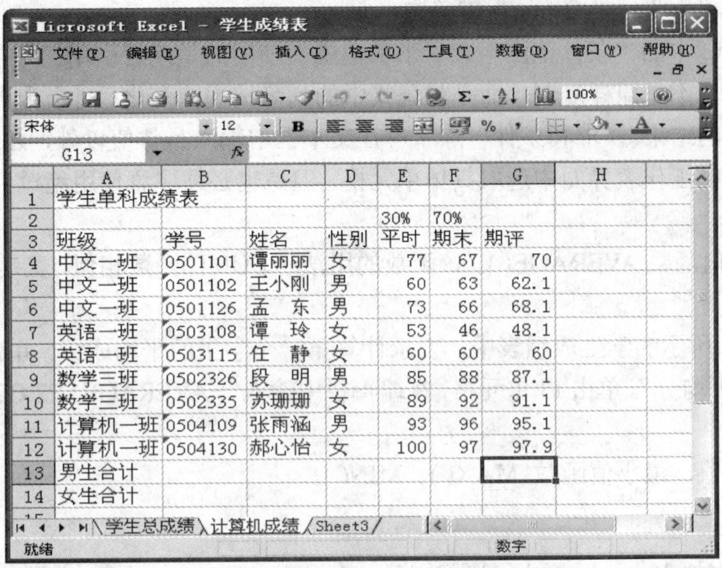

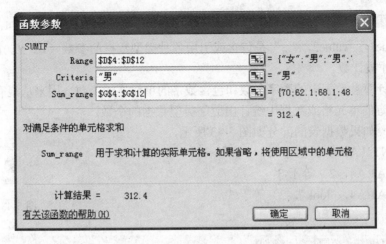

图 5-41　学生成绩表

操作步骤如下：

① 在 A13 和 A14 单元格中分别输入"男生合计"和"女生合计"。

② 单击 G13 单元格，单击 f_x 按钮，弹出"插入函数"对话框，选定"常用函数"中的"SUMIF"，弹出如图 5-42 所示的"函数参数"对话框。单击"Range"文本框右边的 按钮切换到 Excel 2003 的工作表界面，选定单元格区域 D4:D12，单击按钮 返回对话框中，将单元格区域 D4:D12 改为绝对引用$D$4:$D$12。在"Criteria"文本框中输入"男"。单击"Sum_range"文本框右边的 按钮切换到 Excel 2003 的工作表界面，选定单元格区域 G4:G12，单击 按钮返回"函数参数"对话框，将单元格区域 G4:G12 改为绝对引用$G$4:$G$12，然后单击【确定】按钮。在编辑栏中看到该单元格的公式为"=SUMIF（$D$4:$D$12，"男"，$G$4:$G$12）"。

图 5-42　"函数参数"对话框

③ 拖动 G13 单元格右下角的填充柄至 G14 单元格，单击 G14 单元格，在编辑栏中将公式中的"男"改为"女"，按"Enter"键确定。

注意：步骤②中的"条件范围"和"求和范围"使用的是绝对引用。如果使用相对引用，则在复制公式时，不是原样复制，而是将公式中的列名按规律变化后才复制到目标单元格中，这样会得到错误的结果。"求和条件"除了可在文本框中输入具体值以外，还可通过单击 按钮在 Excel 2003 的工作表界面中选取具体单元格，但是也必须注意使用绝对引用，否则在复制公式时也会出错。

（3）求平均值函数 AVERAGE( )。该函数的用法与 SUM( )函数相似，其功能为求若干单元格的平均值。

在如图 5-35 所示的学生成绩表中，要求计算第一个学生的平均成绩。单击 I2 单元格，在编辑栏中输入"平均分"。单击 I3 单元格，在编辑栏中输入"=AVERAGE（E2:G2）"，再按"Enter"键即可。

（4）求最大值、最小值函数 MAX( )、MIN( )。

● 格式：

MAX(number1，number2，...)

其中"number1，number2，..."为需要找出最大数值的 1～30 个数值。

● 功能：返回数据集中的最大数值，参数可以为数字、单元格列表等。

函数 MIN 与函数 MAX 相似，其功能为求最小值。

【例 5-6】 在如图 5-41 所示的学生成绩表中，求期评分最高分与最低分。

① 在 A15、A16 单元格中分别输入"最高分"、"最低分"。

② 单击 G15 单元格，在编辑栏的文本框中输入"=MAX( )"，将光标移到圆括号中，用鼠标选择单元格区域 G4:G12，按"Enter"键确认。

③ 单击 G16 单元格，按步骤②中的方法输入公式，只是将 MAX 改为 MIN 即可。

（5）统计函数 COUNT( )和 COUNTIF( )。

● 格式：

COUNT(value1，value2，...)

其中"value1，value2，..."是包含或引用各种类型数据的参数（1～30 个），但只有数字类型的数据才被计数。

● 功能：计算参数表中的数字参数和包含数字的单元格的个数。用来从混有数字、文本、逻辑值等的单元格或数据中统计出数字类型数据的个数。

【例 5-7】 如果数据表的部分如图 5-43 所示，

则：COUNT（A1:A4）等于 2；

COUNT（A1:A4，2）等于 3；

COUNT（A1:A4，"look"，2）等于 3。

● 格式：

图 5-43　数据表

COUNTIF(统计范围，统计条件)

"统计范围"指需要计算其中满足条件的单元格个数的单元格区域；"统计条件"指确定哪些单元格将被计算在内的条件，条件可以是常量或表达式，如 5、45、>=80 等。

● 功能：计算某个区域中满足给定条件的单元格个数。

【例 5-8】　在如图 5-35 所示的学生成绩表中，分别统计每门课程不及格（60 以下）、及格（60～80 之间）、良好（80～90 之间）、优秀（90 以上）的人数。

① 在 A13、A14、A15、A16 单元格中分别输入"不及格人数"、"及格人数"、"良好人数"和"优秀人数"。

② 在 E13 单元格中输入公式"=COUNTIF（E3:E11，"<60"）"，并将其复制到 F13、G13 单元格中。

③ 在 E14 单元格中输入公式"=COUNTIF（E3:E11，">=60"）–COUNTIF（E3:E11，" >=80"）"，并将其复制到 F14、G14 单元格中。

④ 在 E15 单元格中输入公式"=COUNTIF（E3:E11，" >=80"）–COUNTIF（E3:E11，">=90"）"，并将其复制到 F15、G15 单元格中。

⑤ 在 E16 单元格中输入公式"=COUNTIF（E3:E11，">=90"）"，并将其复制到 F16、G16 单元格中。

（6）条件判断函数 IF( )。

● 格式：

IF(逻辑表达式，值 1，值 2)

● 功能：根据逻辑表达式的真假值返回不同的结果。当逻辑表达式为真时，返回值 1，否则返回值 2。

【例 5-9】　在如图 5-35 所示的学生成绩表中，在 J2 单元格中输入"评语"。如果"平均分"在 90 分以上，评语为"优秀"；如果"平均分"在 80～90 分，评语为"良好"；如果"平均分"在 60～80 分，评语为"合格"；如果"平均分"在 60 以下，评语为"不合格"。

① 单击 J3 单元格，单击 *fx* 按钮，弹出"插入函数"对话框，选定"逻辑"函数中的"IF"，弹出"函数参数"对话框。

② 在"Logical_test"后的文本框中输入"I3>=90"，表示判断的条件；在"Value_if_true"后的文本框中输入"优秀"，表示平均分在 90 分以上（条件为真时）返回"优秀"，如图 5-44 所示。

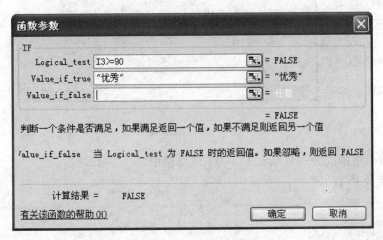

图 5-44　IF( )函数参数

③ 将光标定位到"Value_if_false"后的文本框中，单击编辑栏中左侧的【IF】按钮，在条件为假时嵌入一个 IF 函数进行判断是否为"良好"，如图 5-45 所示。

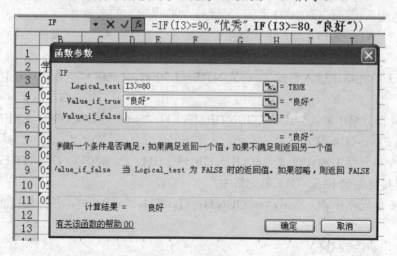

图 5-45　在条件为假时嵌入一个 IF 函数

④ 方法同第③步，在"Value_if_false"后的文本框中再次嵌入一个 IF 函数判断是"合格"还是"不合格"，如图 5-46 所示。单击【确定】按钮，则在编辑栏中显示该单元格的公式为"=IF(I3>=90，"优秀"，IF(I3>=80，"良好"，IF(I3>=60，"合格"，"不合格")))"。该公式在一个 IF 函数中又嵌套了两个 IF 函数。IF 函数最多可以嵌套 7 层，用 Value_if_true 及 Value_if_false 参数可以构造很复杂的检测条件。

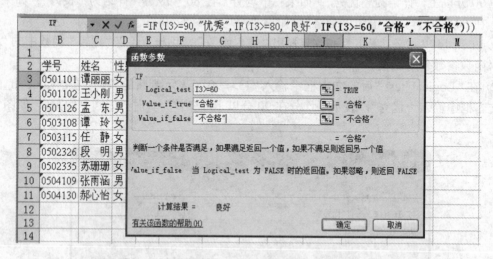

图 5-46　3 层嵌套

⑤ 将 J3 单元格中的公式复制到 J4～J11 单元格中。

（7）取整函数 INT( )。

● 格式：

INT（Number）

● 功能：将数值向下取整，结果为其最接近的整数，如 INT(8.6)等于 8，INT(−1.8)等于−2。

（8）四舍五入函数 ROUND( )。

● 格式：

ROUND(n，m)

● 功能：按指定的位数 m 对数值 n 进行四舍五入。

注意： 当 m>=0 时，从小数位的第 m+1 位向第 m 位四舍五入；当 m<0 时，从整数位的第 -m 位向前进行四舍五入。

例如，ROUND(128.6374，2)等于 128.64，ROUND(128.6374，-2)等于 100。

（9）取子串函数 LEFT( )、RIGHT( )、MID( )。

● LEFT（字符串，n）：从字符串的左边开始取 n 位字符，如 LEFT（"文化"，1）等于"文"。

● RIGHT（字符串，n）：从字符串的右边开始取 n 位字符，如 RIGHT（"文化"，1）等于 "化"。

● MID（字符串，m，n）：从字符串的第 m 位开始连续取 n 个字符，如 MID（"计算机文 化基础"，4，2）等于"文化"。

（10）日期、时间函数。

● NOW（ ）：返回系统当前的日期和时间。

● TODAY（ ）：返回系统当前的日期。

● YEAR（日期）：返回日期中的年份。

● MONTH（日期）：返回日期中的月份。

● DAY（日期）：返回日期中的日。

● WEEKDAY（日期）：返回日期是本星期的第几天（数字表示，星期日是本星期的第一 天）。

● HOUR（时间）：返回时间中的小时。

● MINUTE（时间）：返回时间中的分钟。

● SECOND（时间）：返回时间中的秒。

5.6　Excel 的图表

将工作表中的数据以图表的形式展示出来，可以使枯燥的数据变得直观、生动，便于分析和比较数据之间的关系。Excel 2003 提供了强大的图表制作功能，不仅能够制作多种不同类型的图表，而且能够对图表进行各种修饰，使数据能够一目了然。

5.6.1　创建图表

在 Excel 2003 中，图表可以放在工作表中，称为嵌入式图表；也可以放在具有特定名称的独立工作表中，称为图表工作表。嵌入式图表和图表工作表均与工作表数据相链接，并随工作表数据的变化而自动更新。

创建图表的方法有两种，一种是一步法，另一种是向导法。

1．一步法

Excel 2003 默认的图表类型是柱形图。在工作簿中创建图表工作表的方法很简单，首先在工作表中选定需要绘制图表的数据，如图 5-47 所示，需要创建中文一班同学的成绩分析图，选中 C2:C5 和 E2:G5 区域，再按 "F11" 键，便得到如图 5-48 所示的图表工作表，其默认工作表名称为 Chart1。

	A	B	C	D	E	F	G	H
1	学生成绩表							
2	班级	学号	姓名	性别	两课	大学英语	计算机	总分
3	中文一班	0501101	谭丽丽	女	90	88	70	248
4	中文一班	0501102	王小刚	男	80	75	62	217
5	中文一班	0501125	孟 东	男	78	80	68	226
6	英语一班	0503108	谭 玲	女	75	90	48	213
7	英语一班	0503115	任 静	女	86	93	60	239

图 5-47　选定图表数据

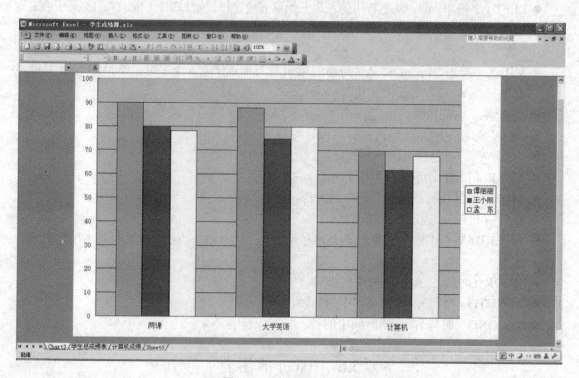

图 5-48　创建图表工作表

用 "F11" 键自动创建图表是创建图表最简单的方法，但是只能创建柱形图。若要快速地创建其他类型的图表，可使用 "图表" 工具栏，其中有许多图表工具。

首先选中图 5-47 中的数据，单击【图标类型】按钮 右边向下的三角按钮，弹出类型列表，从中选择一种图表类型，即可建立图表并嵌入当前工作表中。

2. 向导法

使用一步法能快速创建图表，但除了可选择的图表类型外，其他设置都为默认值。如果想在创建图表的过程中对图表进行更多的设置，可使用向导法。

当使用 "图表向导" 建立图表时，可以指定工作区域，选定图表类型和格式，还可以指定绘制数据的方式、增加图例、图表标题及每个坐标轴的标题。

【例 5-10】　针对图 5-47 所选中的中文一班同学的成绩建立一个三维簇状柱形图。

（1）单击 "常用" 工具栏中的【图表向导】按钮 ，或选择【插入】→【图表】命令，弹出如图 5-49 所示的图表向导。

（2）在"图表向导-4 步骤之 1-图表类型"对话框中，有"标准类型"和"自定义类型"两个选项卡。在"标准类型"选项卡中可选择图表类型，还可进一步选择子图表类型。如果在启动向导之前选择了数据区域，单击【按下不放可查看示例】按钮可查看反映用户数据的图表效果。在"自定义类型"选项卡中可选择各种自定义类型，本例选择"柱形图"中的"三维簇状柱形图"。单击【下一步】按钮，出现如图 5-50 所示的对话框。

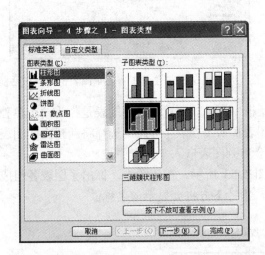
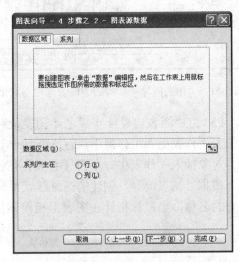

图 5-49　"图表向导-4 步骤之 1-图表类型"对话框　　　图 5-50　"图表向导-4 步骤之 2-图表源数据"对话框

（3）在"图表向导-4 步骤之 2-图表源数据"对话框中，有"数据区域"和"系列"两个选项卡。"数据区域"选项卡用于输入或修改图表的数据区域及选择图表强调的是行数据还是列数据，"系列"选项卡用于修改数据系列的名称、增删数据系列和图表项的放置位置等。单击"数据区域"右边的⬛按钮返回 Excel 2003 工作表界面，选择单元格区域 C2:C5 和 E2:G5，单击⬛按钮返回对话框，出现公式"=学生总成绩表!$C$2:$C$5，学生总成绩表!$E$2:$G$5"。在"系列产生在"选项区域中选中"列"单选按钮。单击【下一步】按钮，出现如图 5-51 所示的对话框。

（4）在"图表向导-4 步骤之 3-图表选项"对话框中，有"标题"、"坐标轴"、"网格线"、"图例"、"数据标志"和"数据表"选项卡。

① 在"标题"选项卡中，选择是否在图表中添加图表标题和坐标轴标题。本例中"图表标题"为"中文一班成绩分析"，"分类（X）轴"标题为"科目"，"数值（Z）轴"标题为"成绩"。

② 在"坐标轴"选项卡中，进行关于坐标轴的设置，不同的图表类型选项不同。本例选中"分类（X）轴"和"数值（Z）轴"两个复选框。

③ 在"网格线"选项卡中，确定在图表中是否显示各方向网格线。设定该项应该掌握好视觉效果，否则会增加读取数据的难度。一般要选择"数值轴"的"主要网格线"，以便于对准图中数据。

④ 在"图例"选项卡中，设置是否有图例及图例的位置等。

⑤ 在"数据标志"选项卡中，设置是否在图表中显示数据标志及显示数据标志的方式。根据图表类型的不同，可用的标志类型也不同。

⑥ 在"数据表"选项卡中，确定在图表中是否带有数据表。

单击【下一步】按钮，弹出如图 5-52 所示的对话框。

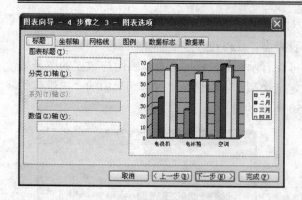

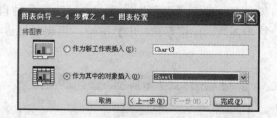

图 5-51　"图表向导-4 步骤之 3-图表选项"对话框　　图 5-52　"图表向导-4 步骤之 4-图表位置"对话框

（5）在"图表向导-4 步骤之 4-图表位置"对话框中，可以设置新建的图表是作为一个单独的图表工作表插入工作簿中，还是作为一个嵌入图表插入工作表中。此例选择将新建立的图表作为对象插入工作表中。单击【完成】按钮，便会看到图表嵌入工作表中。

根据"图表向导"创建的三维簇状柱形图如图 5-53 所示。在该图中，标出了图表各组成部分的名称，当鼠标指针在图表上指向该位置时，指针下方将会显示该名称。

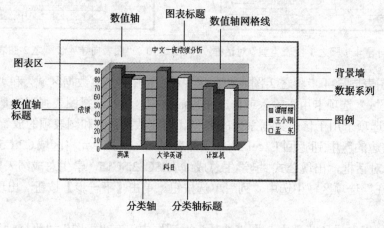

图 5-53　创建的图表

5.6.2　编辑图表

用一步法或向导法创建图表后，还可以对其进行编辑、修改和格式化，使其更加美观、更具表现力。

1．调整图表

作为对象嵌入在工作表中的图表可以移动或改变其大小。

（1）移动图表。在 Excel 2003 中移动图表非常简单，首先选定要移动的图表，然后拖动图表到目标位置即可。

（2）调整图表的大小。选定要调整的图表，图表四周会出现 8 个控制块，拖动这些控制块即可调整图表的大小。

2．编辑图表

编辑图表的方法有 3 种，一是利用"图表"工具栏中的工具按钮进行修改，"图表"工具

栏如图 5-54 所示；二是执行"图表"菜单中的相关命令；三是右击待编辑对象，在弹出的快
捷菜单中执行相应命令进行修改。

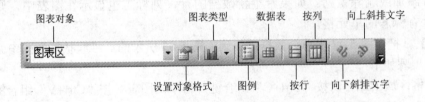

图 5-54 "图表"工具栏

（1）"图表"工具栏。

● 图表对象：打开"图表对象"列表框，可从中选择编辑对象，如图表区、图表标题、
图例、分类轴、数值轴等。

● 设置对象格式：选择好图表对象以后，单击此按钮可打开相应对话框进行属性设置。

● 图表类型：更改当前图表的类型。

● 图例：是否显示图例。

● 数据表：是否在图表下方显示产生图表的数据。

● 按行：数据系列中每一行数据的颜色相同。

● 按列：数据系列中每一列数据的颜色相同。

● 向下斜排文字、向上斜排文字：只有在选择了图表标题、分类轴、分类轴标题、数值
轴、数值轴标题中的任意一个图表对象时才有效，在实际应用中只针对分类轴进行
设置。

（2）更改图表类型。选择要更改类型的图表，选择【图表】→【图表类型】命令，或单击
"图表"工具栏中的【图表类型】按钮，或右击图表区并在弹出的快捷菜单中选择"图表
类型"命令，出现如图 5-49 所示的对话框，选择图表和子图表类型，单击【确定】按钮完成
图表类型的更改。

（3）修改图表标题。选定图表，选择【图表】→【图表选项】命令或右击图表区并在弹出
的快捷菜单中选择"图表选项"命令，出现如图 5-51 所示的对话框，选择"标题"选项卡，
在其中输入相关文字信息，再单击【确定】按钮。如果所创建的图表中已包含标题，只需在图
表上的相应位置单击标题进行修改即可。

（4）修改网格线、数据标志、图例。如果要添加网格线、数据标志或图例，只需在"图表
选项"对话框中选择相关信息即可；如果要删除网格线、数据标志或图例，只需在图表区选中
各对象按"Delete"键即可。

（5）图表的更新。图表的更新包括以下 3 个方面。

● 如果修改工作表中的数据，图表会自动更新。

● 如果删除工作表中的数据，图表会自动更新。

● 如果向嵌入图表添加数据，图表会自动更新。

向图表添加数据后，只需将该工作表中的数据复制和粘贴到图表中，或按住"Ctrl"键，
拖动选中数据区域的边框到图表区即可。

（6）修改图表的源数据。首先单击要修改的图表，选择【图表】→【源数据】命令，在"数据区域"选项卡中单击按钮，在 Excel 2003 工作表界面选择单元格区域。在"系列"选项卡中还可添加或删除系列。如果希望新数据的行、列标志也显示在图表中，则选定区域还应包括含有标志的单元格。

【例 5-11】　把在图 5-47 中总分数据添加到如图 5-53 所示的三维簇状柱形图中。

具体操作步骤如下：

选中单元格区域 H2:H5，按"Ctrl+C"组合键，再单击图表，按"Ctrl+V"组合键，将数据复制到图表中，调整图表的大小，使所有对象可见，如图 5-55 所示。

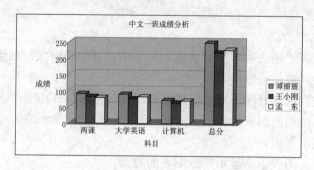

图 5-55　修改源数据后的图表

3. 格式化图表

创建好图表之后，为了让其更加美观，还可以对其进行格式化。图表格式化是指对图表对象进行格式设置，包括字体、字号、图案、颜色、数字样式等。

设置对象格式的方法有 3 种，一是双击该对象；二是右击该对象，在弹出的快捷菜单中选择相应的格式设置命令；三是通过单击"图表"工具栏中的【设置对象格式】按钮。3 种方法都能打开相应的格式设置对话框。下面以坐标轴格式设置为例进行讲解，其他对象格式的设置类似。

双击分类轴或数据轴，弹出"坐标轴格式"对话框，如图 5-56 所示。

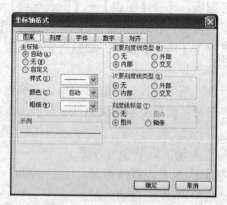

图 5-56　"坐标轴格式"对话框

在"图案"选项卡中，可以设置坐标轴轴线的线型、线宽及线条颜色。另外，还可设置是否显示刻度线及刻度线的位置。

在"刻度"选项卡中，如果选择的是"数值轴"，则可设置数值轴上的刻度范围及刻度单位；如果选择的是"分类轴"，则可设置分类轴上的分类数，从刻度线可以体现出来。

在"字体"选项卡中，可设置坐标轴上数据的字体、字号、颜色等格式。

在"数字"选项卡中，可设置坐标轴数据的显示方式。

在"对齐"选项卡中，可设置坐标轴数据的排列方向。

通过对各图表对象进行一系列设置以后，就能得到一张非常美观的图表，如图 5-57 所示。

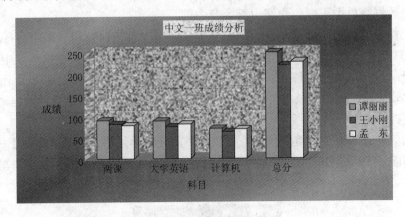

图 5-57　格式化后的图表

5.7　Excel 的数据管理

Excel 2003 中，常见的数据管理主要有对工作表的相关数据进行添加、删除、排序、汇总、筛选等各种处理。

5.7.1　创建和使用数据清单

数据清单是包含相关数据的一系列工作表数据行，如学生成绩单、工资表等。数据清单可以像数据库一样使用，其中行表示记录，列表示字段。在如图 5-58 所示的学生成绩簿中，每一行代表一个人的基本信息，每一列分别表示班级、学号、姓名、性别等属性。

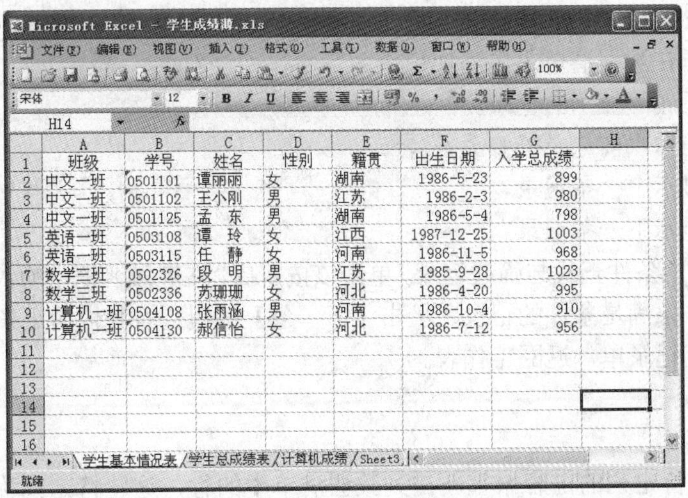

图 5-58　学生成绩簿

创建数据清单时应注意以下问题：

（1）一个工作表中只能建立一个数据清单。

（2）在数据清单的第一行中创建列标志，每一列的名称（字段名）必须是唯一的。

（3）在设计数据清单时，应使同一列中的各行具有相似的数据项。

（4）在数据清单的字段名下至少要有一行数据。

（5）一个数据清单中不能包含空白行或空白列。

（6）在工作表的数据清单与其他数据间至少要留出一个空白列和一个空白行。

Excel 2003 提供了"记录单"功能来管理数据清单，记录单可以在数据清单中查看、更改、添加及删除记录，还可以根据指定的条件查找特定的记录。记录单中只显示一个记录的各字段，当数据清单比较大时，使用记录单会很方便。在记录单上输入或编辑数据，数据清单中的相应数据会自动更改。

使用记录单的方法如下，首先单击数据清单中的任意单元格，选择【数据】→【记录单】命令，弹出如图 5-59 所示的"学生基本情况表"对话框。首先显示的是数据清单中第一条记录的内容。

图 5-59　"学生基本情况表"对话框

对话框顶部显示的是工作表的名字，左边为各字段名，即列标志。字段名框中为各字段当前的记录值，可以修改，但含有公式的字段后没有框，不能修改。中间的滚动条用于选择记录。记录单右上角显示的分数表示当前记录是总记录的第几个。

对话框中各按钮的作用如下。

● 新建：用于在数据清单末尾添加记录。

● 删除：用于删除显示的记录。

● 还原：取消对当前记录的修改。

● 上一条：显示上一条记录。

● 下一条：显示下一条记录。

● 条件：按指定条件查找与筛选记录。单击该按钮后，在字段名框中输入条件，按"Enter"键显示第 1 条满足条件的记录，单击【下一条】按钮查看其他满足条件的记录。

● 关闭：关闭记录单，返回工作表。

5.7.2 数据排序

可以根据某些特定列的内容来重新排列数据清单中的行，这些特定列称为排序的"关键字"。在 Excel 2003 中，最多可以依据 3 个关键字进行排序，依次称为"主要关键字"、"次要关键字"、"第三关键字"。

对数据排序时，Excel 2003 会遵循下列原则，先根据"主要关键字"进行排序，如果遇到某些行的主关键字的值相同时，则按照"次要关键字"进行排序；如果某些行的"主要关键字"和"次要关键字"的值都相同，再按"第三关键字"进行排序；如果 3 个关键字的值都相同，则保持它们原始的次序。

Excel 2003 使用特定的排序次序，根据单元格中的值而不是格式来排列数据。

数字（包括日期、时间）按照数值大小进行排序，由小到大为升序、由大到小为降序；英文字母、标点符号按 ASCII 码值大小进行排序；汉字一般按照拼音字母顺序排序，也可设置按笔画顺序排序；当以逻辑值为关键字进行升序排序时，FALSE 排在 TRUE 之前，进行降序排序时，TRUE 排在 FALSE 前；空格始终排在最后。

排序的方法有如下两种：

（1）按照一个关键字进行排序，可单击"常用"工具栏中的【升序排序】按钮 和【降序排序】按钮 。

（2）按照多个关键字排序，可选择【数据】→【排序】命令。

下面通过一个实例来说明排序的步骤。

【例 5-12】　首先将如图 5-58 所示的数据清单复制到新工作簿的工作表中。在 Sheet1 工作表中按籍贯进行升序排序；在 Sheet2 工作表中以"班级"为主要关键字（升序），"入学总成绩"为次要关键字（降序）进行排序，要求"班级"以笔画顺序排序。

（1）在 Sheet1 工作表中选择数据清单，按"Ctrl+C"组合键，在工作表标签上单击 Sheet2，单击 A1 单元格，按"Ctrl+V"组合键，将 Sheet1 中的数据清单复制到 Sheet2 中。

（2）在 Sheet1 工作表中，单击"籍贯"所在列的任意单元格，单击 按钮，使数据清单按"籍贯"进行升序排列。

（3）在 Sheet2 工作表中，单击数据清单中的某一单元格，选择【数据】→【排序】命令，弹出如图 5-60 所示的"排序"对话框。

（4）在该对话框中，设置主要关键字为"班级"，选中"升序"单选按钮，设置次要关键字为"入学总成绩"，选中"降序"单选按钮。单击【选项】按钮，弹出如图 5-61 所示的"排序选项"对话框，选择"方法"为"笔画排序"。先单击【确定】按钮关闭"排序选项"对话框，再单击【确定】按钮，完成排序操作。

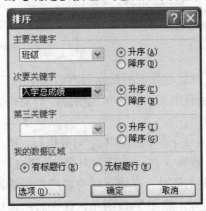
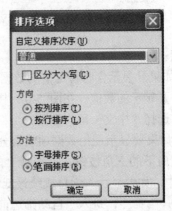

图 5-60　"排序"对话框　　　　　　　　图 5-61　"排序选项"对话框

注意：

① 排序前应选中数据清单中某一单元格，否则会出错。

② 一般情况下，第 1 行数据作为标题行，不参与排序，所以在"排序"对话框中，默认为"有标题行"。如果出现第 1 行要参与排序的情况，则应选中"无标题行"单选按钮，在选择关键字时，显示的将是"列 A、列 B……"，而不是"班级、学号、籍贯……"。

5.7.3 数据筛选

对于一个大的数据清单，要快速找到所需的数据不太容易。Excel 2003 提供了"自动筛选"和"高级筛选"命令来筛选数据，可以只显示符合用户设定的某一值或一组条件的行，而隐藏其他行。

1．自动筛选

使用自动筛选，实际上是在标题行建立一个自动筛选器，通过这个自动筛选器可以查询到含有某些特征值的行。

使用自动筛选的步骤如下：

（1）在数据清单中单击任意一个单元格。

（2）选择【数据】→【筛选】→【自动筛选】命令，建立自动筛选器，如图 5-62 所示，可以看到标题行每列右边都有一个向下的三角按钮。

（3）单击包含想显示的数据列右边向下的三角按钮，从下拉列表中选定要显示的项，在工作表中就可以看到筛选后的结果。

（4）如果要使用基于另一列中数值的附加条件，则在另一列中重复第（3）步。

	A	B	C	D	E	F	G	H
1	班级 ▼	学号 ▼	姓名 ▼	性别 ▼	籍贯 ▼	出生日期▼	入学总成绩▼	
2	计算机一班	0504130	郝信怡	女	河北	1986-7-12	956	
3	计算机一班	0504108	张雨涵	男	河南	1986-10-4	910	
4	数学三班	0502326	段 明	男	江苏	1985-9-28	1023	
5	数学三班	0502336	苏珊珊	女	河北	1986-4-20	995	
6	英语一班	0503108	谭 玲	女	江西	1987-12-25	1003	
7	英语一班	0503115	任 静	女	河南	1986-11-5	968	
8	中文一班	0501102	王小刚	男	江苏	1986-2-3	980	
9	中文一班	0501101	谭丽丽	女	湖南	1986-5-23	899	
10	中文一班	0501125	孟 东	男	湖南	1986-5-4	798	
11								
12								

图 5-62　建立自动筛选器

注意：

（1）如果只显示含有特定值的数据行，单击含有待显示数据的数据列右边向下的三角按钮，再单击需要显示的数值。在图 5-62 中，如要显示所有中文一班的学生信息，只需在"班级"筛选器中选择"中文一班"即可。

（2）如果要显示在由数据项或百分比指定的上限或下限范围内的所有数据行，单击对应数据列右边向下的三角按钮，再选择"前 10 个…"选项。这一选项只对数字型数据有效。在图 5-62 中，如要显示入学总成绩最低的前 40%的员工信息，在"入学总成绩"筛选器中选择"前 10 个…"命令，进入"自动筛选前 10 个"对话框，如图 5-63 所示，在左边的下拉列表框中选择"最小"选项，在中间的文本框中输入"40"，在右边的下拉列表框中选择"百分比"选项。

（3）如果要使用同一列中的两个数值筛选数据清单，或者使用比较运算符而不是简单的"等于"，单击数据列右边向下的三角按钮，再选择"自定义"命令，弹出如图 5-64 所示的"自定义自动筛选方式"对话框。

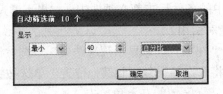

图 5-63　"自动筛选前 10 个"对话框

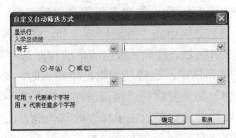

图 5-64　"自定义自动筛选方式"对话框

① 如果要匹配一个条件，在"显示行"选项区域的第 1 个下拉列表框中选择需要的比较运算符，接着在比较运算符右面的下拉列表框中选择或输入需要被匹配的值。

② 如果要显示同时匹配两个给定条件的数据行，先输入一个比较运算符和所需的值，再选中"与"单选按钮，在第 2 个比较运算符和数值框中输入第 2 个运算符和所需的值。

③ 如果要显示匹配两个条件之一的数据行，先输入一个比较运算符和所需的值，再选中"或"单选按钮，在第 2 个比较运算符和数值框中输入第 2 个运算符和所需的值。

④ 如果要查找某些字符相同但其他字符不一定相同的文本值，可使用通配符"？"或"*"。其中，"？"代表一个未确定字符，"*"代表多个未确定字符。

在图 5-62 中，如果要显示入学总成绩在 950～1000 之间的学生信息，可在"入学总成绩"筛选器中选择"自定义"选项。将第 1 个比较运算符选择为"大于或等于"选项，值选择为"950"选项，然后选中"与"单选按钮，再将第 2 个比较运算符选择为"小于或等于"选项，值选择为"1000"选项，最后单击【确定】按钮。

如果要显示姓王或姓张的员工的信息，可在"姓名"筛选器中选择"自定义"选项。第 1 个比较运算符不变，输入第 1 个值"王*"，选中"或"单选按钮，再选择第 2 个比较运算符为"等于"，输入值"张*"，单击【确定】按钮。

（4）当对一列数据进行筛选后，如果还需对其他数据列进行双重筛选，只要在其他列的筛选器中做相应的设置即可。每次可筛选的值只能是那些在前几次筛选后的数据清单中显示的值，这样可以比较准确地从数据清单中查找出满足多个条件的数据。

（5）如果要在数据清单中取消对某一列进行的筛选，单击该列标题行右端的下三角按钮，再选择"全部"选项；如果要在数据清单中取消对所有列进行的筛选，可选择【数据】→【筛选】→【全部显示】命令；如果要撤销数据清单中的自动筛选器，可选择【数据】→【筛选】→【自动筛选】命令。

（6）执行"自动筛选"命令，对一列数据最多可以应用两个条件。如果要对一列数据应用 3 个或更多条件，则可使用"高级筛选"命令。

2．高级筛选

要使用高级筛选命令，数据清单必须要有列标，而且在工作表的数据清单上方或下方，至少要有 3 个能用作条件区域的空行。

【例 5-13】　在如图 5-58 所示的学生成绩簿中筛选出中文、英语、数学 3 个班级中入学总成绩在 950～1000 之间的学生信息。

（1）将数据清单中含有要筛选值列的列标复制到第 12 行中，作为条件标志。在条件标志下面的一行中，输入所要匹配的条件，如图 5-65 所示。

（2）单击数据清单中的任意一个单元格，选择【数据】→【筛选】→【高级筛选】命令，弹出如图 5-66 所示的"高级筛选"对话框。

（3）分别单击"列表区域"和"条件区域"右边的 按钮，返回工作表界面选择数据清单和条件区域。注意，数据清单的列标志和条件区域中的条件标志都必须选中。如果不通过单击 按钮选定，直接在编辑框中输入时，必须使用绝对引用。

（4）如果要将筛选结果放在原数据表中，可选中"在原有区域显示筛选结果"单选按钮；如果要将筛选结果放在工作表的其他地方，可选中"将筛选结果复制到其他位置"单选按钮，接着在"复制到"文本框中单击，然后在要放置筛选结果区域的左上角单击。

图 5-65　输入匹配条件　　　　　　　　图 5-66　"高级筛选"对话框

（5）设置好数据区域和条件区域后，单击【确定】按钮即可得到筛选结果。

高级筛选条件可以包括一列中的多个条件和多列中的多个条件。

在"条件区域"中，条件在同一行上，表示是"与"运算，多个条件要同时满足；条件在不同行，表示是"或"运算，只要满足一个条件即可被筛选出来。

● 单列上具有多个条件：如果对于某一列具有两个或多个筛选条件，那么可直接在各行中从上到下依次输入各个条件。例如，图 5-65 中条件区域将显示"班级"列中包含中文、英语、数学各班级中满足条件的数据行。

● 多列上具有单个条件：要在两列或多列中查找满足单个条件的数据，在"条件区域"的同一行中输入所有条件。例如，图 5-65 中条件区域表示显示 3 个班级，"入学总成绩"在 950～1000 之间的数据行。

● 某一列或另一列上具有单个条件：要找到满足一列条件或另一列条件的数据，在"条件区域"的不同行输入条件。

● 两列上具有两个条件之一：要找到满足两个条件（每一个条件都包含针对多列的条件）之一的数据行，只要在各行中输入条件即可。

5.7.4　分类汇总

分类汇总是在数据清单中快速汇总数据的方法。使用"分类汇总"命令，将自动创建公式、插入分类汇总结果，并且可以对分类汇总后不同类型的明细数据进行分析。

需要注意的是，在分类汇总之前，必须对数据清单进行排序且数据清单的第 1 行必须有列标记。

1．分类汇总

【例 5-14】　"分类汇总"对话框如图 5-67 所示，对学生的入学总成绩按班级进行分类汇总，计算每个班级的平均入学总成绩。

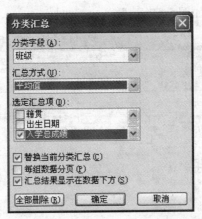

图 5-67　"分类汇总"对话框

（1）先选定分类汇总的分类字段，对数据清单进行排序。选择"班级"列中的某一单元格，单击 按钮或 按钮。

（2）在要分类汇总的数据清单中，单击任意一个单元格。

（3）选择【数据】→【分类汇总】命令，弹出如图 5-67 所示的"分类汇总"对话框。

（4）在"分类字段"下拉列表框中选择需要用来分类汇总的数据列。选定的数据列应与步骤（1）中进行排序的列相同，本例选择"班级"。

（5）在"汇总方式"下拉列表框中选择所需的用于计算分类汇总的函数。常用的汇总方式有以下几种。

● 求和：统计数据清单中数值的和。它是数字数据的默认函数。

● 计数：统计数据清单中数据项的个数。它是非数字数据的默认函数，如可按姓名的计数方式来统计人数。

● 平均值：统计数据清单中数值的平均值。

● 最大值：统计数据清单中的最大值。

● 最小值：统计数据清单中的最小值。

● 乘积：统计数据清单中所有数值的乘积。

● 计数值：统计数据清单中含有数字数据的记录或行的数目。

本例选择"平均值"，即按班级统计平均成绩。

（6）在"选定汇总项"选项区域中，选中包含需要对其汇总计算的数值列对应的复选框，本例选择"入学总成绩"。

"分类汇总"对话框其他选项的含义解释如下：

● 替换当前分类汇总：如果之前已分类汇总，选择它则用当前分类汇总替换之前的分类汇总，否则会保存原有分类汇总。每次汇总的结果均显示在工作表中，这样就实现了多级分类汇总。

● 每组数据分页：选中后，每一类数据占据一页，打印时每组数据单独打印在一页上。

● 汇总结果显示在数据下方：如果不选中此项，则汇总结果显示在数据上方。

● 全部删除：清除数据清单中的所有分类汇总，恢复数据清单原有的状态。

（7）单击【确定】按钮，得到分类汇总结果。

2. 查看分类结果

【例 5-14】分类汇总结果如图 5-68 所示。

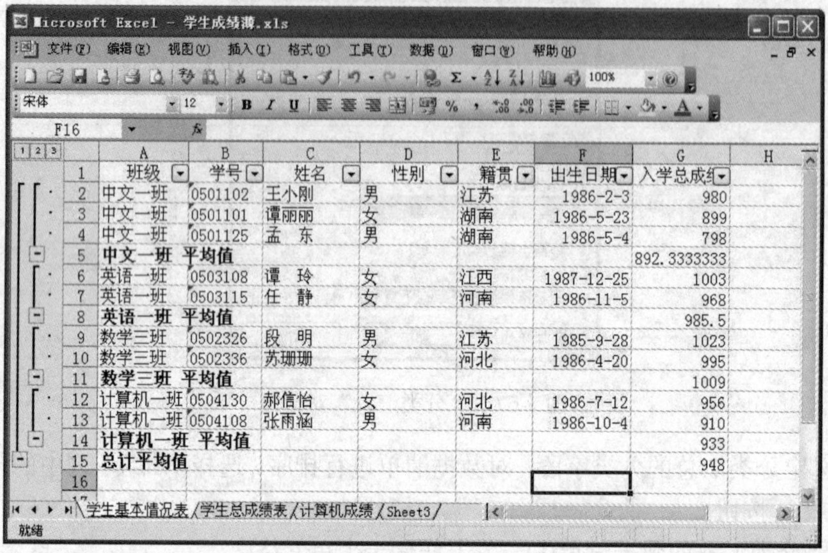

图 5-68　分类汇总结果

在图 5-68 中，左边有一些特殊按钮，如 1 、 2 、 3 、 + 、 - 。单击第 1 级显示级别符号 1 ，能隐藏所有明细数据，只显示对数据清单总的汇总值；单击第 2 级显示级别符号 2 ，能隐藏数据清单原有数据，显示各类汇总值；单击第 3 级显示级别符号 3 ，能显示所有的明细数据。按钮 + 和按钮 - 类似资源管理器中的展开和折叠按钮，单击它们可以显示或隐藏各级别的明细数据。

5.7.5　数据透视表和数据透视图

数据透视表是用于快速汇总大量数据和建立交叉列表的交互式表格。它可以转换行或列以查看对源数据的不同汇总，还可以通过显示不同的页面来筛选数据，或者根据需要显示明细数据。建立了数据透视表以后，还可根据需要建立数据透视图，数据透视图是一种为数据提供图形化分析的交互式图表。

使用 Excel 2003 的"数据透视表和数据透视图向导"可以快速建立数据透视表和数据透视图。下面通过一个例子来介绍具体操作步骤。

【例 5-15】　数据清单如图 5-58 所示，按"班级"和"性别"统计人数。

（1）单击数据清单中的某一单元格。

（2）选择【数据】→【数据透视表和图表报告】命令，弹出如图 5-69 所示的"数据透视表和数据透视图向导-3 步骤之 1"对话框。

（3）在对话框中，选择数据源类型为"Microsoft Office Excel 数据列表或数据库"，并在"所需创建的报表类型"选项区域选中"数据透视图（及数据透视表）"单选按钮。单击【下一步】按钮。

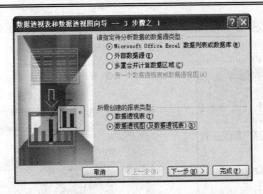

图 5-69　"数据透视表和数据透视图向导—3 步骤之 1"对话框

（4）在"数据透视表和数据透视图向导—3 步骤之 2"对话框中，选择数据源区域，如图 5-70 所示。一般不需要更改，直接单击【下一步】按钮。

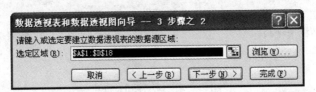

图 5-70　"数据透视表和数据透视图向导—3 步骤之 2"对话框

（5）在如图 5-71 所示的"数据透视表和数据透视图向导—3 步骤之 3"对话框中单击【布局】按钮，弹出"布局"对话框，如图 5-72 所示。将所需字段从右边的字段按钮组拖动到图表的"行"和"列"区域中，将要汇总其数据的字段拖到"数据"区域中；将要作为页字段使用的字段拖动到"页"区域中，即将"籍贯"拖到"页"位置，将"班级"拖到"行"位置，将"性别"拖到"列"位置，将"学号"拖到"数据"位置。

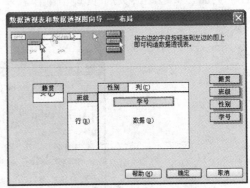

图 5-71　"数据透视表和数据透视图向导—3 步骤之 3"对话框　　　　图 5-72　"布局"对话框

插入的数据透视表如图 5-73 所示。单击要隐藏或显示其中项的字段右侧向下的三角按钮，选中对应每个要显示项的复选框，取消对应要隐藏项的复选框的选择。单击【确定】按钮即可查看不同级别的明细数据。

如果觉得创建的数据透视表不符合要求，还可以通过"数据透视表"工具栏把相关字段从数据透视表中拖出，再把合适的字段拖入指定的区域中，便能重新获得不同的数据汇总结果。

数据透视图既具有数据透视表数据的交互式汇总特定性，又具有图表的可视性优点。和数据透视表一样，一张数据透视图可按多种方式查看相同数据，只需单击分类轴、数值轴及图例上的 ▾ 按钮，选择对应选项即可，如图 5-74 所示。

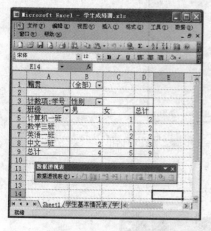

图 5-73　数据透视表

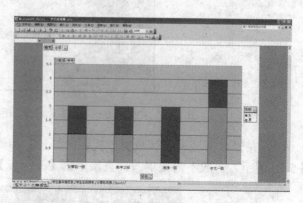

图 5-74　数据透视图

5.8　打印工作表

为了使打印出的工作表布局合理美观，还需设置打印区域、插入分页符、设置打印纸张大小及页边距、添加页眉和页脚等。

5.8.1　页面设置

选择【文件】→【页面设置】命令，弹出如图 5-75 所示的"页面设置"对话框。其中包含了页面、页边距、页眉/页脚、工作表 4 个选项卡。

1. 设置页面

在"页面"选项卡中，可完成纸张大小、打印方向、起始页码等设置。

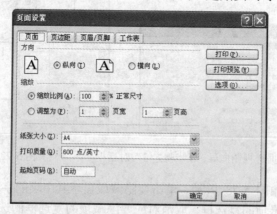

图 5-75　"页面设置"对话框

- 方向：设置工作表是按照纵向方式打印还是横向方式打印。
- 缩放：可以将工作表中的打印区域按比例缩放打印。
- 纸张大小：设置打印纸型。

● 起始页码：在"起始页码"文本框中可以输入第 1 页的页码。如果要使 Excel 2003 自
动为工作表添加页码，在"起始页码"文本框中输入"自动"。

2．设置页边距

选择"页边距"选项卡，如图 5-76 所示，其中可以设置页面的上、下、左、右边距及工
作表数据在页面的居中方式。

在"上"、"下"、"左"和"右"框中输入所需的页边距数值，更改打印数据与打印纸边缘
的距离。还可在"页眉"框中更改页眉和页顶端之间的距离，在"页脚"框中更改页脚和页底
端之间的距离。但这些设置值应该小于工作表中所设置的上、下页边距值，并且大于或等于最
小打印边距值。

在"居中方式"选项组中可以选择将工作表在页面水平方向或垂直方向居中打印。

3．设置页眉/页脚

页眉和页脚是打印在工作表每页的顶端和底端的内容。在对话框中选择"页眉/页脚"选
项卡，如图 5-77 所示。

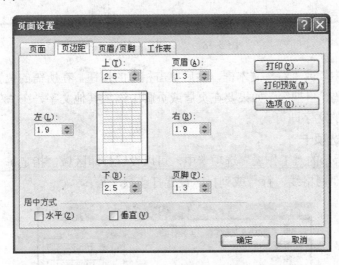

图 5-76 "页边距"选项卡

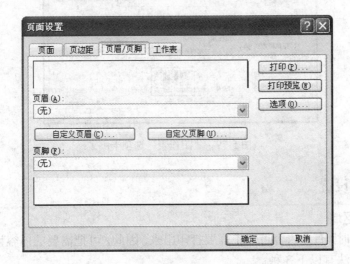

图 5-77 "页眉/页脚"选项卡

从"页眉"或"页脚"下拉列表框中选定需要的页眉或页脚，预览区域会显示打印时的页眉或页脚外观。如果需要根据已有的内置页眉或页脚来创建自定义页眉或页脚，在"页眉"或"页脚"下拉列表框中选择所需的页眉和页脚选项，再单击【自定义页眉】按钮，弹出如图 5-78 所示的"页眉"对话框。

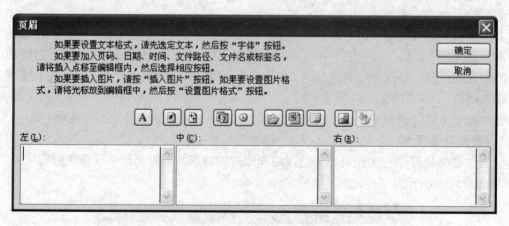

图 5-78　"页眉"对话框

单击"左"、"中"或"右"文本框，然后单击相应的按钮，在所需的位置插入相应的页眉或页脚内容，如页码、日期等。如果要在页眉或页脚中添加其他文字，在"左"、"中"或"右"文本框中输入相应的文字即可。

4."工作表"选项卡

在如图 5-79 所示的"工作表"选项卡中，可以设置打印区域，指定每一页打印的行标题或列标题，是否打印网格线、行号或列标，设置打印顺序等。

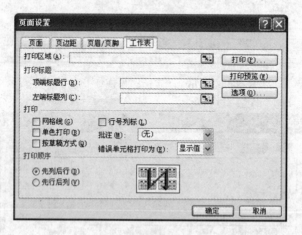

图 5-79　"工作表"选项卡

5.8.2　打印区域设置

1．设置打印区域

在打印工作表时，有些内容可能不需要打印出来，因此，可把需要的内容设置为打印区域。设置打印区域的方法有以下 3 种：

（1）在"页面设置"对话框的"工作表"选项卡中进行设置。

（2）选定待打印的工作表区域，选择【文件】→【打印区域】→【设置打印区域】命令。

（3）选择【视图】→【分页预览】命令，选定待打印区域。右击选中的区域，在弹出的快捷菜单中选择"设置打印区域"命令。

2．向打印区域添加打印内容

向打印区域添加打印内容的操作步骤如下：

（1）选择【视图】→【分页预览】命令。

（2）选择要添加到打印区域中的单元格。

（3）用鼠标右击选定区域中的单元格，然后在弹出的快捷菜单中选择"设置打印区域"命令。

（4）如果打印区域中包含多个区域，则可以按需要将区域从打印区域中删除。选择要删除的区域，再用鼠标右击选定的单元格，然后在弹出的快捷菜单中选择"排除在打印区域之外"命令。

3．删除打印区域

选择【文件】→【打印区域】→【取消打印区域】命令，可以删除已经设置的打印区域。

5.8.3　控制分页

如果需要打印的工作表中的内容不止一页，Excel 2003 会自动插入分页符，将工作表分为多页。分页符的位置取决于纸张的大小、页边距设置和设定的打印比例。可以插入水平分页符或垂直分页符改变页面上数据行或数据列的数量。在分页预览中，还可以用鼠标拖动分页符改变其在工作表中的位置。

1．插入水平分页符

插入水平分页符的操作步骤如下：

（1）单击要插入分页符的行下面的行号。

（2）选择【插入】→【分页符】命令。

2．插入垂直分页符

插入垂直分页符的操作步骤如下：

（1）单击要插入分页符的列右边的列标。

（2）选择【插入】→【分页符】命令。

注意：如果单击的是工作表其他位置的单元格，Excel 2003 将同时插入水平分页符和垂直分页符，这样就把打印区域内容分成了 4 页。

3．移动分页符

插入分页符后，会有虚线显示，选择【视图】→【分页预览】命令，可以看到有蓝色的框线，这些框线就是分页符。用户可以根据需要拖动分页符来调整页面。如果移动了 Excel 2003 自动设置的分页符，将使其变为人工设置的分页符。

注意：只有在分页预览中才能移动分页符。

4．删除分页符

如果要删除人工设置的水平或垂直分页符，单击水平分页符下方或垂直分页符右侧的单元格，然后选择【插入】→【删除分页符】命令。

如果要删除工作表中所有人工设置的分页符，选择【视图】→【分页预览】命令，然后用鼠标右击工作表任意位置的单元格，再在弹出的快捷菜单中选择"重置所有分页符"命令。也可以在分页预览中将分页符拖出打印区域以外来删除分页符。

5.8.4 打印预览与打印

1. 打印预览

通过打印预览命令可以在屏幕上查看文档的打印效果，并且可以通过调整页面的设置来得到所要的打印输出。

打印预览有如下3种方法：

（1）选择【文件】→【打印预览】命令。

（2）选择【文件】→【页面设置】命令，再单击【打印预览】按钮。

（3）单击"常用"工具栏中的【打印预览】按钮。

用上述3种方法之一执行打印预览命令后，会出现如图5-80所示的打印预览窗口。

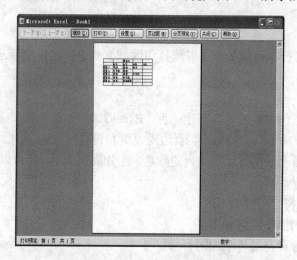

图5-80　打印预览窗口

在窗口顶部有一排按钮，它们的作用分别如下：

● 下一页、上一页：如果打印的页数较多，单击它们可以分别查看下一页和上一页。

● 缩放：放大或缩小打印内容，但不影响打印效果。

● 打印：单击该按钮弹出"打印"对话框，在其中进行相应设置。

● 设置：单击该按钮弹出"页面设置"对话框，根据预览效果重新进行设置。

● 页边距：显示或隐藏页边距、页眉和页脚及列宽的控制点和控制虚线。拖动控制点或控制虚线，可以调整页边距、页眉和页脚及列宽。

● 分页预览：单击该按钮可以切换到"分页预览"视图。

● 关闭：关闭预览窗口，返回编辑工作表窗口。

2. 打印

打印有如下4种方法：

（1）单击"常用"工具栏中的【打印】按钮。

（2）选择【文件】→【打印】命令。

（3）在【页面设置】对话框中单击【打印】按钮。

（4）在打印预览窗口中单击【打印】按钮。

第 1 种方法可以直接打印，后 3 种方法将弹出"打印内容"对话框，如图 5-81 所示，其中各项的含义如下。

● 打印范围：可选中"全部"或"页"单选按钮来指定要打印的工作表页数。

● 打印内容：选择打印"选定区域"、"整个工作簿"或"选定工作表"。

● 份数：指定打印的份数。

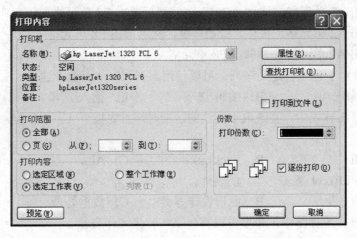

图 5-81　"打印内容"对话框

练　习　题

一、选择题

1. 在 Excel 中，公式 "=SUM(C2：C6)" 的作用是（　　）

　　A．求 C2 到 C6 这五个单元格数据之和　　　　B．求 C2 和 C6 这两个单元格的比值

　　C．求 C2 和 C6 这两个单元格数据之和　　　　D．以上说法都不正确

2. 在 Excel 中，将鼠标移到自动填充柄上，鼠标指针变为（　　）。

　　A．实心细十字　　　　B．双箭头　　　　C．黑矩形　　　　D．空心粗十字

3. 在 Excel 中，用（　　）表示逻辑值"真"。

　　A．TRUE　　　　　　B．0　　　　　　　C．1　　　　　　D．NOT

4. 在 Excel 的自动筛选中，先用筛选条件"英语>75"对成绩数据进行筛选后，再用筛选条件"总分>=240"进行筛选，那么在筛选结果中是（　　）。

　　A．英语>75 且总分>=240 的记录　　　　B．总分>=240 的记录

　　C．英语>75 或总分>=240 的记录　　　　D．英语>75 的记录

5. 在 Excel 中用来表示文本的连接运算符为（　　）。

　　A．#　　　　　　　　B．&　　　　　　　C．^　　　　　　D．%

6. 在 Excel 中，函数 SUM（"3"，2，TRUE）计算的结果为（　　）。

　　A．公式错误　　　　B．2　　　　　　　C．5　　　　　　D．6

7. Excel 将下列数据项视为文本的是（　　）。

　　A．1834　　　　　　B．2.00E+02　　　　C．-15783.8　　　D．15E587

8. 在 Excel 中，错误的单元格地址引用是（　　　）。

    A．C$66　　　　　　B．$C$66　　　　　　C．C6$6　　　　　　D．$C66

9. 在 Excel 中，要将当前单元格移到 A1 单元格，应按（　　　）键。

    A．PageUp　　　　　B．Home+Shift　　　　C．Home　　　　　　D．Ctrl+Home。

10. 在 Excel 中，若选择 A2：E8 区域，下列操作正确的是（　　　）。

    A．将鼠标移至 A2 单元格，按下鼠标左键不放，拖动鼠标至 A8 单元格

    B．单击 A2 单元格，按住"Ctrl"键，然后单击 E8 单元格

    C．单击 A2 单元格，按住"Shift"键，然后单击 E8 单元格

    D．单击 A2 单元格，再单击 E8 单元格

11. Excel 中对于建立自定义序列，可以使用下列（　　　）命令建立。

    A．工具/选项　　　B．编辑/选项　　　C．插入/选项　　　D．格式/选项

12. 在 Excel 工作表中，在选取不连续的区域时，首先按下（　　　）键，然后选择单元格区域。

    A．Shift　　　　　　B．Backspace　　　　C．Alt　　　　　　　D．Ctrl

13. Microsoft Excel 是（　　　）的软件。

    A．图像效果　　　　B．图形设计方案　　　C．数据处理　　　　D．文字编辑

14. 一个 Excel 工作簿中，最多可以有（　　　）张工作表。

    A．6　　　　　　　　B．2　　　　　　　　C．255　　　　　　　D．256

15. Excel 中，当某一单元格显示一排与单元格等宽的"#"时，（　　　）的操作不可能将其中数据正确显示出来。

    A．减少单元格的小数位数　　　　　　　B．取消单元格的保护状态

    C．加宽所在列的显示宽度　　　　　　　D．改变单元格的显示格式

16. 在 Excel 中，已知 C3 单元格与 D4 单元格的值均为 0，C4 单元格中的公式为"=C3=C4"，则 C4 单元格显示的内容为（　　　）。

    A．0　　　　　　　　B．C3=D4　　　　　　C．#N/A　　　　　　D．TRUE

17. 在 Excel 中，当输入数字超过单元格能显示的位数时，可以用（　　　）表示。

    A．科学计数法　　　B．货币　　　　　　C．百分比　　　　　D．日期

18. 若 Excel 某单元格的内容为 1234.567，给它设置格式为"货币样式"后，则该单元格可以显示为（　　　）。

    A．###　　　　　　　　　　　　　　　B．￥1234.567

    C．￥1234.57　　　　　　　　　　　　D．以上都有可能

19. 在 Excel 单元格中输入公式"a"<="b"，则单元格内显示为（　　　）。

    A．　　　　　　　　B．TRUE　　　　　　C．正确　　　　　　D．1

20. 在 Excel 中，要进行分类汇总操作，应在（　　　）菜单中执行。

    A．视图　　　　　　B．文件　　　　　　C．数据　　　　　　D．工具

21. Excel 中，用（　　　）使该单元格显示 0.3。

    A．"6/20"　　　　　B．=6/20　　　　　　C．=" 6/20"　　　　　D．6/20

22. A2=7，B2=6.3，选定 A2:B2 区域，拖动至 E2，则 E2=（　　　）。

    A．3.5　　　　　　　B．9.1　　　　　　　C．4.2　　　　　　　D．9.8

23. 在 Excel 单元格中输入公式 1>2，则单元格内显示为（　　　）。
　　　A. 0　　　　　　　　B. FALSE　　　　　　C. ×　　　　　　　D. 错误

24. 在 Excel 中，以下图标（　　　）是【自动求和】按钮。
　　　A. S　　　　　　　　B. fx　　　　　　　　C. ∑　　　　　　　D. f

25. 在 Excel 中，字符型数据默认的显示方式是（　　　）。
　　　A. 自定义　　　　　　B. 右对齐　　　　　　C. 中间对齐　　　　D. 左对齐

26. 在 Excel 中，如果单元格中的数太长不能显示时，一组（　　　）符号显示在单元格内。
　　　A. #　　　　　　　　B. ?　　　　　　　　C. *　　　　　　　　D. ERROR

27. 中文 Excel 在默认情况下，每一个工作簿文件会打开（　　　）个工作表文件，分别以 Sheet1、Sheet2……命名。
　　　A. 2　　　　　　　　B. 255　　　　　　　C. 1　　　　　　　　D. 3

28. 在 Excel 2003 工作表中，在不同单元格输入下面的内容，其中被 Excel 2003 识别为字符型数据的是（　　　）。
　　　A. 1999-3-4　　　　　B. $100　　　　　　　C. 34%　　　　　　D. 广州

29. 在 Excel 2003 中，以下（　　　）数据需要进行格式设置后再输入。
　　　A. 电话　　　　　　　B. 姓名　　　　　　　C. 科室　　　　　　D. 年龄

30. 在 Excel 2003 工作表中，要计算单元格区域 A1:C5 中值大于等于 30 的单元格个数，应使用公式（　　　）。
　　　A. =COUNT(A1:C5，">=30")　　　　　　　B. =COUNTIF(A1:C5，>=30)
　　　C. =COUNTIF(A1:C5，">=30")　　　　　　D. =COUNTIF(A1:C5，>="30")

二、填空题

1. 在 Excel 2003 中，将地址中的行号或列号设为绝对地址时，需在其左边附加_____字符。

2. 在 Excel 2003 中，文本运算"abb"&"bbc"的结果为_____。

3. 已知 Excel 2003 中某个工作表中几个单格格的值为：D1=10，D2=20，D3=30，则 SUM（1，2，3）的结果为_____。

4. 在 Excel 2003 中，假设 A1，B1，C1，D1 的值分别为 2，3，7，3，则 SUM（A1:C1）/D1 的结果为_____。

5. 已知 Excel 2003 中某个工作表中几个单元格中的值为：D1=1，D2=2，D3=3，D4=4，D5=5，D6=6，则 SUM（D1: D3，D6）的结果为_____。

6. 在 Excel 2003 中的工作表中已知 D1=10，D2=20，D3=15，D4=11，则 MAX（D1，D3: D4）的结果为_____。

7. 在 Excel 2003 中，函数 ROUND（34.563，1）的结果是_____。

8. 在 Excel 2003 中，已知工作表的 D1=80，则函数 IF（D1<80，0，（D1-10）*2）的结果是_____。

9. 在 Excel 中，单元格的引用有相对引用、混合引用、_____。

10. 在 Excel 中，如果 A1：A5 单元格的值依次为 10，15，20，25，30，则 COUNTIF（A1：A5，">20"）等于_____。

11. Excel 共由 256 列组成，列号用字母表示，从 A 到_____。

第 6 章　PowerPoint 演示文稿的制作

**知识点**

- 熟悉 PowerPoint 2003 的工作界面和工作模式
- 设置和编辑模板
- 插入和绘制图形及文本和图像的格式化
- 特殊效果和超链接的使用
- 幻灯片的放映和打印

项目任务

使用演示文稿制作某课程简介，用于课程的介绍展示。

6.1　初识演示文稿

PowerPoint 2003 是 Office 2003 套装软件中的一个重要组成部分，通常称为演示文稿。一个演示文稿是由多张幻灯片组合而成的，使用 PowerPoint 2003 可以在授课、报告、演讲时为学生或听众提供一份集文本、图像、声音、动画、视频等为一体的演示文稿，使得内容生动有趣，现场气氛轻松活跃。PowerPoint 2003 集演示文稿的创建、编辑和放映为一体，为用户提供了一个简单易用且功能强大的演示文稿工作平台。

6.1.1　启动演示文稿

选择【开始】→【所有程序】→【Microsoft Office】→【Microsoft Office PowerPoint 2003】命令，即可启动如图 6-1 所示的 PowerPoint 2003 工作界面。

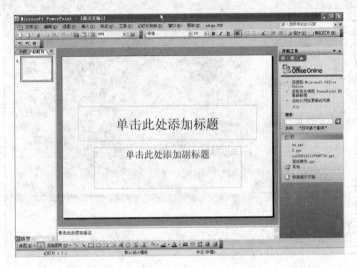

图 6-1　PowerPoint 2003 工作界面

6.1.2　演示文稿的工作界面

PowerPoint 2003 的工作界面由标题栏、菜单栏、工具栏、任务窗格、状态栏和工作区组成。其中，标题栏中包括应用程序名或当前打开文档的名称，以及【最大化】、【最小化】、【还原】和【关闭】按钮；菜单栏位于标题栏的下方，选择菜单栏中的某个命令可以对文档进行一个或一组操作；工具栏通常位于菜单栏的下方，其中包含"常用"工具栏、"格式"工具栏等；任务窗格位于工作界面的右侧，以超链接的方式提供了常用的任务操作；状态栏用来显示程序相关信息，包括幻灯片页码、语言、模板名称等；工作区是用户进行演示文稿的创建和编辑操作的主界面，包括"大纲"窗格、"幻灯片"窗格、"备注"窗格等。其中，"大纲"窗格位于普通视图下显示于工作界面的左侧，包括"大纲"和"幻灯片"两个标签，用来显示演示文稿的整体结构；"备注"窗格位于工作区下方，主要用于对该张幻灯片进行注解；中间编辑区是"幻灯片"窗格，用于编辑修改幻灯片内容。

6.1.3　演示文稿的视图模式

PowerPoint 2003 提供了多种视图模式，这些视图模式可以使演示文稿以不同的方式展示，以满足用户放映、编辑幻灯片时的需要。在 PowerPoint 2003 工作界面左侧"大纲"窗格的下方有 3 个视图按钮，分别代表普通视图、幻灯片浏览视图和幻灯片放映视图，使用这些按钮可以方便地在常用的幻灯片视图之间进行切换。另外，在"视图"菜单中除了上述的 3 种视图命令外，还提供了备注页视图。

1. 普通视图

创建一个新的或者打开一个已有的演示文稿时，默认的视图就是普通视图，如图 6-2 所示，PowerPoint 2003 工作界面分为 3 个部分，即"大纲"窗格、"幻灯片"窗格和"备注"窗格。

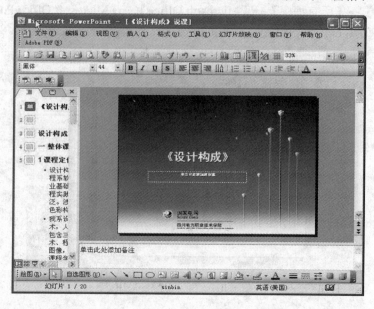

图 6-2　普通视图

（1）"大纲"窗格按照幻灯片的播放顺序反映了每张幻灯片显示的文本内容，可以用来对幻灯片快速定位。其中包括"大纲"和"幻灯片"两个选项卡，在"大纲"选项卡中可以进行文本预览和编辑；在"幻灯片"选项卡中可以按照幻灯片顺序预览幻灯片的整体样式并迅速地找到所需的页面，单击某个页面的图标即可选中该页面，按住"Ctrl"键或"Shift"键可选择多个页面。

（2）幻灯片主体部分即 PowerPoint 2003 的主工作区，各种幻灯片的编辑操作都在这里进行。

（3）备注栏用来存储当前幻灯片页面的附加信息，当幻灯片的创建者或用户认为幻灯片上的内容不能完整地表达信息时，可在备注栏中填写备注信息。

2. 幻灯片浏览视图

幻灯片浏览视图将当前所有幻灯片按顺序排列在工作界面中，用户可以在该视图中浏览幻灯片的大体内容、形式及各个页面的位置关系，并且可以拖动幻灯片，便于调整幻灯片的顺序。幻灯片浏览视图如图 6-3 所示。

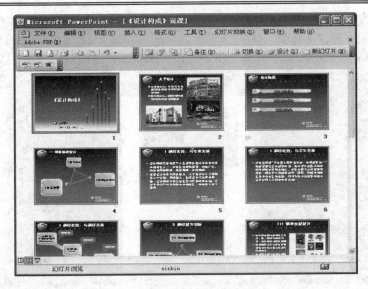

图 6-3　幻灯片浏览视图

3．幻灯片放映视图

当演示文稿制作完成后，可以在幻灯片放映视图中进行演示和播放。在幻灯片放映视图中，幻灯片的主体内容将以全屏的方式放映，用户定义的各种动作和特殊效果也将被激活。幻灯片放映视图如图 6-4 所示。

图 6-4　幻灯片放映视图

4．备注页视图

在"视图"菜单中还提供了一种备注页视图，如图 6-5 所示。在备注页视图中，在幻灯片下方提供了备注栏，用来显示用户在普通视图中的"备注栏"里填写的信息，也可以在其中对相关注释信息进行编辑。

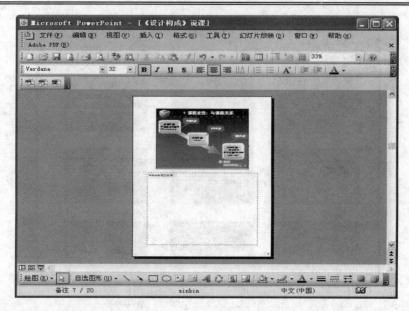

图 6-5　备注页视图

6.1.4　新建、关闭和保存演示文稿

1．新建演示文稿

新建演示文稿有 3 种基本方式，打开任务窗格，选择"新建演示文稿"，可以选择新建空演示文稿、根据设计模板新建和根据内容提示向导新建。一般情况下，可以选择新建空演示文稿自行设计，想要比较快速地创建演示文稿可以根据向导创建 Office 已经设计好的演示文稿形式。

2．关闭和保存演示文稿

单击【关闭】按钮后演示文稿会自动提示是否保存，也可以选择【文件】→【另存为】命令将文件进行保存，以本章项目实例，在保存时可以命名文件为"课程介绍"，选择演示文稿扩展名为".PPT"。

6.2　演示文稿的编辑制作

输入演示文稿中的文本，并对其进行外观设计是演示文稿制作过程中最基本、最重要的一步，PowerPoint 2003 为用户提供了全面的幻灯片外观设计和模板、母版等功能，使用这些功能可以方便地设置幻灯片的配色方案、排版样式等，达到快速修饰演示文稿的目的。

6.2.1　打开演示文稿

要继续编辑制作演示文稿，可以双击已经保存的演示文稿快捷图标打开文件进行操作，这里双击"课程介绍"打开演示文稿。

如果还想打开其他最近使用过的演示文稿，可以通过选择"文件"菜单底部列出的文件打开。默认状态会显示出最近使用的 4 个文件名，要想修改文件数可以通过选择【工具】→【选项】命令，在其中的"常规"选项卡中进行调整，最多能显示出 9 个文件名。

6.2.2　添加演示文稿内容

1．版式的选择

在进行具体内容的添加之前，可以根据要添加的内容选择相应的版式，使内容更加规整地进行布局。在任务窗格中，选择"幻灯片版式"选项，如图 6-6 所示。打开"幻灯片版式"的任务面板，在该面板中提供了文字版式、内容版式、文字和内容版式、其他版式 4 大类供选择，例如，第一张幻灯片是添加整个演示文稿的标题，我们就可以选择"文字版式"中的"标题幻灯片"，如图 6-7 所示。

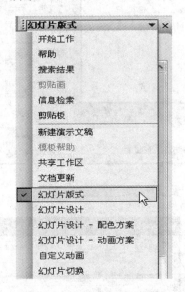 

图 6-6　"幻灯片版式"选项　　　图 6-7　选择"标题幻灯片"版式

2．文字对象的添加

文本对象是幻灯片中使用最多的元素，文本中包含了使用者想要表达的全部信息。正确而快速地对文本对象进行编辑是制作 PowerPoint 演示文稿过程中重要的步骤。

（1）在占位符输入文本。要创建或编辑文本对象时，只需单击某个合适的占位符，即可在其中输入文本内容。所谓占位符是指 PowerPoint 幻灯片页面中的虚线方框，在这些方框中可以插入文本、图像、图表、表格、动画、声音等对象。占位符起到固定对象位置的作用，如图 6-8 所示。

图 6-8 演示的文稿界面中包括 2 个占位符，可以在相应占位符中输入文本。例如，第一张幻灯片可以在其中输入标题"设计构成"，副标题"信息工程系"，如图 6-9 所示。

要设置占位符的属性时，可以双击占位符的边框，或者在边框上右击鼠标，在弹出的快捷菜单中选择"设置占位符格式"命令，弹出如图 6-10 所示的对话框。

在"设置占位符格式"对话框中可以对边框颜色、填充线条、占位符尺寸大小和缩放比例、在幻灯片页面中的位置等属性进行设置。

（2）在文本框中输入文本。要在占位符外插入文本对象时，可以使用文本框工具。选择【插入】→【文本框】命令可以选择插入一个横排或竖排的文本框。PowerPoint 2003 中文本框的基本操作与 Word 2003 中基本相同，读者可以参阅有关内容进行文本框的操作。

图 6-8　占位符

图 6-9　在占位符中输入标题

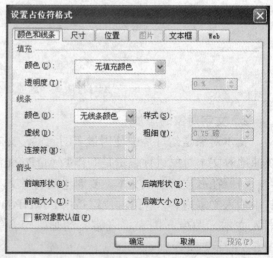

图 6-10　"设置占位符格式"对话框

（3）文本的编辑修改。默认情况下，PowerPoint 为每个段落的文本都进行自动编号，按下"Enter"键后，PowerPoint 会自动插入下一个项目符号。如果想在段落中另起新行而不是插入新的项目符号，需要使用"Shift+Enter"组合键。

可以按下鼠标左键并拖动来进行文本的选择，也可以在某个单词上双击鼠标选择该单词；要想选择一个段落时，可在这个段落的任意位置连续 3 次单击鼠标；要选择某个页面中的全部文本时，可在"大纲"窗格中选择"大纲"标签，并在其中单击要选择页面的图标。

要对文本进行剪切或复制操作时，可以选中需要操作的文本，并在其上右击鼠标，在弹出的快捷菜单中选择"剪切"或"复制"命令，然后在需要粘贴的位置上的右键快捷菜单中选择

"粘贴"命令即可。也可以使用鼠标将需要剪切或复制的文本拖动到目标位置，在拖动的同时按住"Ctrl"键即进行"复制"操作；不按"Ctrl"键即进行"剪切"操作。

（4）文本的格式化。为了使界面美观，条理清晰，需要对文本进行格式化操作。对文本格式化时常用的操作包括字体和对齐方式设置、更改大小写、替换字体、分行、段落格式设置等。通常可以使用"格式"工具栏中的相关按钮更改字体的样式、大小、属性等。需要对文本进行格式化操作时，首先要选定待操作的文本。

- 有关字体、字号、加粗、倾斜、下画线、对齐方式、缩进量等操作和 Word 2003 中的相关操作相同，这里不再重复说明。
- "格式"工具栏中包含一个【阴影】按钮 S，使用该按钮可以给选定文本添加阴影效果。
- 【更改文字方向】按钮 可将当前占位符中的所有文字进行横排与竖排之间的相互转换。
- 【项目符号】和【编号】按钮 可为鼠标指针所在的段落文本设置或取消项目符号和编号。其中，编号功能可以根据前面的段落编号自动计数。
- 【增大字号】和【减小字号】按钮 以标准尺寸改变文字的大小。小于 10 磅的字体每次增加或减少 1 磅，大于 10 磅的字体的大小改变幅度较大。

此外，使用"格式"菜单也可以对文本格式进行相关操作。

- 替换字体。选择【格式】→【替换字体】命令可将演示文稿中某种字体的全部文本替换为其他字体，只需将如图 6-11 所示的"替换字体"对话框中的原字体和新字体分别设置好即可。
- 换行。选择【格式】→【换行】命令可打开如图 6-12 所示的"亚洲换行符"对话框。选中"按中文习惯控制首尾字符"复选框可以避免在行首或行尾出现某些字符，如行首的"，"和行尾的"{"等；单击【版式】按钮可以对首位字符进行详细设置；选中"允许西文在单词中间换行"复选框，使西文单词可在词中被截断；选中"允许标点溢出边界"复选框将允许标点出现在对齐的文字之外。

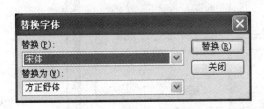

图 6-11　"替换字体"对话框

图 6-12　"亚洲换行符"对话框

4．幻灯片的管理

（1）选定幻灯片。在幻灯片浏览视图和普通视图中都可以通过鼠标单击选定一张幻灯片，要选定连续的幻灯片可以单击第一张幻灯片，按住"Shift"键后单击最后一张幻灯片；要选定不连续的幻灯片则单击第一张幻灯片，按住"Ctrl"键后单击需要选择的幻灯片。

（2）插入幻灯片。完成了一张幻灯片的制作后，我们可以不断地继续增加更多的幻灯片，要插入幻灯片可以通过选择【插入】→【新幻灯片】命令来完成，如图 6-13 所示。

如果要把其他演示文稿中的幻灯片放入当前制作的演示文稿中，可以通过选择【插入】→【幻灯片（从文件）】或【幻灯片（从大纲）】命令来完成。

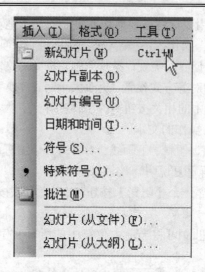

图 6-13　插入新幻灯片

5. 其他对象的添加

在 PowerPoint 2003 中除了插入文字对象外，还可以方便地插入图表、图片、公式、表格、组织结构图等其他对象。图表可以清楚直观地描述一组统计数据，而图片可以使演示文稿形式多样、生动有趣。

（1）图表。PowerPoint 2003 可以插入多种类型的图表，并且对图表数据进行精确的定量描述。选择【插入】→【新幻灯片】命令，并打开"幻灯片版式"任务窗格，在"内容版式"中选择"标题和内容"版式，然后在幻灯片页面中单击【插入图表】按钮即可创建一个默认的图表，如图 6-14 所示。

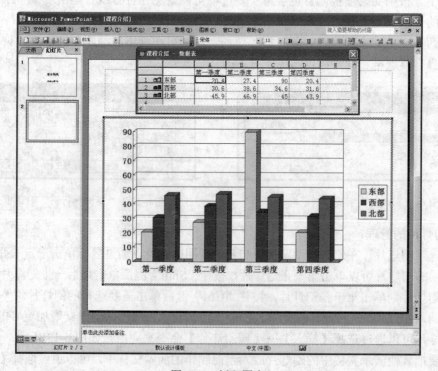

图 6-14　插入图表

　　另外，在任意幻灯片页面上选择【插入】→【图表】命令也可在当前页面中插入一个图表。

　　如图 6-14 所示的是图表的编辑状态。在数据表编辑对话框中可以对数据表各行和各列中的数据进行编辑，双击需要编辑的单元格，即可进入文本编辑状态，编辑完成之后，单击数据表编辑对话框外的任意位置即可退出编辑状态。

　　在图表区域右击鼠标，在弹出的快捷菜单中包括设置图表区格式、图表类型、图表选项、设置三维视图格式、数据工作表等命令。其中，"设置图表区格式"命令用来设置整个图表区的字体属性，填充色以及边框线型、颜色和粗细；"图表类型"命令可以设置图表的外观效果，在标准类型中包括柱形图、条形图、折线图、饼图等，在自定义类型中包括彩色堆积图、彩色折线图、对数图、管状图等；"图表选项"命令可以设置图表和分类标题、坐标轴和网格线类型、图例在图表中的位置、数据标签属性和数据表的显示方式；"设置三维视图格式"命令可以调整图表的三维属性，包括视角位置、旋转角度等；"数据工作表"命令可以用来打开或关闭数据表编辑对话框。

　　本章项目实例在介绍课程考核标准时建立了折线图，如图 6-15 所示。将图表类型设置为折线图，同时设置坐标轴的刻度，以及坐标轴的系列格式等，对图表进行综合的修改设置，使其更好地体现数据分析。

图 6-15　图表示例

　　（2）图片。和 Word 2003 一样，PowerPoint 2003 的演示文稿中也可以将外来图片作为文档的一部分。常用的插入图片的方法有两种，一是选择【插入】→【新幻灯片】命令，在"幻灯片版式"任务窗格中选择"内容"版式，然后在幻灯片页面中单击【插入图片】按钮 ，即可选择一幅图片插入文稿中；二是选择【插入】→【图片】命令，即可方便地在当前页面中插入一张图片。

　　选中插入的图片后，会出现"图片"工具栏，使用它可以对图片的颜色、对比度、亮度、大小、边框线型、透明色等进行设置。单击工具栏中的【设置图片格式】按钮 还可以对图片的各种信息进行详细设置，设置方法读者可以参阅相关内容。

本章项目实例某幻灯片中插入图片示例如图 6-16 所示。幻灯片页面中插入的是 Windows XP 自带的"sunset.jpg"，并且使用"设置图片格式"对话框为该图片加上了双线型边框。

图 6-16　插入图片示例

（3）组织结构图。

① 添加组织结构图。

要在 PowerPoint 中添加组织结构图，可通过以下步骤进行。

● 选择【插入】→【图示】命令，或者单击"绘图"工具栏上的【插入组织结构图或其他图示】按钮。

● 这时会出现"图示库"对话框，如图 6-17 所示，在其中选择组织结构图。

图 6-17　"图示库"对话框

● 单击【确定】按钮，即可添加一个组织结构图，如图 6-18 所示。同时出现"组织结构图"工具栏，如图 6-19 所示。

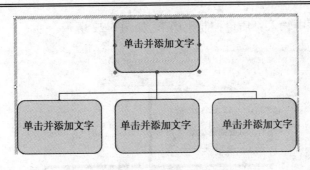

图 6-18　组织结构图

图 6-19　"组织结构图"工具栏

② 在图框中输入文本。在组织结构图的图框中输入相应的文本后，一个基本的组织结构图就建立了。在输入文本时尽可能从上到下按照次序输入，这样能更清楚地看见组织结构图的结构，如图 6-20 所示。

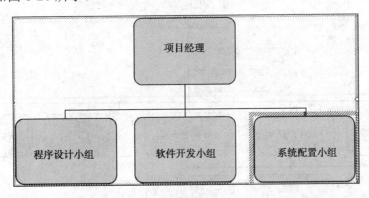

图 6-20　在图框中输入文本

③ 修改组织结构图：添加图框。在实际建立组织结构图时，一般要在基本组织结构图上进行修改，以满足实际需要。对图框的调整可以利用"组织结构图"工具栏完成，或者右键单击图框，在弹出的快捷菜单中选择相关的命令。

如项目经理要对项目完成情况进行查看，可以通过质量小组对其他部门进行监督，此时要在"项目经理"图框和各小组图框之间添加一个"质量控制小组"图框，具体操作步骤如下。

● 选中"项目经理"图框，单击"组织结构图"工具栏中的【插入形状】按钮，在下拉菜单中选择"助手"命令，如图 6-21 所示。

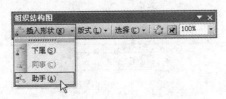

图 6-21　选择"助手"命令

● 在添加的图框中输入"质量控制小组"，如图6-22所示。

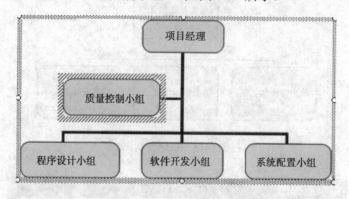

图6-22　插入的助手图框

还可以添加与"系统配置小组"等同级的各部门，只要选择"插入形状"下拉菜单中的"同事"命令，在出现的图框中输入小组名称即可。如果在某个图框下面再添加分支，只要选择"插入形状"下拉菜单中的"下属"命令，然后在出现的图框中输入文字即可，如图6-23所示。

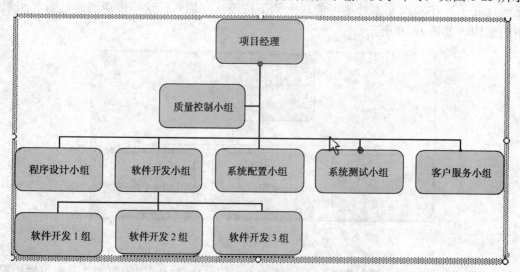

图6-23　插入"同事"和"下属"后的组织结构图

④ 修改版式。在实际应用中，通常采用不同的版式设置组织结构图样式。选定"项目经理"图框，单击"组织结构图"工具栏中的【版式】按钮，在下拉菜单中可以选择各种不同的版式，如图6-24所示。如图6-25所示即为应用了右悬挂版式后的组织结构图。

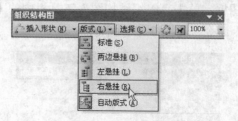

图6-24　"版式"下拉菜单

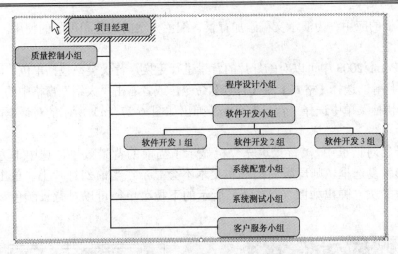

图 6-25　右悬挂版式组织结构图

⑤ 其他图示。除了利用组织结构图表示项目中各部门的关系外，也可以根据情况选择其他图示进行说明。其他 5 种图示分别是循环图、射线图、棱锥图、维恩图和目标图，这 5 种图示也可以像组织结构图一样进行编辑修改，方法大致相同，在此不再赘述。本章项目实例把教学内容建立为棱锥图，如图 6-26 所示。

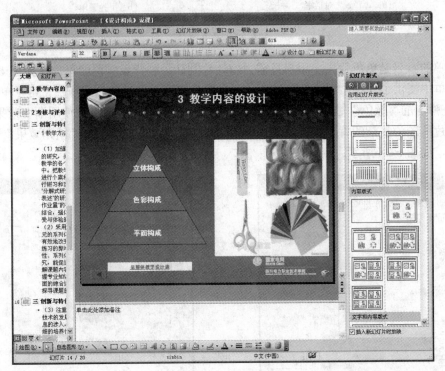

图 6-26　棱锥图示例

6.2.3　修饰与美化演示文稿

在添加完所有幻灯片的内容后，经常会对演示文稿进行进一步的美化，使演示文稿画面更加美观，更能引人入胜。对演示文稿的美化和修饰通常包含 4 个主要的内容，分别是对演示文稿进行设计模板的应用、为演示文稿添加背景、配色方案的调整和母版的使用。

1. 背景

在 PowerPoint 2003 中可以对幻灯片的背景进行更换，背景类型包括单色、渐变效果、纹理、图案、图片等。选择【格式】→【背景】命令，或者右击"大纲"窗格中的"幻灯片"标签，在弹出的快捷菜单中选择"背景"命令，弹出如图 6-27（a）所示的对话框，即可进行幻灯片背景设置。

在"背景"对话框中，"背景填充"栏显示了当前的背景效果，选中下方的"忽略母版的背景图形"复选框，则母版的图形和文本不会显示在当前幻灯片上。单击背景预览下边向下的下拉箭头，弹出如图 6-27（b）所示的下拉菜单，可以对背景颜色和效果进行设置。

（a）"背景"对话框　　　　　　　　　　（b）下拉菜单

图 6-27　设置背景

最简单的背景是单色背景，用户只需为幻灯片制订一种背景颜色即可。在如图 6-27（b）所示的菜单中提供了几种常用的颜色按钮，如果用户需要设置其他背景颜色，可以单击"其他颜色"，在弹出的"颜色"对话框中选择或手工设置所需的颜色；如果想使用渐变效果、纹理、图案、图片等较为复杂的背景模式，则应单击"填充效果"，在弹出的"填充效果"对话框中进行设置，如图 6-28 所示。

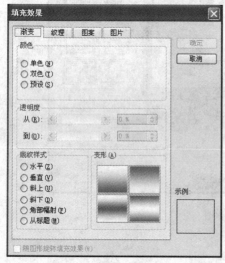
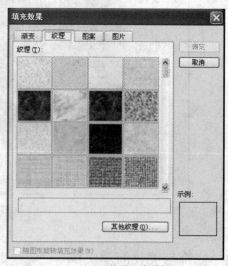

（a）"渐变"选项卡　　　　　　　　　　（b）"纹理"选项卡

图 6-28　"填充效果"对话框

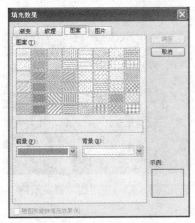
（c）"图案"选项卡

（d）"图片"选项卡

图 6-28　"填充效果"对话框（续）

在如图 6-28（a）所示的"渐变"选项卡中可以设置色彩渐变效果的背景图案。在"颜色"栏中，"单色"项可以设定背景图案为单色，并调整色彩的亮度；"双色"项用于设置两种颜色相互过渡的效果；"预设"项中提供了 PowerPoint 2003 预设的几种色彩过渡方案，包括红日西斜、金乌坠地等。选择了某种背景样式后，在"填充效果"对话框右侧的"示例"处会提供该背景的预览效果。"透明度"栏可以使过渡填充的起点颜色部分和终点颜色部分变透明，并且可以调整透明的百分比。"底纹样式"栏提供了多种渐变效果的变化方向，包括水平、垂直、斜上、斜下等，选择了一种底纹样式后，还可以在"变形"栏中选择基于当前底纹样式的各种变形效果。使用渐变效果示例如图 6-29 所示，示例采用双色模式，底纹样式设置为"从标题"，并选择第二种变形效果。

如图 6-28（b）所示的"纹理"选项卡能够将幻灯片背景设置为纹理效果。在"纹理"栏中提供了一些 PowerPoint 2003 自带的纹理图案；单击【其他纹理】按钮还允许用户任意选择一幅图片作为纹理添加到背景中。如图 6-30 所示的是使用"深色木质"纹理作为背景的幻灯片示例。

图 6-29　使用渐变效果示例

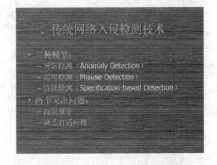
图 6-30　使用纹理效果示例

如图 6-28（c）所示的"图案"选项卡使得用户可以选择一种 PowerPoint 2003 提供的图案样式作为幻灯片的背景图案，并且用户可以自己设置前景色和背景色。如图 6-31 所示的是使用"大网格"样式的图案作为背景的效果示例。

在如图 6-28（d）所示的"图片"选项卡中，单击【选择图片】按钮可以任意指定一幅图片作为幻灯片背景。如图 6-32 所示的是使用 Windows XP 自带的"sunset.jpg"图片作为背景的效果示例。

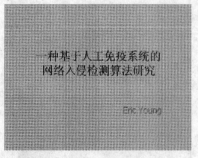

图 6-31　使用图案效果示例　　　　　　　　图 6-32　使用图片效果示例

2.　设计模板

在演示文稿中包括两种模板，即内容模板和设计模板。其中，内容模板就是幻灯片版式。设计模板是指 PowerPoint 中预先定义好的一系列幻灯片外观样式，包括背景、配色方案等。使用设计模板可以为演示文稿提供设计完整、专业的外观。单击"格式"工具栏中的【设计】按钮，即可打开"幻灯片设计"任务窗格，如图 6-33 所示。

在"设计模板"中，PowerPoint 2003 提供了预定义好的幻灯片样式。将鼠标指针移动到待选择的样式上，单击右侧的下拉箭头，即可在弹出的下拉菜单中进行设计模板的相关操作。其中，"应用于所有幻灯片"和"应用于选定幻灯片"分别将该模板应用于演示文稿中的所有幻灯片和当前工作区内选定的幻灯片；"显示大型预览"命令将任务窗格中的模板预览图变为大型图案，方便用户查看。单击最下方的"附加设计模板"可以从 Office 安装光盘中安装更多的设计模板，【Microsoft Office Online 设计模板】按钮可用来获取 Web 上可用的设计模板。

我们可以将设计模板应用于演示文稿中的一张或者所有幻灯片，为了统一演示文稿风格，尽量选择相同的设计模板，本章项目实例选择已经保存好的模板，并且应用于所有幻灯片，如图 6-34 所示。

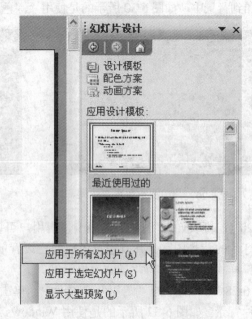

图 6-33　"幻灯片设计"任务窗格　　　　　　图 6-34　应用"设计模板"

3. 配色方案

配色方案中提供了一些预设的颜色配置，由背景、文本和线条、阴影、标题文本、填充、超链接 6 种颜色经过搭配组成，每个模板都包含一个标准的配色方案，配色方案提供应用于演示文稿各个部分的一组共 8 种默认颜色，一个配色方案可应用于所有幻灯片也可应用于某一张幻灯片。但其发生作用仍次后于母版，即文稿优先使用的仍是母版的颜色。单击各个预览图右侧的向下按钮，可以选择将该配色方案应用于当前幻灯片、所有幻灯片或母版。单击任务窗格下方的"编辑配色方案"，在弹出的对话框中选择"自定义"选项卡，即可编辑配色方案。选中需要更改色彩的项目名称前面的色块，单击【更改颜色】按钮可以选择一种新颜色，所有项目更改完成后，单击【添加为标准配色方案】按钮即可。

4. 母版

（1）幻灯片母版。母版是 PowerPoint 提供的一类特殊的幻灯片，它规定了整个演示文稿的格式，任意幻灯片文稿都是在母版的基础上建立起来的。母版中的格式信息包括文本对象的字形、占位符的大小和位置、背景格式、配色方案等。如图 6-35 所示的幻灯片应用了母版，图中的 4 张幻灯片都具有统一的标题格式、文本格式和背景图案。

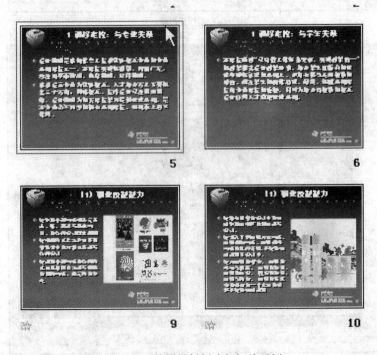

图 6-35　使用母版创建幻灯片示例

有两种切换到幻灯片母版模式的方法，一是选择【视图】→【母版】→【幻灯片母版】命令；二是按下"Shift"键，"大纲"窗格下的【普通视图】按钮会变为【幻灯片母版视图】按钮，单击该按钮也可以切换到幻灯片母版模式。幻灯片母版如图 6-36 所示。

幻灯片母版的主界面包括 5 个占位符，即标题区、对象区、日期区、页脚区和数字区。其中，标题区可用来设置幻灯片标题字符的格式；对象区用来设置幻灯片主体内容的字符格式，以及编号和项目符号属性；日期区用来设置页眉或页脚上的日期信息；页脚区用来添加、定位和编辑页眉或页脚上的说明性文字；数字区可以设置自动页面编号的相关内容。

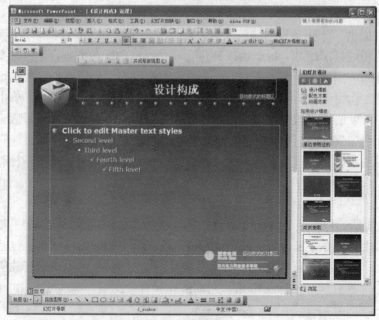

（a）幻灯片母版

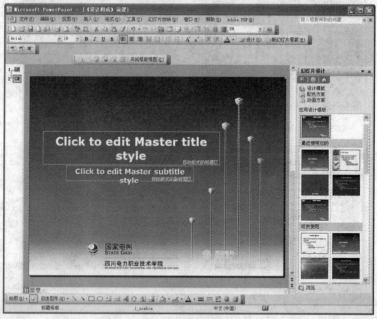

（b）标题母版

图 6-36　幻灯片母版

用户还可以通过"幻灯片母版视图"工具栏对幻灯片母版进行编辑操作，如图 6-37 所示。

图 6-37　"幻灯片母版视图"工具栏

其中包括选择、插入、删除、重命名、保护母版等。单击【插入新幻灯片母版】按钮 可以插入空白母版，与原有的幻灯片母版类似，新的幻灯片母版也包括标题区、对象区、日期区、页脚区和数字区 5 个占位符，用户可对字体、字形、项目符号、配色方案、背景样式等进行设置。【插入新标题母版】按钮 可用来新建一个空白的标题母版。【删除母版】按钮 用来删除演示文稿中选定的母版。【保护母版】按钮 可用来锁定母版，以防止 PowerPoint 对其进行自动删除操作，单击【保护母版】按钮时，在页面左侧"大纲"窗格中的幻灯片缩略图旁边会出现"保留母版"图标 。单击【重命名母版】按钮 可对母版进行重命名操作。【母版版式】按钮 可以用来添加或删除页面中的某些元素，如日期、页脚、幻灯片编号等。

（2）讲义母版。PowerPoint 2003 中的讲义母版用于讲义的标准格式化。选择【视图】→【母版】→【讲义母版】命令打开讲义母版界面，或按下"Shift"键并单击"大纲"窗格下方的【浏览视图】按钮 。讲义母版如图 6-38 所示。可以在"讲义母版视图"工具栏中选择一种包含不同数目的讲义视图样式。除此之外，还可以对视图中的 4 个占位符，即页眉区、日期区、页脚区和数字区进行格式设置。

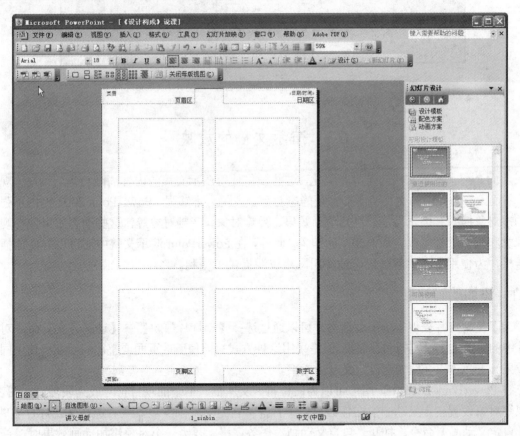

图 6-38　讲义母版

（3）备注母版。备注母版用于格式化演讲者备注页面的内容，选择【视图】→【母版】→【备注母版】命令可以进入如图 6-39 所示的备注母版。

备注母版包含 6 个占位符，即页眉区、日期区、幻灯片区、备注文本区、页脚区和数字区，用户可以对这些占位符进行各种格式设置。

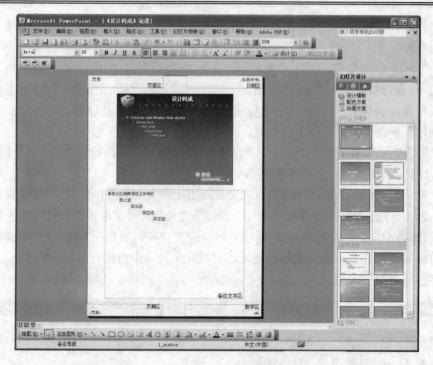

图 6-39　备注母版

6.3　演示文稿的放映

前面介绍了演示文稿的排版和美化，这些操作使得演示文稿的内容清晰合理，版式美观大方。然而，前面介绍的文字和图形都是静态对象，表现力不够强。PowerPoint 2003 提供了强大的动态对象插入和编辑功能，包括动画效果、视频对象、音频对象等，这些动态效果使得观众在视觉和听觉上都得到直观而深刻的印象。此外，在 PowerPoint 演示文稿中还可以方便地插入超链接，为使用者在讲解时快速地使用网络资源提供了便利。

6.3.1　添加动画效果

为了使幻灯片表现得更生动活泼，可以通过选择【幻灯片放映】→【动画方案】命令对幻灯片中的对象加上一定的动画效果，但是采用这种方式只能使所选页面或整篇演示文稿使用同一种效果。下面重点介绍如何自定义动画效果。

在 PowerPoint 2003 中，用户可以为占位符、文本框、单个的项目符号或列表项目、图表、图像等对象设置自定义动画。在任务窗格中打开"自定义动画"项，或者选择【幻灯片放映】→【自定义动画】命令，打开"自定义动画"任务窗格。要为一个对象添加动画效果时，首先选中这个对象，然后在"自定义动画"任务窗格中单击【添加效果】按钮，在弹出的下拉菜单中选择一种效果，此时在演示文稿的主界面上所选对象的左侧出现动画标号，同时会演示所选效果的预览效果。当所选的占位符或文本框对象中包括多个项目符号或编号项时，PowerPoint 2003 自动将每个项目都设置一个标号，即这些项目的动画效果按顺序出现。如图 6-40 所示给出了一个添加动画效果的示例。要更改为其他动作时，可单击【添加效果】按钮，在弹出的其他几种动画形式中进行选择。

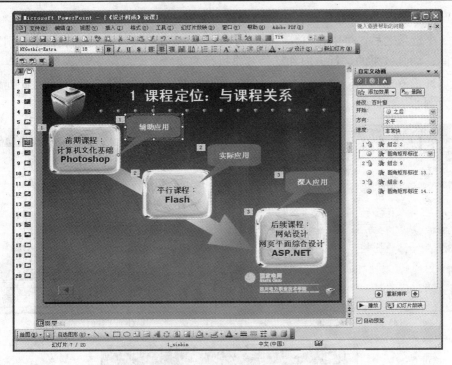

图 6-40　添加动画效果示例

　　要对设置了动画的对象进行进一步编辑设置，可以单击"自定义动画"任务窗格中某个对象右侧的下拉箭头，弹出如图 6-41 所示的动画效果菜单。

　　（1）"单击开始"项指在放映幻灯片时，单击鼠标左键可以激活当前动画效果，这是所有动画效果项目的默认设置。

　　（2）选择"从上一项开始"命令，指定的动画效果与其上面的一项动画效果同时进行。如果页面中第一个动画效果选择"从上一项开始"命令，则当该页面开始放映时，该动画效果自动开始播放。

图 6-41　动画效果菜单

（3）"从上一项之后开始"指在上一项动画效果开始之后，当前动画开始播放。此外，选择了上述 3 个选项之后，可以在"开始"、"方向"和"速度"3 个下拉列表框中分别设定动画开始的时间、动画效果的运行方向和动画效果执行的速度。

（4）选择"效果选项"命令后，会弹出效果设置对话框，如图 6-42 所示（此处以"百叶窗"效果为例）。

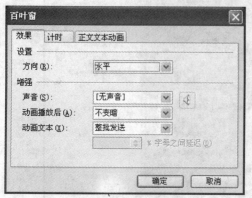
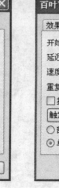

（a）"效果"选项卡

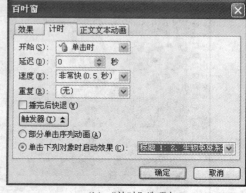

（b）"计时"选项卡

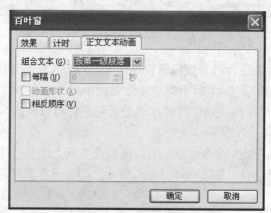

（c）"正文文本动画"选项卡

图 6-42 "百叶窗"对话框

在"效果"选项卡中，可以设置动画效果的运行方向（包括水平和垂直）；执行动画效果的同时产生的声音效果；动画效果播放完毕后是否变暗、变色或隐藏；以及动画效果中一次发送的文本单位，包括整批发送、按字/词发送、按字母发送等，当选择后两种发送方式时，还需设定延迟发送的时间比率。

"计时"选项卡中设定动画开始的触发条件、延迟、速度、重复次数等。单击【触发器】按钮，并选择"单击下列对象时启动效果"便可从下拉菜单中选择一个用来触发当前效果的对象。例如，在如图 6-40 所示的例子中，将动画效果 1 的触发器设置为该页面的标题，则在幻灯片放映时，只有单击该标题才能触发动画效果 1；若用户单击标题以外的区域，将跳过该幻灯片页面。因此，使用触发器可以让用户选择在放映时是否播放某一对象。

"正文文本动画"选项卡用来设定含有多个段落或多级段落的正文动画效果。"组合文本"下拉菜单可以设置段落的组合方式；选中"每隔"复选框后，可以设置每个段落之间的播放时延；选中"相反顺序"复选框可使段落按照逆序播放。

（5）选择动画效果菜单中的"计时"命令，即可打开如图 6-42（b）所示的"计时"选项卡。

（6）选择动画效果菜单中的"显示高级日程表"命令，在动画效果名称后面会出现时间方块，拖动时间方块的两端可以精确地设置每个自定义动画项的开始和结束时间。

6.3.2　插入视频对象

PowerPoint 2003 支持在演示文稿中插入视频对象，这样可以使听众获得良好的视觉和听觉效果。PowerPoint 2003 支持两种类型的视频对象，即剪辑管理器中的影片和外来视频文件。在"幻灯片版式"任务窗格中选择"内容"版式，单击幻灯片页面上的【插入媒体剪辑】按钮，即可选择一种剪辑管理器中的影片进行插入，如图 6-43 所示。或者选择【插入】→【影片和声音】→【文件中的影片】命令，即可从硬盘中选择一个视频文件插入演示文稿中。如图 6-44 所示的是插入 Windows 系统目录下的 Clock.avi 文件，插入完成后 PowerPoint 会询问开始播放影片的方式，单击【自动】按钮则在幻灯片页面被打开后自动开始播放，单击【在单击时】按钮则只有在单击影片对象后才开始播放。

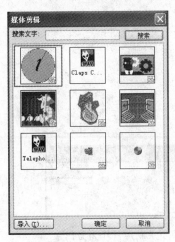

图 6-43　插入媒体剪辑

图 6-44　插入视频文件

可以双击视频对象，打开"设置图片格式"对话框对影片格式进行设置，设置方法与 Word 中插入图片设置属性的方法相同，读者可以参阅相关内容。

6.3.3　插入声音

除了视频对象外，使用 PowerPoint 2003 也可以方便地插入音频对象。选择【插入】→【影片和声音】命令可以看到，PowerPoint 2003 支持的插入声音方式包括剪辑管理器中的声音、文件中的声音、播放 CD 乐曲、录制声音等。

选择【插入】→【影片和声音】→【剪辑管理器中的声音】命令，可以打开"剪贴画"任务窗格，其中列出了当前剪辑库中所有的可插入幻灯片文稿的声音文件，包括.wav、.mid 文件等。单击需要插入的声音文件即可在当前页面中将其插入，同时会出现询问播放声音时间的对话框，如图 6-45 所示，单击【自动】按钮在幻灯片页面被打开后自动开始播放，单击【在单击时】按钮只有单击声音对象后才开始播放。

　　要想将任意声音文件插入演示文稿中，可以使用"文件中的声音"命令，在插入声音对话框中选择音频文件插入。PowerPoint 2003支持的外来声音文件包括.wav、.mid、.mp3、.wma等。

　　此外，PowerPoint 2003还支持使用CD乐曲作为背景音乐，还可以使用录制的声音作为旁白，分别如图6-46和图6-47所示。使用CD乐曲作为背景音乐时，可以设置开始曲目和结束曲目的编号、时间、音量、循环播放及播放时间信息；使用"录制声音"命令则可以打开"录音"对话框进行旁白的录制，并保存在演示文稿中，以便放映时使用。

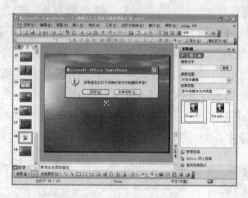

图 6-45　插入剪辑管理器中的声音

图 6-46　使用 CD 乐曲作为背景音乐

图 6-47　录制声音作为旁白

6.3.4　演示文稿中的超链接

　　在演示文稿中添加超链接可以快速跳转到不同的位置，如另一张幻灯片、其他演示文稿、Word文档、Internet地址等。如图6-48所示的是本章项目使用超链接的例子，单击文字"见学习情境表"将打开链接的Word表格。

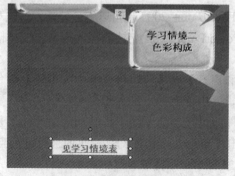

图 6-48　使用超链接示例

　　添加超链接时，选中需要添加超链接的文字或对象，在右键快捷菜单中选择"超链接"命令，弹出如图 6-49 所示的"插入超链接"对话框。可以看到，能将超链接的目的位置设为原有文件或网页、本文档中的位置、新建文档或电子邮件地址。在"要显示的文字"文本框中可以输入在幻灯片页面中显示的超链接的名称；在"原有文件或网页"中可以设定目的文件或网页的地址；在"本文档中的位置"中可以设置链接到当前演示文稿中的目的位置；在"新建文档"中可以设定新建文档的保存路径及编辑方式；在"电子邮件地址"中可以设置电子邮件的目标地址、主题等。

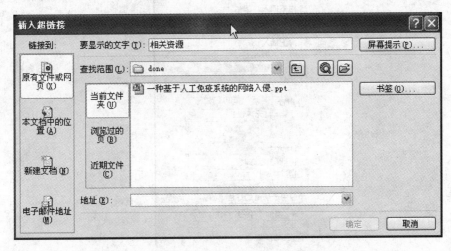

图 6-49　"插入超链接"对话框

　　当添加超链接成功后，在链接对象上单击鼠标右键，可以对超链接进行打开、编辑、复制和删除操作。打开超链接可以将链接的目的位置打开；编辑超链接与上述的创建超链接操作相同；复制超链接可复制当前链接的属性供其他链接对象使用；删除超链接可取消当前对象的链接操作。

6.3.5　幻灯片的切换

　　幻灯片切换是指在幻灯片放映过程中各个页面的切换效果，使得整个放映过程过渡自然，同时也可以提高观众的注意。在 PowerPoint 2003 中可以通过选择【幻灯片放映】→【幻灯片切换】命令或者单击"幻灯片切换"任务窗格打开相应面板对幻灯片的切换进行设置，如图 6-50 所示。

　　在设置幻灯片切换属性时，首先应选中需要设定的一个或多个幻灯片页面，该操作可在普通视图的"大纲"窗格中完成，也可在幻灯片浏览视图中完成，在选择幻灯片时按住"Ctrl"键即可完成选择多个幻灯片页面的操作。选中待设置的页面后，在"幻灯片切换"任务窗格中选择一种切换效果，此时幻灯片页面会出现该效果的预览。在"速度"下拉菜单中可以调整切换效果的运行速度；"声音"下拉菜单可以设置切换幻灯片的同时产生的声音效果。"换片方式"栏用来设定切换幻灯片的条件，默认情况下是"单击鼠标时"，也可将切换条件设为每隔一定的时间间隔自动切换。单击【应用于所有幻灯片】按钮，可将当前的切换效果应用于文稿中的所有幻灯片，否则只应用于选中的幻灯片。

　　除了通过面板设置，还可以在幻灯片放映视图时，单击屏幕左下角的【切换】按钮完成幻灯片的切换。

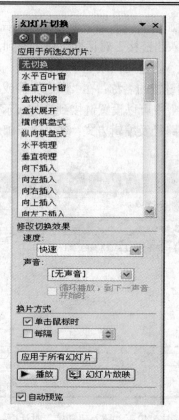

图 6-50　"幻灯片切换"任务窗格

6.3.6　幻灯片的放映

1. 设置放映方式

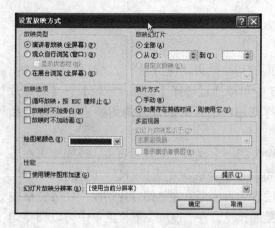

图 6-51　"设置放映方式"对话框

在放映幻灯片之前，用户需要对幻灯片的放映属性进行设定。选择【幻灯片放映】→【设置放映方式】命令可以打开如图 6-51 所示的"设置放映方式"对话框。

（1）在"放映类型"栏中，可以根据不同场合运行演示文稿的需要，设定演示文稿放映的不同运行方式，包括"演讲者放映（全屏幕）"、"观众自行浏览（窗口）"和"在展台浏览（全屏幕）"。其中，"演讲者放映（全屏幕）"是最常用的放映方式，演讲者可以完全控制放映过程，可以选择使用自动或人工方式放映、暂停或继续放映、添加会议记录、录制旁白、将幻灯片投影到大屏幕上等。"观众自行浏览（窗口）"模式用来运行小屏幕的演示文稿，在此模式中，用户可以使用滚动条或"PageUP"键、"PageDown"键在幻灯片之间进行切换，也可以同时打开其他应用程序，使用 Web 工具栏可以浏览其他 Office 文档或者 Web 页面。"在展台浏览（全屏幕）"可用来自动运行演示文稿，该选项适合于会展广场或会议中，在无人值守的情况下自动播放幻灯片。在此模式下，大多数菜单和命令都不可用，并且每次播放完毕后，播放过程将重新开始。

（2）"放映选项"栏可以设置放映幻灯片的相关属性，包括循环放映、添加旁白和动画、画笔颜色等。其中，画笔工具使演讲者可以按下鼠标左键并在屏幕上拖动绘制线条，这一工具有助于演讲者能够更好地表达所要讲解的内容。

（3）"放映幻灯片"栏可以设置幻灯片的放映范围，默认情况下为"全部"。

（4）"换片方式"栏可以对放映幻灯片时幻灯片的切换方式进行设置。选中"手动"单选按钮只有在单击鼠标或按下"PageUp/PageDown"键时才进行换片；选中"如果存在排练时间，则使用它"单选按钮，将按照"幻灯片切换"任务窗格中设定的自动换片时间进行切换。

（5）当计算机连接多个显示器时，可使用"多监视器"项对显示幻灯片的显示器进行设置。

（6）"性能"栏可对幻灯片放映时的硬件加速和分辨率进行设置。在带有支持 Microsoft DirectX 显示卡的计算机中，选中"使用硬件图形加速"复选框可使幻灯片具有更好的动画效果；"幻灯片放映分辨率"可使幻灯片的放映在效果和速度之间取得较好的折中。

2．放映演示文稿

放映演示文稿的操作非常简单，主要有以下几种启动方式。

（1）单击"大纲"窗格下方的【从当前幻灯片开始幻灯片放映】按钮 🖵，或使用快捷键"Shift+F5"。

（2）选择【视图】→【幻灯片放映】命令，或使用快捷键"F5"。

（3）选择【幻灯片放映】→【观看放映】命令。

需要注意的是，选择【视图】→【幻灯片放映】命令，将从演示文稿中的第一张幻灯片开始放映；而单击 🖵 按钮则是从当前选定的幻灯片页面开始播放。

在放映幻灯片时，PowerPoint 将自动切换到全屏状态，此时可以使用键盘和鼠标对放映流程进行控制。

（1）显示下一张幻灯片：单击鼠标左键、按"Space"键、"N"键、"→"、"↓"、"Enter"键或"PageDown"键。

（2）返回上一张幻灯片：按下"Backspace"键、"P"键、"←"、"↑"或"PageUp"键。

（3）切换到指定幻灯片页面：输入目标页面的编号，然后按下"Enter"键。

（4）显示或隐藏鼠标指针：按下"A"键或"="键。

（5）停止或重新启动自动放映：按下"S"键或"+"键。

（6）返回第一张幻灯片页面：同时按下鼠标左右键两秒。

（7）结束幻灯片放映：按下"Esc"键、"Ctrl+Break"组合键或"-"键。

此外，还可以通过页面左下角的按钮对幻灯片的放映过程进行控制。其中，◀ 和 ▶ 按钮分别用于切换到上一张和下一张幻灯片；✎ 按钮可以对画笔笔型和颜色进行设置；▭ 可用来控制幻灯片的放映流程。在页面任意位置上单击鼠标右键，在弹出的快捷菜单中也可以对放映过程进行相关设置。

6.4　演示文稿的打印

PowerPoint 2003 还提供了幻灯片的打印功能，使得用户可以将重要的内容打印输出，方便用户使用。

　　在 PowerPoint 2003 中，可以对演示文稿进行打印输出。选择【文件】→【打印】命令，弹出如图 6-52 所示的"打印"对话框。

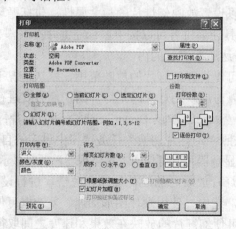

图 6-52　　"打印"对话框

　　PowerPoint 2003 中的打印设置与 Word 2003 中大体相同。在"打印机"栏中可以选择一个打印机执行打印任务；在"打印范围"栏中设定打印的页面范围为全部、当前幻灯片或选定幻灯片；"份数"栏用来确定打印份数；"打印内容"下拉列表框包括幻灯片、讲义、备注页和大纲视图 4 种，这些打印方式分别对应于 PowerPoint 中的各种视图模式。当使用"讲义"模式时，在"讲义"栏中可以设置每页中打印的幻灯片数及打印顺序。在"颜色/灰度"下拉列表框中可以选择打印色彩为颜色、灰度或纯黑白。

　　单击【预览】按钮，可以打开如图 6-53 所示的打印预览窗口。"打印预览"工具栏中，按钮 和 分别用来切换到上一页和下一页预览页面；"打印内容"下拉列表框可用来显示幻灯片、讲义、备注页和大纲视图 4 种打印内容的打印效果，图 6-53 演示的是每页 6 张幻灯片的"讲义"视图效果；"显示比例"下拉列表框用来调整预览图与实际大小的比例；按钮 和 用来将预览图切换为横向或纵向；【选项】按钮可对页眉和页脚、颜色/灰度、幻灯片在纸张页面中横向排列或纵向排列的打印顺序等进行设置。当预览效果符合要求以后，单击【打印】按钮即可进行打印操作。

图 6-53　　打印预览窗口

练　习　题

一、选择题

1. 在 PowerPoint 的幻灯片浏览视图下，不能完成的操作是（　　）。
  A. 调整个别幻灯片的位置　　　　　　B. 删除个别幻灯片
  C. 编辑个别幻灯片的内容　　　　　　D. 复制个别幻灯片

2. 在 PowerPoint 中，不能对个别幻灯片内容进行编辑修改的视图方法是（　　）。
  A. 大纲视图　　　　　　　　　　　　B. 幻灯片浏览视图
  C. 幻灯片视图　　　　　　　　　　　D. 以上 3 项均不能

3. 在 PowerPoint 的（　　）视图中，可以方便地对幻灯片进行移动、复制、删除等编辑操作。
  A. 幻灯片浏览　　　　　　　　　　　B. 幻灯片普通
  C. 幻灯片放映　　　　　　　　　　　D. 备注页

4. 在 PowerPoint 中，要在选定的幻灯片版式中输入文字，方法是（　　）。
  A. 直接输入文字　　　　　　　　　　B. 首先单击占位符，然后再输入文字
  C. 首先删除占位符中的系统显示的文字，然后才可以输入文字
  D. 首先删除占位符，然后再输入文字

5. 在 PowerPoint 中，要在幻灯片上显示编码，必须（　　）。
  A. 选择"插入页码"命令　　　　　　B. 选择"文件页面设置"命令
  C. 选择"视图页眉和页脚"命令　　　D. 以上 3 项均可

6. 在 PowerPoint 中（　　）是不能控制幻灯片外观一致的方法。
  A. 母版　　　　　　　　　　　　　　B. 模板
  C. 背景　　　　　　　　　　　　　　D. 配色方案

7. 在 PowerPoint 中，在幻灯片母版中插入的对象，只能在（　　）中修改。
  A. 幻灯片视图　　　　　　　　　　　B. 幻灯片母版
  C. 讲义母版　　　　　　　　　　　　D. 大纲视图

8. 在 PowerPoint 中要移动幻灯片在演示文稿的位置，（　　）不能实现。
  A. 幻灯片浏览视图　　　　　　　　　B. 幻灯片视图
  C. 放映视图　　　　　　　　　　　　D. 备注页视图

9. 在 PowerPoint 中，幻灯片内的动画效果可通过"幻灯片放映"菜单的（　　）命令来设置。
  A. 动作设置　　　　　　　　　　　　B. 自定义动画
  C. 动画预览　　　　　　　　　　　　D. 幻灯片切换

10. 在 PowerPoint 中已设置了幻灯片的动画，但没有动画效果，应切换到（　　）。
  A. 幻灯片视图　　　　　　　　　　　B. 幻灯片浏览视图
  C. 大纲视图　　　　　　　　　　　　D. 幻灯片放映视图

11. 在 PowerPoint 中，PowerPoint 启动对话框不包括（　　）选项。
  A. 内容提示向导　　　　　　　　　　B. 设计模板
  C. 空演示文档　　　　　　　　　　　D. 以上均没有

12. 在 PowerPoint 中，关于幻灯片页面版式的叙述不正确的是（　　　）。

　　A. 幻灯片上的对象大小可以改变

　　B. 幻灯片应用模版一旦选定，就不可以改变

　　C. 同一演示文稿中允许使用多种母版格式

　　D. 同一演示文稿不同幻灯片的配色方案可以不同

13. 在 PowerPoint 的幻灯片浏览视图中，可进行的工作有（　　　）。

　　A. 复制幻灯片　　　　　　　　B. 幻灯片文本内容的编辑修改

　　C. 设置幻灯片的动画效果　　　D. 可以进行"自定义动画"设置

14. PowerPoint 提供了两类模板，它们是（　　　）。

　　A. 设计模板　　　　　　　　　B. 普通模板

　　C. 备注页模板　　　　　　　　D. 内容模板

15. 下列说法正确的有（　　　）。

　　A. 插入影片的操作应该使用工具菜单

　　B. 在幻灯片插入影片时，会出现一个对话框，让你选择幻灯片放映时是不是自动插入的影片

　　C. 插入影片的操作可以用"影片和声音"中的"剪辑库中的影片"命令

　　D. 在插入影片对话框中，要插入哪种影片时，只需双击要插入的影片

二、填空题

1. PowerPoint 模板文件的默认扩展名为_____。

2. 演示文稿的默认扩展名为_____。

3. 创建演示文稿可以通过_____、_____、_____3 种方式。

4. 在幻灯片放映过程中，使用"绘图"在幻灯片上讲解时进行的涂写，实际上_____直接在幻灯片中做各种涂写。

5. 要设置幻灯片的起始编号，应通过执行"文件"菜单下的_____命令来实现。

6. 要停止正在放映的幻灯片，只要按_____键即可。

7. 要选中不连续的幻灯片，应在幻灯片浏览视图下，按住_____键，然后用鼠标单击所需的幻灯片。

8. PowerPoint 中，项目符号除了各种符号外，还可以是_____。

9. 要将幻灯片编号显示在幻灯片的右上方，应选择"视图/母版"菜单下的_____命令进行设置。

10. 用 PowerPoint 制作的幻灯片在放映时，要是每两张幻灯片之间的切换采用向右擦除的方式，可在 PowerPoint 幻灯片放映的_____菜单中设置。

三、简答题

1. 简述母版的定义、分类及作用。

2. 简述演示文稿的视图方式及各自作用。

3. 幻灯片放映的方式有哪些？

4. 怎样在演示文稿中设置超链接？

5. 简述在演示文稿中添加视频的基本操作方式。

反侵权盗版声明

电子工业出版社依法对本作品享有专有出版权。任何未经权利人书面许可，复制、销售或通过信息网络传播本作品的行为，歪曲、篡改、剽窃本作品的行为，均违反《中华人民共和国著作权法》，其行为人应承担相应的民事责任和行政责任，构成犯罪的，将被依法追究刑事责任。

为了维护市场秩序，保护权利人的合法权益，我社将依法查处和打击侵权盗版的单位和个人。欢迎社会各界人士积极举报侵权盗版行为，本社将奖励举报有功人员，并保证举报人的信息不被泄露。

举报电话：（010）88254396；（010）88258888
传　　真：（010）88254397
E-mail：　dbqq@phei.com.cn
通信地址：北京市万寿路 173 信箱
　　　　　电子工业出版社总编办公室
邮　　编：100036